디지털 시대의 수필 쓰기와 읽기

디지털 시대의

수필 쓰기와 읽기

송명희

푸른사상

■ 머리말

수필은 유독 이론분야보다는 창작분야가 발달한 장르이다. 그 결과 수필 관련 저서도 창작론 관련 도서는 많지만 이론 관련 도서는 극히 제한되어 있다. 더욱이 수필을 이론적·학문적으로 접근하는 일 자체가 불필요하다는 편견까지 널리 퍼져 있는 것이 가감 없는 우리의 현실이다.

따라서 수필을 창작하려는 사람들은 많지만 이를 이론적 학문적으로 연구하려는 학자는 물론이며, 수필을 평론의 대상으로 여겨 비평하려는 사람들도 극소수에 불과하다.

막상 대학에서 '수필문학론'이란 강의를 시작하려고 보니 강좌에 필요한 교재가 적당하지 않았다. 대학에서 수필을 이론만의 영역이나 창작만의 영역으로 가르칠 수 없으므로 수필의 이론을 바탕으로 하여 창작에 이르고, 다시 이것을 전문적인 읽기의 영역으로 확장시킨 것이 비평이라고 생각하여 이 세 가지의 목표를 충족시킬 수 있는 저서를 직접 집필하게 이르렀다.

당연히 이 책의 내용은 수필의 이론, 창작론, 비평론의 세 분야로 구성되었다.

이 책에서 가장 집필에 어려움을 겪은 부분은 '수필의 역사' 부분이다. 아직 고전에서 근대를 거쳐 현대로 이어지는 수필문학사가 제대로 정립되지 않았기 때문이다. 수필문학에 대한 연구자가 많아져서 빠른 시일 내에 수필문학사가 제대로 수립되었으면 하고 바란다.

이 책에서 풍부하고 다양한 예문을 통하여 독자들이 이론과 창작에 보다 쉽게 접근할 수 있기를 바랐다. 예문은 수필문학사의 정전(正典)으로 여겨져 온 작품들과 명저로 알려진 책 가운데서 이미 많은 독자들이 읽었거나 후대에 수필문학의 전범으로 평가될만한 작품들 중에서 골랐다.

이는 훌륭한 창작의 기본은 좋은 글을 많이 읽는 것에서부터 출발해야 한다는 것이 나의 평소 생각이었기 때문이다. 예로부터 좋은 글을 쓰기 위해서는 다독(多讀)을 권해왔다. 하지만 아무리 훌륭한 글이라고 하더라도 남의 글을 많이 읽는 것만으로는 좋은 글을 쓸 수 없다. 이어령은 명문장은 깊이 생각하고 끝없이 상상하는 힘에서 나온다고 했다. 깊이 생각하고 끝없이 상상하는 힘이란 결국 다상량(多商量)이다. 그렇지만 무엇보다도 좋은 글을 쓰기 위해서는 많이 써보는 것이 으뜸이다. 구슬이 서 말이라도 꿰어야 보배라고 했다. 즉, 다작(多作)을 해보지 않고서는 결코 좋은 글을 쓸 수 없다는 뜻이다.

책은 방향을 지시해주는 등대와 같은 존재일 뿐이다. 직접 파도를 헤쳐 항해를 하는 것은 글을 쓰려는 각자에게 주어진 몫이다. 이 책에서 지시한 내용을 아무리 잘 알고 있어도 직접 많이 써보지 않으면 아무런 소용이 없다. 옛말에 하루만 독서를 하지 않아도 입안에 가시가 돋는다고 했다. 하루만 글을 쓰지 않아도 글의 감(感)이 떨어진다는 사실을 잊지 말고 끊임없이 글을 써야 한다.

책의 제목에서 '디지털 시대'라고 한 것은 단지 오늘 우리가 살아가고 있는 시대를 지칭했을 뿐이다. 혹자가 인터넷상에서 수행되는 누리꾼들의 '디지털적' 글쓰기나 읽기로 오해하지 않기 바란다. 실시간으로 온라인상에 올라오는 댓글들의 정제되지 않음, 그들끼리만 소통하고 다른 세대들과는 소통을 원하지 않는 이모티콘과 축어적 어투, 인터넷을 통해서 순식간에 번지는 언어의 집단적 폭력성 등에 대해서 필자는 아주 부정적이다.

디지털 시대의 글쓰기라고 해서 과거와 특별히 달라질 것은 없다. 속도의 현기증에 시달리는 디지털 시대일수록 아날로그적 성찰이 더욱 필요하고, 글쓰기의 원론에 충실해야 한다고 생각한다.

아무쪼록 수필을 이론적으로 공부하거나 직접 창작하려는 사람들, 그리고 수필을 문학비평의 한 분야로 여겨 수필비평을 시도하려는 이 모두에게 조금이나마 도움을 줄 수 있는 책이 되기를 바란다.

2006년 여름

송 명 희

차례

제2부 수필 창작론

차례

제3부 수필비평론

차례

제1부

수필의 이론

제1장 수필의 정의

1. 수필의 정의

수필이란 무엇인가에 대한 정의는 많은 사람들에 의해서 다양하게 내려져 왔다. 먼저 에세이(essay)라는 용어를 실제 자신의 작품에서 처음 쓴 몽테뉴는 그의 『수상록(Les Essais)』의 서문에서 "이 수상록의 내용은 나 자신을 그린 것이다"라고 밝힌 바 있다. 이것은 수필이란 장르의 '자전적 성격'과 '고백적 요소'를 말한 것이라고 할 수 있다. 그밖에도 많은 사람들이 수필이 자기고백적인 문학양식임을 말하고 있다.

몽테뉴가 말한 수필의 성격은 오늘날에도 계승되고 있으며, 특히 우리나라에서 몽테뉴적 수필은 수필의 중요한 흐름을 형성하고 있다.

김진섭 : 수필에서 중요한 특징이 되는 것은 숨김없이 자기를 말한다는 것과 인생사상(人生事象)에 대한 방관적 태도, 이 두 가지에 있을 따름이오.[1]

윤오영 : 좋은 수필은 독자 앞에서 자기를 말없이 부각시킨다. 수필의 대상은 자기다. 결국 수필은 외로운 독백일 수밖에 없다.

피천득 : 수필은 그 쓰는 사람을 가장 솔직히 나타내는 문학 형식이다.

이태준 : 수필은 필자의 심적 나상(裸像)이다.

김광섭 : 수필은 다른 문학보다도 더 개성적이며 심경적(心境的)이며 경험적이다.

中野好夫 : 수필은 자기고백의 문학이다.

廚川白村 : 에세이에서 무엇보다도 중요한 요건은 필자가 자기 자신의 개인적·인격적인 색채를 두드러지게 드러내는 데에 있다.

허버트 리드 : 수필은 심중에 잠재해 있는 관념이나, 기분－정서를 표현해 보는 일종의 시도이다.

조연현은 「수필은 산문의 대표적 양식」이란 글에서 수필의 성격을 다음과 같이 말하고 있다.

---

1) 김진섭, 「수필의 문학적 영역」, <동아일보>, 1939.3.23.   ·

서정시적인 정서나 감흥을 가지면서도 서정시가 아니고, 소설의 구
성을 가지되 소설이 아니고, 희곡적·비평적 요소를 가지면서도 희곡
도 비평도 아닌 데 수필의 독자적인 양식이 있다.[2]

조연현은 수필을 산문의 대표적 양식으로 정의하며, 수필의 다른
장르를 흡수·병합함으로써 수필화시키는 장르적 잡종성(혼종성,
hybridity)을 말하고 있다. 즉, 수필은 서정시의 서정성, 소설의 서사
적 구성, 희곡의 대화적 문체, 비평의 판단작용까지도 모두 받아들여
수필화시키는 특징을 가지고 있다고 보았다.

윤오영은 시적 정서, 준열한 비판정신, 섬광적 진리를 솔직 미려하
게 빛낼 수 있는 데서 수필문학의 방향을 찾아야한다고 했다.[3] 즉,
수필의 성격적 다양성을 말한 것이다.

'수필(隨筆)'이라는 말을 처음으로 사용한 중국 남송시대의 홍매(洪邁)
는 "나는 습성이 게을러서 책을 많이 읽지는 못하였으나, 뜻하는 바
를 따라 앞뒤를 가리지 않고 썼기 때문에 수필이라고 한다"라고 했다.
그가 말한 수필의 성격은 내용과 형식의 개방성이다. 개방성이란 위
에서 말한 잡종성과 상통하는 개념이다. 형식의 개방성을 기존의 논
자들은 '무형식의 형식'이라는 말로 지칭하였으나 무형식이란 형식이
없다는 뜻이 아니라 형식의 개방성을 의미하는 것이다.

뿐만 아니라 수필은 그 내용에도 제한이 없는, 즉 내용의 개방성을
갖고 있다. 다시 말해서 수필은 내용과 형식의 양면에서 개방성과 자

---

2) 조연현, 현대문학사편, 『문학개론』, 어문각, 1969, 169면.
3) 윤오영, 『수필문학입문』, 관동출판사, 1975, 199면.

유로움을 지닌 장르이다. 실제로 홍매의 『용재수필』에서 다룬 것은 역사·문학·철학·예술의 다방면에 걸친 것으로서, 수필이란 용어가 처음 쓰이던 당시부터 수필에서 다루지 못할 내용은 없었다는 것을 알 수 있다.

이는 서양에서도 마찬가지로서 사무엘 존슨도 "수필은 한 자유로운 마음의 산책, 즉 불규칙하고 소화되지 않는 작품이며, 규칙적이고 질서 잡힌 작문이 아니다"라고 했다. 또한, H.리드는 "수필은 마음속에 표현되지 않은 채 숨어 있는 관념·기분·정서를 표현하는 하나의 시도다. 그것은 관념이라든지 기분·정서 등에 상응하는 유형을 말로 창조하려고 하는 무형식의 시도다"라고 했다. 이는 모두 수필이 지닌 형식과 내용의 개방성과 잡종성을 말한 것으로 볼 수 있다.

이밖에 R. M. 알베레스는 "에세이는 그 자체가 원래 지성을 기반으로 한 정서적 신비적 이미지로 된 문학"이라고 정의했다. 알베레스의 정의는 지성과 감성(정서)의 결합으로 수필을 정의한 것으로 해석할 수 있다.

이상섭은 그의 『문학비평용어사전』에서 수필을 다음과 같이 정의한다.

　　앉은 자리에서 한번에 기꺼이 읽어낼 수 있을 만큼 한 길이의 산문으로서, 취급하는 주제는 인생의 경험만큼이나 다양하고 형식도 일정한 것이 없다. 비슷한 길이의 논문과 다른 점은 체계가 완전한, 즉 서론, 본론, 증명, 결론이 명백히 갖추어져 있는 설명문이 아니라는 점과, 다루는 주제에 대하여 전문적, 학술적인 용어와 설명방법을 따르지 않고 상식적이고 비전문적인 말을 사용한다는 것과, 전문가를

독자로 삼지 않고 어느 정도의 교양을 가진 일반대중을 상대로 한다
는 것이다.[4]

즉, 길이 면에서 15매 안팎이며, 내용과 형식에서 일정한 제한은
없지만 본격적인 논문, 설명문과는 다른 일반적인 독자를 대상으로
한 산문이라는 것이다.

수필이 어느 장르에 속하는가에 대해서는 조동일의 견해를 살펴볼
필요가 있다. 그는 장르이론의 새로운 시야를 열기 위해서 이기철학
(理氣哲學)에서 철학적 근거를 구한다. 이기철학은 모든 존재를 음양이
기(陰陽二氣)의 대립으로 파악하는데, 문학작품에서의 음양이란 자아와
세계이다. 그는 어느 작품이든지 의식과 행위의 주체인 자아와 그 대
상인 세계로 이루어져 있으며, 자아와 세계의 대립으로 작품의 구조
가 성립된다고 본다.

이러한 관점에서 문학 장르는 크게 넷으로 구분된다. 작품 외적 세
계의 개입 없이 이루어지는 세계의 자아인 서정(抒情), 작품 외적 세계
의 개입으로 이루어지는 자아의 세계화인 교술(敎述), 작품 외적 자아의
개입으로 이루어지는 자아와 세계의 대결인 서사(敍事), 작품 외적 자아
의 개입 없는 자아와 세계의 대결인 희곡(戱曲)이 그 넷이다.

이 네 장르 가운데서 수필은 "작품 외적 세계의 개입으로 이루어
지는 자아의 세계화"인 교술(敎述) 장르에 속한다. 교술이란 실제로 존
재하는 사물을 서술·전달하는 것으로, 실제로 존재하는 사물이란 바
로 작품 외적 세계를 말한다. 그리고 작품 외적 세계의 개입으로 이

---

4) 이상섭, 『문학비평용어사전』, 민음사, 1976, 154~155면.

루어지는 작품은 비전환표현(非轉換表現)이게 마련이다. 그는 교술 장르 속에 수필을 비롯하여 경기체가, 가전체, 가사 등을 포함시키고 있다.[5] 조동일의 교술에 대한 정의에서 '작품 외적 세계의 개입'이란 수필이 가지고 있는 경험적 사실성을 말한 것으로 풀이할 수 있으며, '자아의 세계화'란 자아의 객관화로 풀이가 가능하다고 보겠다.

이상의 논의를 정리하면 수필이란 자서전적이고 자기고백적인 문학이며, 내용과 형식의 제한이 없이 다양한 장르를 흡수·병합시키는 개방성과 잡종성을 지니고, 지성과 정서가 결합되어 있으며, 작품 외적 세계의 개입으로 이루어지는 자아의 세계화인 교술 장르이다. 이때 교술이란 실제로 존재하는 사물을 서술·전달하는 것으로 경험적 사실성과 자아의 객관화로 해석할 수 있을 것이다.

하지만 조동일의 4분법은 그만의 독창적인 견해는 아니다. 여기서 잠깐 장르론을 살펴보자.

문학의 장르는 2분법인 운문과 산문으로 나눌 수 있으며, 아리스토텔레스는 서정시, 서사시, 극시의 3분법을 설정하였으며, 헤겔도 서정문학(주관적인 것, 시), 서사문학(객관적인 것, 소설), 극문학(주관과 객관이 종합·지양된 것, 희곡)의 3분법으로 장르를 나누었다. 슈타이거도 헤겔의 3분법을 계승하고 있으며, 우리나라에서는 장덕순이 서정적 양식, 서사적 양식, 극적 양식으로 헤겔의 3분법을 계승하고 있다.

장덕순의 장르론에 의하면 수필은 서사적 양식에 포함된다. 즉, 서

---

5) 조동일, 『한국소설의 이론』, 지식산업사, 1977, 66~104면.

사적 양식 속에 설화(신화, 민담, 전설), 소설(전기적 소설, 서사시), 수필(일기, 내간, 기행, 잡필, 객관적 서사적 가사)이 들어 있다. 이능우는 3분법이지만 시, 소설, 수필로 장르를 구분했으며, 수필에 시, 소설, 희곡 등 픽션적인 것을 제외한 일기, 기행, 편지문, 만필, 가사 등을 포함시켰다.

그리고 4분법에는 헤르나디(Hernadi)가 있다. 그는 시, 소설, 수필, 희곡으로 장르를 구분하는데, 그의 4분법이란 숄즈와 클라우스의 견해를 받아들인 것이다.

숄즈(Robert Scholes)와 클라우스(Carl H. Klaus)는 문학을 수필, 스토리, 극, 시로 나누었다.『수필의 제 요소』(1969)에서 그들은 수필의 작자와 독자는 문학형식들 중에서 '가장 직접적이고 공리적인' 형식에 속하는 유일의 인물이며, 스토리의 허구적 인물은 서술자의 목소리를 통하여 나타나며, 극에서 우리는 극의 인물이 공개적으로 말한 것을 엿듣는다. 그리고 시에서 우리는 네 가지 형식 중에서 가장 간접적이고 심미적 형식인 한 편의 시를 단지 엿듣는다고 했다. 그들은 언어가 어떻게 사용되고 전달되는지를 고찰하여 보다 설득력 있는 근거를 제시한다. 즉, 극과 스토리에서 언어는 플롯과 인물을 창조하는 데 사용되며, 수필과 시에서 언어는 사상과 감정을 표현하는 데 사용된다. 수필과 이야기의 수사학적 상황에서 말들은 직접적으로 독자에게 건네지며, 극과 시의 시적 상황에서 말들은 독자에게 엿들어진다. 그리고 순수한 수필, 스토리로서의 수필, 극으로서의 수필, 시로서의 수필 등 하위의 종(種, art) 개념을 설정했다.6)

2. 수필의 어원과 기원

1) 중국

중국 남송시대의 홍매(洪邁, 1123~1202)가 '수필(隨筆)'이라는 말을 처음으로 쓴 것으로 전해진다. 그는 『용재수필(容齋隨筆)』(74권 5집)의 서문에서, 저술 제목에 '수필'이란 말을 붙인 이유를 다음과 같이 말하였다.

> 나는 습성이 게을러서 책을 많이 읽지는 못하였으나, 뜻하는 바를 따라 앞뒤를 가리지 않고 썼기 때문에 수필이라고 한다.(自習懶 讀書 不多 意之所之 隨卽記錄 因其後先 無復詮次 故目曰 隨筆)

2) 우리나라

우리나라에서 수필이란 명칭의 사용은 윤흔(尹昕, 1564~1638)의 『도재수필(陶齋隨筆)』[7]에서 비롯되었다고 최강현은 보았다. 이어서 이민구(李敏求, 1589~1670)의 『독사수필(讀史隨筆)』, 조성건(趙性乾)의 『한거수필(閑居隨筆)』(1688), 박지원(朴趾源, 1737~1805)의 중국 연경(燕京) 기행

---

6) 폴 헤르나디, 김준오 역, 『장르론』, 문장, 1983, 178~179면.

7) 윤흔의 호는 도재(陶齋) 또는 청강으로 도재수필은 3권 3책으로 공사(公私)의 사변, 사화(士禍)에 관한 사실, 명신의 출처, 진퇴, 이어(俚語), 기담 등을 수록한 책.

문인 『열하일기(熱河日記)』 26권 가운데 「일신수필(馹汛隨筆)」에서도 그 명칭이 보이는데, 「일신수필(馹汛隨筆)」은 중국 신광녕(新廣寧)에서 신해 관(新海關)에 이르는 9일 간(7월 15일~23일)의 여행기록을 날짜별로 적은 일종의 기행문이다.

이밖에도 안정복(安鼎福, 1712~1791)의 『상헌수필(橡軒隨筆)』, 정종유 (鄭宗愈, 1744~1808)의 『현곡수필(賢谷隨筆)』, 조운사의 『몽암수필(夢庵隨筆)』, 작자 미상의 『경어수필(警語隨筆)』 등에서 수필이란 명칭을 찾아볼 수 있다[8]

수필은 만필(漫筆), 만록(漫錄), 시화(詩話), 서설(書說), 잡기(雜記), 증 서(贈序) 등과 거의 비슷한 뜻으로 사용되었다. 가령, 서포 김만중의 『서포만필』 같은 것이 그 예이다.

우리 문학은 임진왜란과 병자호란의 양란 이후 산문화(散文化)의 경 향으로 흘렀다. 수필도 산문 정신의 소산이므로, 이때부터 「일신수필」 과 같은 한문수필뿐만 아니라 순 한글로 씌어진 일기, 서간, 기행, 야 담, 전기 등이 쏟아져 나왔다. 특히, 일기와 서간은, 민간은 물론 궁중 안에서도 널리 행하여진 문학 형태가 되었다. 궁중문학은 한글로 씌 어졌고, 여성 특유의 우아한 표현과 섬세한 정서를 나타내어 내간체 문학을 형성했다.

조선조부터 여러 사람에 의해서 쓰이던 수필이란 명칭이 도중에 사라지고, 정작 근대적 수필이 문예지에 활발하게 발표되던 1920년대 까지도 '수필'이란 용어는 일반화되지 않았다. 『폐허(廢墟)』 2호(1921)나

---

8) 정주환, 『한국근대수필문학사』, 신아출판사, 1997, 88~89면에서 재인용.

『백조(白潮)』(1922)에서도 수필이란 명칭 대신에 수상(隨想)이란 명칭과 상화(想華), 감상, 기행문과 같은 명칭이 수필을 대신했다. 그밖에 보통문, 산문, 단문, 일기문, 소담, 시언, 사회풍자 등 다양한 명칭이 사용되었다. 그리고 1930년대에 와서야 수필이란 명칭이 일반화되고, 수필이 문학 장르의 하나로서 정착되었다.

개화기 최초의 수필은 유길준(俞吉濬)의 『서유견문(西遊見聞)』(1895)이며, 이어 최남선(崔南善)의 『백두산근참기(白頭山觀參記)』, 『심춘순례(尋春巡禮)』(1927), 이광수(李光洙)의 『금강산유기(金剛山遊記)』(1924) 등이 간행되었다. 이것들은 모두 장편의 기행체 수필이다. 즉, 근대문학 초창기에 수필은 오늘날과는 달리 장편으로 창작되었다.

그 뒤 1930년대 초반부터 수필을 발표한 김진섭(金晉燮)[9]의 『인생예찬(人生禮讚)』(1947), 『생활인의 철학』(1948), 『교양의 문학』(1950), 이양하(李敭河)의 『이양하수필집』(1948), 『나무』(1960), 계용묵(桂鎔默)의 『상아탑(象牙塔)』(1955) 등이 나왔으며, 조연현(趙演鉉), 피천득(皮千得), 안병욱(安秉煜), 김형석(金亨錫), 김소운(金素雲) 등의 등장으로 한국의 수필문학은 종래의 기행적 성격에서 벗어나 보다 다양한 수필세계를 개척해갔다.

3) 서양

현재 우리가 쓰고 있는 수필이라는 용어는 영어 '에세이(essay)'를

---

9) 김진섭이 신문에 기고한 최초의 수필은 「인간미학론(人間美學論)」(<중외일보>, 1930.5.10.)이다.

번역해서 쓴 말이다. 'essay'는 'assay'에서 비롯된 것으로서, 'assay'는 '시금(試金)하다', '시험하다' 등의 뜻을 지녔다. 또 'assay'는 시도(試圖), 시험(試驗)이란 뜻을 가진 프랑스어 'essai'에서 왔으며, 'essai'는 계량하다, 음미하다의 뜻을 가진 라틴어 '엑시게레(exigere)'에서 그 어원을 찾을 수 있다.

이러한 뜻의 '에세이'라는 용어를 실제 작품에 처음 쓴 사람은 프랑스의 몽테뉴다. 그는 1580년에 '*Les Essais*(수상록(隨想錄))'라는 저서를 출간하였는데, 현재 사용하는 에세이라는 용어는 몽테뉴로부터 비롯되었다. 영국에서는 F. 베이컨이 '명상록'이란 의미로 이 용어를 사용했다.

수필의 기원에 대해서는 이설(異說)이 많다. 테오프라스토스의 『성격론』, 플라톤의 『대화편』, 로마시대의 키케로, 세네카, 그리고 마르쿠스 아우레리우스의 『명상록』 등도 수필적 글쓰기라고 할 수 있으나 프랑스의 몽테뉴의 『수상록』을 수필이란 명칭을 단 글쓰기의 시초로 보는 것이 통설이다.

영국 수필의 원조는 그보다 17년 늦은 F. 베이컨(Francis Bacon, 1561~1626)의 『수상록』(1597)을 꼽는데, 그는 경험론적 철학자로서 '4가지 우상론'으로 유명하다. 다음은 그의 「학문에 대하여」의 일부다.

　　학문은 즐거움과 장식(裝飾)과 능력(能力)을 위하여 도움이 된다. 주로 즐거움으로서의 학문의 효용(效用)은 혼자 한거(閑居)할 때 나타나고, 장식으로서의 그것은 담화(談話)를 할 때 나타나며, 능력으로서의 효용은 일에 대한 판단과 처리에서 나타난다. 일에 숙달한 사람도 일을 하나하나 잘 처리하고, 개별적(個別的)인 부분을 잘 판단할 수 있을는지 모른다. 그러나 일에 대한 전반적(全般的)인 계획(計劃), 구상(構想), 정리(整理)에 있어서는 학문 있는 사람이 제일 낫다.

학문에 지나친 시간을 소비하는 것은 태만(怠慢)이다. 그것을 지나치게 장식으로 쓰는 것은 허세(虛勢)다. 하나에서 열까지 다 학문적인 법칙만으로 판단하는 것은 학자들의 버릇이다.

3. 수필의 특성

1) 수필은 특정한 형식을 필요로 하지 않는 자유로운 산문이다.

2) 수필은 그 소재가 대단히 광범위하고 제한이 없다.

3) 수필은 지은이의 개성이 잘 드러나는 고백 문학이다. 작가의 심적 상태, 개성, 취미, 지식, 인생관 등이 개성 있는 문체로 드러난다.

4) 지은이의 체험과 철학과 사색이 드러나는 심미적 철학적인 문학이다.

5) 수필은 유머, 위트, 비평정신이 들어 있는 글이다.

6) 수필은 비교적 길이가 짧은(15매 전후) 간결한 산문형식이다.

7) 구성에 제약이 없고 다른 문장 형식을 자유로이 흡수·통합할 수 있다.

1) 형식의 자유로움

수필의 형식이 자유롭다는 것은 제멋대로 아무렇게나 써도 된다는 뜻은 아니다. 이는 시나 소설, 희곡, 평론 등이 요구하는 일정한 형식상의 요건이 없이 다양한 형식이 가능하다는 의미이다. 즉, 수필은 구성상의 제약이 없이 자유롭게 씌어지는 산문이기에 일기체, 서간체, 기행문체, 담화체, 그 밖의 산문형식이 다 가능하다.

수필의 형식상의 자유로움과 개방성은 내용상의 다양성과 유기적으로 연결된다. 즉, 수필의 자유롭고 개방된 형식은 다양한 내용들—인간이나 자연, 사회나 역사—을 광범위하게 수용하여 표현할 수 있는 토대가 된다.

수필의 형식과 내용의 개방성은 문학의 문외한인 일반인들의 수필쓰기도 가능하게 만드는 반면에 문학적 가치가 있는 수필을 쓰는 데 어려움을 주고 있다.

2) 소재의 다양성

인생이나 자연 등 수필의 소재는 가까이에서 언제든지 쉽게 구할수 있다. 시나 소설 등의 문학 장르가 그 고유의 형식적 조건과 기법 때문에 소재 선택의 제한을 받게 되는 것과는 달리 수필 문학은 소재 선택에 제한이 없다. 일찍이 중국의 홍매와 프랑스의 몽테뉴도 소재에 대한 제한을 두지 않았다. 몽테뉴는 일상은 물론 자연, 윤리, 정치, 경제, 사회, 문화 전반을 고도의 지적인 전망하에 자유자재로 다루었다.

수필은 인생, 자연, 사회, 역사 등 이 세계의 모든 것에 대해 느끼고 생각한 것을 자유자재로 서술하되 주체적인 판단이 이루어져야 한다. 소재를 선택하는 것은 결국 작가의 인생관과 세계관 또는 작품을 쓰는 의도와 관련된다고 할 수 있다. 소재는 우주 삼라만상 모두 가능하지만 소재의 발견은 결국 작가의 문학적 안목과 관련된다.

아래에 인용한 김소운의 「가난한 날의 행복」은 가난한 부부의 에피소드를 소재로 하여 가난이란 문제에 여유를 갖고 쓴 글이며, 손광성의 「아름다운 소리들」은 인간계와 자연계에 존재하는 수많은 '소리'들에 대해 감성적으로 접근한 글이다. 따라서 수필의 소재가 되지 못할 것은 거의 없다고 할 수 있다.

다음은 어느 시인 내외의 젊은 시절 이야기다. 역시 가난한 부부였다. 어느 날 아침, 남편은 세수를 하고 들어와 아침상을 기다리고 있었다. 그 때, 시인의 아내가 쟁반에다 삶은 고구마를 몇 개 담아 들고 들어왔다. "햇고구마가 하도 맛있다고 아랫집에서 그러기에 우리도 좀 사왔어요. 맛이나 보셔요." 남편은 본래 고구마를 좋아하지도 않는 데다가 식전에 그런 것을 먹는 게 뭔지 부담스럽게 느껴졌지만, 아내를 대접한다는 뜻에서 그 중 제일 작은 놈을 하나 골라 먹었다. "하나면 정이 안 간대요. 한 개만 더 드세요." 아내는 또 웃으면서 이렇게 권했다. 남편은 마지못해 또 한 개를 집었다.

어느새 밖에 나갈 시간이 가까워졌다. 남편은 "인제 나가 봐야겠소, 밥상을 들여요." 하고 재촉했다. "지금 잡숫고 있잖아요. 이 고구마가 오늘 아침밥이어요." "뭐요?" 남편은 비로소 집에 쌀이 떨어진 줄을 알고, 무안하고 미안한 생각에 얼굴이 화끈했다. "쌀이 없으면 없다고 왜 좀 미리 말을 못 하는 거요? 사내 봉변을 시켜도 유분수지." "저의 작은 아버님이 장관이셔요. 어디를 가면 쌀 한 가마가 없겠어요? 하지만 긴긴 인생에 이런 일도 있어야 늙어서 애깃거리가 되잖아요." 잔잔한 미소를 지으면서 이렇게 말하는 아내 앞에, 남편은 묵연할 수밖에 없었다. 그러면서도 가슴 속에서 형언 못할 행복감이 밀물처럼 밀려왔다. (김소운10)의 「가난한 날의 행복」에서)

소리에도 계절이 있다. 어떤 소리는 제철이 아니면 제 맛이 나지 않는다. 또 어떤 소리는 가까운 곳에서 들어야 하고 다른 소리는 멀리서 들어야 한다. 어떤 베일 같은 것을 사이에 두고 간접적으로 들어야 좋은 소리도 있다. 그리고 오래 전에 우리의 곁을 떠난 친구와도 같이 그립고 아쉬운 그런 소리도 있다. 폭죽과 폭포와 천둥소리는 여름에 들어야 제격이다. 폭염의 기승을 꺾을 수 있는 소리란 그리 많지 않다. 지축을 흔드는 이 태고의 음향과 '확' 하고 끼얹는 화약 냄새만이 무기력해진 우리들의 심신에 자극을 더한다. 뻐꾸기며 꾀꼬리들은 다 어디로 갔을까. 폭염 아래서는 새들도 침묵한다. 매미가 질세라 태양의 횡포와 맞서는데, 파도처럼 밀려오는 그 힘찬 기세에 폭염도 잠시 저만치 비껴 선다. (손광성11)의 「아름다운 소리들」에서)

3) 개성적 · 고백적인 글

김진섭은 「수필문학소고」에서 수필은 다른 문학보다 더 개성적이며 경험적이라고 했다. 수필이 다른 장르에 비하여 더욱 강한 개성이

---

10) 김소운(1907~1981) : 시인, 수필가, 필명 소운(巢雲). 1951년에 장편수필 『목근통신(木槿通信)』이 일본에 번역·소개되어 한일 양국 문단에 큰 반향을 불러일으킴. 1952년 이승만 정권을 비방한 것이 말썽이 되어 13년간 일본에 체류하다가 1965년에 귀국하여 10여 권의 수필집을 발간. 『조선민요집』(1929), 『조선시집』(1943) 등 많은 작품을 일본에 번역·소개했다.

11) 손광성(1935~) : 수필가, 동양화가, 『나의 꽃 문화산책』(1996), 『달팽이』(2000), 『나도 꽃처럼 피어나고 싶다』(2001), 『작은 것들의 눈부신 이야기』(2004).

우러나오는 것은 작가의 체취를 느낄 만큼 글쓴이의 적나라한 심성이 생생하게 드러나기 때문이다. 형식이 자유롭고 소재 선택에 제한이 없다고 해서 개성마저 없는 글이 되어서는 안 된다. 수필이야말로 글 쓰는 사람 자신만의 스타일, 여유, 유머, 멋, 맛, 분위기, 표현, 솜씨를 담은 글, 즉 개성을 만들고자 치열한 노력을 기울여야 한다. 개성이라는 것은 남과 다른 자신만의 새로운 생각이나 느낌이며, 상투성을 벗어난 독창성과 주체성의 표현이다.

또한, 수필은 작가 자신의 생활이나 체험, 생각한 것이나 느낀 것을 특정한 기법이나 형식 속에 감추지 않고 붓 가는 대로 솔직하게 서술한다. 대부분의 경우에 수필은 1인칭으로 서술하고, 작가 자신을 글 속에 솔직하게 드러내 놓기 때문에 경험적이며, 고백적인 문학양식이라고 한다. 미셸 푸코는 고백은 서양에서 진실을 산출하는 데 가장 가치가 있는 것으로 평가된 기법들 중의 하나라고 했다.[12] 일찍이 몽테뉴는 그의 『에세』의 서문에서 자신의 집안일이나 사사로운 일을 말해보는 것을 목적으로 글이 씌어졌음을 고백했다. 그리고 자신을 좀더 잘 장식하고 신중하게 연구하지 않고 생긴 그대로, 자연스럽고 평범하고 꾸밈없는, 별것 아닌 나, 자신의 결점마저도 터놓고 보여줄 수 있는 천품 그대로의 자신을 통째로 적나라하게 그렸다고 밝히고 있다. 가령, 몽테뉴는 "내 키는 중간이 좀 못 된다. 이 결함은 그 자체가 보기 싫을 뿐만 아니라 바로 지휘권과 직책을 맡은 자에게는 더욱 불편할 일이다. 왜냐하면 외모와 체격의 위풍당당함이 주는 권위

---

10) 미셸 푸코, 이규현 역, 『성의 역사1』, 나남출판사, 2001, 76면.

가 부족하기 때문이다"라고 자신의 신체적 결함조차 솔직하게 고백한다. 이미 에세는 그 장르적 성격에서 자신을 꾸밈없이 솔직하게 드러내는 고백적 요소가 본질임을 알 수 있다.

경험이라는 측면에서 수필은 허구를 용납하지 않는다. 하지만 경험을 주제화하지 못한 채 서술하거나 문학적 상상력과 결합시키지 못한다면 그 글은 문학성이 결여된 신변잡기로 전락할 수도 있다는 것을 늘 경계해야 한다.

계용묵13)의 「구두」는 구두에 박힌 징소리에 얽힌 일화에서 체험 당시의 정황이 생동감 있게 포착되고, 작가의 체취가 묻어나는 솔직한 감정의 고백이 이루어지고 있다.

> 어느 날 초어스름이었다. 좀 바쁜 일이 있어 창경원 곁 담을 끼고 걸어 나오려니까, 앞에서 걸어가던 20 내외의 어떤 한 젊은 여자가 이 이상히 또그락거리는 구두 소리에 안심이 되지 않는 모양으로, 슬쩍 고개를 돌려 또그락 소리의 주인공을 물색하고 나더니 별안간 걸음이 빨라진다. 그러는 걸 나는 그저 그러는가보다 하고 내가 걸어야 할 길만 걷고 있었더니, 얼마쯤 가다가 이 여자는 또 뒤를 한 번 힐끗 돌아다본다. 그리고 자기와 나와의 거리가 불과 지척 사이임을 알고는 빨라지는 걸음이 보통이 아니었다. 뛰다 싶은 걸음으로 치맛귀가 옹어리게 내닫는다. 나의 이 또그락거리는 구두소리는 분명 자기를 위협하느라고 일부러 그렇게 따다닥 땅바닥을 걷는 줄로만 아는 모양이다.

---

11) 계용묵(1904~1961) : 소설가, 소설에 「백치 아다다」, 소설집에 『백치 아다다』, 『별을 헨다』, 『병풍에 그린 닭이』, 수필집에 『상아탑』 등이 있다. 기교를 중시하여 글자 하나하나에 생명을 불어넣으려고 고심했다.

그러나 이 여자더러 내 구두소리는 그건 자연이요, 고의가 아니니 안심하라고 일러드릴 수도 없는 일이고, 그렇다고 어서 가야 할 길을 아니 갈 수도 없는 일이고 해서, 나는 그 순간 좀더 걸음을 빨리 하여 이 여자를 뒤로 떨어뜨림으로써 공포에의 안심을 주려고 한층 더 걸음에 박차를 가했더니 그럴 게 아니었다. 도리어 이것이 이 여자로 하여금 위협이 되는 것이었다. 내 구두 소리가 또그락또그락 좀더 재어지자 이에 호응하여 또각또각 굽 높은 뒤축이 어쩔 바를 모르고 걸음과 싸우며 유난히도 몸을 일어내는 그 분주함이란 있는 마력(馬力)은 다 내보는 동작에 틀림없었다. 그리하여, 또그락또그락 또각또각 한참 석양 노을이 내려 비치기 시작하는 인적 드문 보도 위에서 이 두 음향의 속 모르는 싸움은 자못 그 절정에 달하고 있었다. (계용묵의 「구두」에서)

4) 심미적·철학적인 글

수필이라는 이름 아래 과학론, 철학론, 종교론 등을 피력할 수도 있고, 지극히 개인적이고 사소한 일을 고백하는 경우도 있다. 소위 베이컨류의 객관적·사회적 수필과 몽테뉴류의 주관적·개인적인 수필의 유형이 있다. 철학적 가치와 사상성으로 치우친 수필은 예술성을 상실할 위험이 있는 반면에 예술적 기법에만 치우친 수필은 내용은 공소한 채 표현의 유희에만 빠져들 염려가 있다.

수필은 글쓴이의 심미성과 철학적 사색의 깊이가 동시에 드러나는 글이어야 한다. 이는 수필뿐만 아니라 모든 문학작품에서 요구되는 가치이다.

아래에 인용한 글은 최순우[14]의 『무량수전 배흘림기둥에 기대서서』(1994)에 수록된 것으로서 미술사학자인 그는 경북 영주에 소재한 부석사의 아름다움을 전문가적인 지식뿐만 아니라 어느 문학가도 따라올 수 없는 심미적인 안목으로 그려내고 있다. 신영복[15]의 『감옥으로부터의 사색』(1988)에 수록된 「독방에 앉아서」는 개인의 주관적 고독으로부터 사유가 시작되어 사회적 생산과 분배과정에서 일어나는 소외의 문제로 고독의 의미가 심화·확대된다. 그의 세계관까지도 짧은 글 가운데 드러나고 있음을 읽을 수 있다. 철학자 박이문[16]의 『노장사상』(1980)은 노장사상에 대한 재해석을 보여주는 저서로서 여기에 수록된 「속세와 열반」은 철학적 사색의 깊이가 드러나는 글이다.

소백산 기슭 부석사의 한낮, 스님도 마을 사람도 인기척이 끊어진 마당에는 오색 낙엽이 그림처럼 깔려 초겨울 안개비에 촉촉이 젖고 있다. 무량수전, 안양문, 조사당, 응향각들이 마치 그리움에 지친 듯 해쓱한 얼굴로 나를 반기고, 호젓하고도 스산스러운 희한한 아름다움은 말로 표현하기가 어렵다. 나는 무량수전 배흘림기둥에 기대서서 사무치는 고마움으로 이 아름다움의 뜻을 몇 번이고 자문자답했다.
무량수전은 고려 중기의 건축이지만 우리 민족이 보존해온 목조건축 중에서는 가장 아름답고 오래된 건물임이 틀림없다. 기둥 높이와

---

12) 최순우(1916~1984) : 미술사학자, 국립중앙박물관장 역임. 저서에 『무량수전 배흘림기둥에 기대서서』가 있음.

15) 신영복(1941~) : 성공회대 교수 역임. 경남 밀양 출생. 서울대 경제학과 졸업. 1968년 통일혁명당 사건으로 투옥, 20년 20일 간 복역. 1988년 출소. 『감옥으로부터의 사색』(1988), 『나무야 나무야』(1996), 『더불어 숲 (1)』(1998), 『신영복의 엽서』(2003), 『신영복』(2003), 『강의』(2004) 등의 저서가 있음.

16) 박이문(1930~) : 철학자, 시인, 『시와 과학』, 『노장사상』, 『이성은 죽지 않았다』, 『더불어 사는 인간과 자연』 등 40여 권의 저서와 『나비의 꿈』, 『공백의 울림』 등 3권의 시집이 있다.

굵기, 사뿐히 고개를 든 추녀의 곡선과 그 기둥이 주는 조화, 간결하면서도 역학적이며 문창살 하나 문지방 하나에도 나타나 있는 비례의 상쾌함이 이를 데가 없다. 멀찍이서 바라봐도 가까이서 쓰다듬어 봐도 무량수전은 의젓하고도 너그러운 자태이며 근시안적인 신경질이나 거드름이 없다. 무량수전이 지니고 있는 이러한 지체야말로 석굴암 건축이나 불국사 돌계단의 구조와 함께 우리 건축이 지니는 참 멋, 즉 조상들의 안목과 그 미덕이 어떠하다는 실증을 보여주는 본보기라 할 수밖에 없다. (최순우의 「부석사 무량수전」에서)

　고독하다는 뜻은 한마디로 외롭다는 것, 즉 혼자라는 느낌이다. 이것은 하나의 '느낌'이다. 객관적 상황에 관한 것이라기보다 주관적 감정의 어떤 상태를 가리킨다.

　자신이 혼자임을 느끼게 되는 것은 반드시 타인이 없는 상태이어야 하는 것은 아니다. 이것은 오히려 자기가 자기 자신에 대하여 갖는 감정이다. 버스를 타고 있을 때나, 극장에 앉아 있을 때처럼 흔히 자기의 좌우에 타인이 동석하고 있는 상황에서도 외로움은 느낄 수 있으며 심지어는 친구와 가족과 함께 있을 때에도 소위 '고독'에 젖게 되는 경우가 있는 것으로 설명되고 있다.

　고독이란 고도(孤島)의 '로빈슨 크루소'의 그것만이 아니라 개선하는 '나폴레옹'의 그것까지도 포함하는 것으로 설명한다는 점에서 그것은 꽤 광범한 내용을 갖는 것이다. 결국 고독이란 상황의 문제가 아니라 감정의 문제이기 때문에, 그만큼 그것의 내용이 미묘하고 모호한 셈이 된다. 그러나 우리의 감정은 외부로부터 오는 것이란 점에서 우리는 우리가 처해 있는 상황에서 고독의 근거를 찾지 않을 수 없는 것이다.

　혼자라는 느낌, 격리감이나 소외감이란 유대감의 상실이며, 유대감과 유대의식이 없다는 것은 '유대관계'가 없기 때문이다. 따라서 우리는 고독의 문제를 다루기 위해서는 어차피 인간관계, 사회관계를 분석하지 않을 수 없게 된다.

사회란 '모두살이'라 하듯이, 함께 더불어 사는 집단이다. 협동노동이 사회의 기초이다. 생산이 사회적으로 이루어진다는 것, 그리고 함께 만들어낸 생산물을 여러 사람이 나누어 갖는다는 것이 곧 사회의 '이유'이다. 생산과 분배는 사회관계의 실체이며, 구체적으로는 인간관계의 토대이다.

그러므로 고독의 문제는 바로 생산과 분배에 있어서의 소외문제로 파악될 수 있는 것이다. 만들어내고 나누는 과정의 무엇이 사람들을 소외시키는가? 무엇이 모두살이를 '각(各)살이'로 조각내는가? 조각조각으로 쪼개져서도 그 조각난 개개인으로 하여금 '흩어져' 살 수 있게 해주는 것은 무엇인가? 수많은 사람, 수많은 철학이 이것을 언급해왔음이 사실이다. 누가 그러한 질문을 나한테 던진다면 나는 아마 '사유'(私有)라는 답변을 할 것이라고 생각된다.

개인과 개인의 아득한 거리, 너의 불행이 나의 행복을 위협하지 못하게 하는 벽, 인간관계가 대안(對岸)의 구경꾼들 간의 관계로 싸늘히 식어버린 계절…… 담장과 울타리. 공장의 사유, 지구의 사유, 불행의 사유, 출세의 사유, 숟갈의 사유…….

개미나 꿀벌의 모두살이에는 없는 것이다. 신발이 바뀐 줄도 모르고 집으로 돌아온 밤길의 기억을 나는 갖고 있다. (신영복의 「독방에 앉아서」 전문)

종교가 추구하는 것이 '죄'라든가 '고통'이라든가 혹은 '우환'으로 진단된 보편적이며 근본적인 인간의 불만스러운 조건의 해결에 있다면, 종교의 목적은 그러한 인간 조건에서 떠나는 것으로 생각됨은 극히 자연스러운 논리다. 사실 대체로 종교뿐만 아니라 철학적 입장에서 볼 때 부정적으로 판단된 삶 자체에서 떠나는 것이다. 그렇다고 종교가 원하는 것이 삶 자체를 부정해서 죽음을 찾는 것은 아니다. 종교적 인간의 근본적 해결이 삶 자체를 떠나는 데서 찾으려 한다는 것은 우리가 현재 살고 있는 삶과는 다른 형태의, 보다 이상적인 삶을 찾는 데 있다. 이곳에서 삶을 부정하는 것은 삶 자체를 부정하는 것이 아니라, 삶을 긍정함에서 나타나는 것이고, 보다 완전한 삶을 원하기 때문이다. 따라서 종교에 나타나는 현세적 삶의 부정(否定)은 사실상 삶에의 강한 애착을 의미한다. (박이문의 「속세와 열반」에서)

5) 유머·위트·비판의식이 요구되는 글

유머, 위트, 비판의식, 이런 것들은 다른 문학 양식에서도 나타나지만, 대체로 뚜렷한 사건의 구성이 없는 수필에서는 더욱 중요한 요소가 된다. 유머나 위트는 수필의 평면성, 건조성, 단조로움을 벗어나게 만드는 요소이며, 비판의식은 수필의 아름다운 정서에 지적 작용을 더해 준다.

유머(humour)는 해학, 익살, 골계 등의 우리말에 해당되는 말로서 단순한 코믹(comic)이 아니라 대상에 대한 동정과 관용을 수반한다는 점에서 냉소, 조소 등의 적의와 경멸의 감정이 담긴 웃음과는 구별된다. 인간의 어리석음, 무지, 불완전성조차도 따뜻이 감싸는 무해한 웃음이 유머이다. 유머는 대상에 대한 마음의 여유와 관용으로부터 발생한다. 즉, 이웃에 대하여 선의를 가지고 그 약점, 실수, 부족을 즐거운 마음으로 함께 시인하는 공감적인 태도이다. 유머는 기지가 갖는 신선하고 예리한 비판성이 없고, 불일치를 발견하되 비공격적이며, 자신도 그런 불일치가 자행되는 사회의 일원임을 암시하는 일종의 뱃심과 겸허와 아량을 보인다. 이를테면 그것은 세상과 더불어 세상을 웃는 태도이다. 유머가 성격적 기질적이라면, 기지는 지적이라고 할 수 있다. 따라서 유머는 태도, 동작, 표현, 말씨 등에 광범위하게 나타나지만, 기지는 언어적 표현을 떠나서는 존재하지 않는다. 기지가 집약적이고 안으로 파고들며 빠르고 날카롭다면, 유머는 밖으로 확장되며 느리고 부드럽다.

위트(wit)는 흔히 짧고 교묘하고 희극적인 놀라움을 일으키는 일종의 언어적 표현으로 그 의미가 보편화되었다. 위트는 일치한다고 믿어지는 사실에서 불일치를, 불일치한다고 믿어지는 사실에서 일치점을 발견하는 예리한 판단력이고, 또 그 판단의 결과를 간결, 명확하고도 암시적인 문구(경구나 격언 등)나 정리된 말로 능숙히 표현하는 능력이다. 위트가 순수하게 지적인 능력인 데 반해 유머는 그 웃음의 대상에의 동정을 수반하는 정적인 작용을 포함한다. 유머는 위트처럼 단순히 눈앞에 보이는 하나하나의 현상에 대한 반응으로서 나타나는 데 그치지 않고 보다 포괄적인 인생관의 한 태도에 직결된다고 할 수 있다.[17)]

봉건시대 이혼의 조건으로 여자에게 칠거지악이 있었으나 요즘 세상에는 남자에게도 칠거지악이라는 말을 할 수 있을 듯하다.
옛날 대가족 제도에서는 남자의 위세가 당당하여 여자는 숨소리조차 내지 못하였다. 그러나 오늘날에는 핵가족 시대가 되면서 여성들의 지위가 향상되자 이제는 거꾸로 위치가 전도되어 남자들보다 여자들 목소리가 더 커졌다.

남자들의 칠거지악을 생각해본다.
첫째로, 말이 너무 많아도 걱정이지만 너무 없는 남자도 걱정이다.

15) 한용환, 『소설학사전』, 고려원, 1992, 77~80면 참조.

"침묵은 금이다"라는 말이 있지만 벙어리 같은 남자는 답답하기 짝이 없다. 화제가 빈곤하여 취미도 별로 없고 그저 점잖게 있는 남자. 이런 남자는 멋도 없고 재미도 없는 남자이다.

　　남녀의 대화는 서로 통하는 점이 있고 서로 발전적인 새로운 이야기가 오고가야 대화가 단절되지 않는다.

　　둘째로, 경제적으로 능력이 없는 남자이다. 노력도 하지 않고 여자에게 얹혀사는 무능한 남자가 이들이다. 정말 별 볼일 없는 남자다. 또 경제권을 몽땅 여자에게 넘겨주고 주눅이 들어 비실비실한 남자, 이런 남자는 자기생활이 불규칙하여 술에다 기분을 푸는 골치 아픈 존재이다. (이숙의 「여자들이 싫어하는 남자」에서)[18]

　　여성 수필가인 이숙은 「여자들이 싫어하는 남자」에서 과거 전통사회에서 여성들을 억압했던 '칠거지악'을 뒤집으며, 현대사회의 남성 칠거지악을 내세운다. 여기에 시대에 대한 비평정신이 작용하고 있다. 말이 없는 남자로부터 시작하여 경제적 무능, 바람둥이, 주벽, 의처증, 괴팍한 성질, 적당주의 등이 그것이다. 이 글은 페미니즘에 의해 남성을 공격하기보다는 여성 칠거지악을 남성 칠거지악으로 뒤집음으로써 그 전복적 상상력이 웃음을 유발한다.

6) 간결한 산문의 문학

　　수필은 간결한 것이 특색이며 산문으로 씌어진다. 조연현은 수필을

---

16) 이숙, 「여자들이 싫어하는 남자」, 박완서 외, 『이런 남자라면 가슴이 설렌다』, 동화출판사, 1993, 152~155면.

산문문학의 대표적 양식으로 파악하며, 학문이나 과학에 포함되지 않는 창작적 요소를 지닌, 즉 문학평론, 수상, 일기, 서한, 자서전, 전기, 격언, 각종의 의사 등 일체의 산문문학을 지칭하는 것으로 보았다.[19]

산문은 근대에 와서 발달한 것으로, 의미가 중심이고 논리적이며 이지적인 문장이다. 또한, 객관적이며 실질적 과학정신에 입각한 문장이다. 따라서 서양에서 근대 이후 몽테뉴나 베이컨에 의해서 발달한 수필이 산문으로 씌어진 것은 당연한 현상이라 하겠다. 우리나라에서도 한문수필이 조선조에 와서 크게 융성했다. 그리고 17세기부터는 한글의 광범위한 보급과 함께 일상적 경험을 기술하는 데 있어 국어 문장이 발휘하는 섬세하고도 구체적인 표현력에 대한 인식이 깊어짐에 따라 많은 한글수필이 여성들에 의해서 창작되었다.

근래 신문이나 잡지에서 볼 수 있듯이, 수필의 길이는 신문의 경우에는 보통 2백 자 원고지로 5매 정도에서 10여 매 정도인 것이 많으며, 수필전문지나 문학지에서는 보통 15매 전후의 길이이다.

그리고 수필은 서간, 일기, 기행뿐만 아니라 소설, 희곡, 시까지도 한 편 속에 아우를 수 있는 문장형식의 다양성을 지닌 문학이다.

---

19) 조연현, 앞의 책, 194~197면.

7) 수필과 타 장르와의 비교

종 류	타 장르의 특징	수필의 특징
논설문·설명문	형식적 제한 산문 논리적이다.	형식적 제한이 없다. 산문 논리적일 수도 있고, 정서적일 수도 있다.
전 기	사실의 기록이다.	사실일 수도 있고, 상상일 수도 있다.
희곡·시나리오	상연을 목적으로 한다. 대사 중심이다.	별다른 목적이 없다. 대사를 사용할 수도 있고, 하지 않을 수도 있다.
소 설	허구이다.	사실일 수도 있고, 상상일 수도 있다.
기 행 문	여정이 분명하다.	여행을 소재로 할 경우, 여정이 분명하지 않아도 된다.
편지·일기	일정한 형식이 있다.	형식이 자유롭다.

제2장 수필의 역사

1. 서양의 수필 －프랑스와 영미수필

에세이라는 용어를 처음 사용한 사람은 몽테뉴지만 에세이적 양식의 글은 기원전인 플라톤(Platon, B.C. 429~347)의 『대화편(Dialogues)』으로부터 시작되어, 1세기께 세네카(Seneca)의 『서간집(Epistles)』, 아우렐리우스(M. Aurelius)의 『명상록(The Meditations)』으로 발전했다. 이 글들은 산만한 대화형식, 서간문, 명상록 등으로 그 내용과 형식에서 수필적 요소를 지닌 글이라고 할 수 있다.

하지만 진정한 의미의 수필은 16세기 프랑스의 철학자 몽테뉴의 『수상록』에서부터 시작되었으며, 그 뒤 17세기 영국의 베이컨을 거쳐 19세기 찰스 램 등으로 이어지며 발전했다.

몽테뉴는 1580년에 처음 간행한 『수상록』을 1582년에 증보 제 2판을, 1588년에 증보와 제3권을 간행하였다. 그는 자신의 수필에 대해

"사람들은 자기의 밖을 보지만은 나는 나를 고찰하고 나를 검사하고 나를 사고한다. 다른 사람은 항상 외계를 걷는다. 아무도 자기 속을 성찰하려 하지 않지만 나는 항상 자기의 내계(內界)를 본다"라고 하여 자신의 내면에 대한 성찰로부터 그의 수필이 시작하고 있음을 밝히고 있다. 그는 "이 글을 쓰는 데 있어 내 집안일이나 사생활 이외의 것은 전혀 기도하지 않았다"라고도 하였고, "이 글에서 나는 대단히 만족해서 자기를 충분하게 그리고 적나라하게 그린 것이다"라고 하여 그의 수필이 사적이고 개인적이며, 적나라한 자기노출의 문학임을 밝히고 있다. 고등법원 판사로 13년 간 근무했던 몽테뉴는 학문을 전문으로 하지 않는 독서인을 이상으로 삼았다. 그는 공적 입장에서가 아니라 철저히 보편인의 개인적 입장에서 글을 썼으며, 그의 글의 시작과 끝은 인간이라는 주제였다. 그렇다고 하여 그의 글이 가벼운 신변잡기를 적은 것은 아니었다. 그는 일상은 물론 자연, 윤리, 정치, 경제, 사회, 문화 전반을 고도의 지적인 전망하에 자유자재로 다루었다.[20]

정봉구는 몽테뉴의 에세이 유형을 '자아탐구와 자아확립의 표현수단', '지적 작업의 용구로서의 시론형', '모랄리스토의 범시형(範示型) 시론', '형식적 측면에서 무형식의 형식'으로 나눈 바 있다.[21]

박홍규는 몽테뉴 평전인 『몽테뉴의 숲에서 거닐다』[22]에서 몽테뉴

20) 박홍규, 『몽테뉴의 숲에서 거닐다』, 청어람 미디어, 2004, 32면.
21) 정봉구, 「Essias의 문학장르적 고찰」, 윤재천 편, 『수필문학의 이해』, 세손, 1995, 38~63면.
22) 박홍규, 앞의 책.

의 에세에 대하여 '주체적 판단의 시도'라고 말한다. 즉, 자신의 체험과 견문에서 얻은 새로운 사고나 주장, 그리고 타인의 체험, 견문과 사고, 주장에 대한 자신의 비판적인 사고나 주장이라는 것이다. 따라서 앞서 나온 타인의 선입견 혹은 상투적인 주장을 물리치고, 스스로에게 명백하다고 생각되는 것을 회의하고 음미한 뒤, 타인의 그것과 다른 것을 보여주어야 한다는 점에서, 에세는 그냥 생각나는 대로 쓰는 산문처럼 가벼운 것이 아니라는 것이다. 다음은 몽테뉴의 「죽음에 대하여」의 일부이다.

고독하다는 뜻은 한마디로 외롭다는 것, 만일 내가 태어난 고향 땅이 아닌 다른 곳에서 죽기를 두려워한다거나 내 가족들로부터 떨어져서 죽는 것을 괴로운 일로 생각한다면, 나는 프랑스 밖으로 한 걸음도 나가보지 못할 것이며 내 교구 밖으로 나가기도 겁이 날 것이다. 그러나 나는 다르다. 나는 언제나 죽음이 내 목덜미와 허리를 잡고 있다는 것을 느낀다. 어디가 되든 죽음은 나에게 두려운 존재가 아니다. 그렇지만 죽을 자리를 택해야 한다면 침대 위보다는 말 위에서, 또는 집을 나가서 식구들로부터 멀리 떨어진 곳을 택하고 싶다. (몽테뉴의 「죽음에 대하여」에서)

몽테뉴의 뒤를 잇는 수필가로 데카르트(Descartes, 1596~1650), 파스칼(Pascal, 1623~1662), 라 뷔르에르, 『딸에게 보낸 편지』를 남긴 세비네 부인, 『잠언집』을 남긴 라 로슈코프, 라신느, 몰리에르, 퐁트넬, 『고독한 산책자의 명상록』을 쓴 루소, 『지상의 양식』의 지드, 과테말라 비행사고 후 요양소에서 지내면서 오랜 비행생활 속에서 체험한 모험적인 사건과 경험을 적은 『인간의 대지』(1939)를 쓴 생텍쥐페리 (1900~1944), 사르트르의 「보들레르론」, 디드로, 보들레르, 알랭, 구르 몽, 카뮈의 「여름」, 생·시몽의 『회고록』, 말로의 『회고록』, 보부아르 의 『제2의 성』, 드골의 『정치회고록』 등의 수많은 작가와 작품이 있 다.

  프랑스의 수필은 대체로 철학적 에세이가 우세한 편으로 자연을 배경으로 하는 서정적 에세이는 드문 편이다.[23)

  한편 영국에서는 문예부흥기(1501~1625)에 접어들면서 산문이 득세 하기 시작하여 에세이(essay)가 베이컨에 의해서 큰 발전을 이루게 되 었다. 그는 1597년에 『수필집』을 발간하였는데, 이는 불과 10편을 수 록한 짧은 수필집으로 인생의 내부세계를 파헤치는 프랑스 수필과는 다른, 영국인 특유의 유머와 위트를 사용해서 사회문제, 즉 우정, 결 혼, 논쟁, 여행 등의 문제를 다루었다. 그의 수필은 언어를 극히 절약 하여 간결체로 씌어졌으며, 예리한 관찰력과 사회인으로서의 경험을 살려 깊은 예지의 섬광으로써 독자를 매혹시켰다.

  이러한 베이컨의 수필정신은 N.브레통, R.버튼, W. 드루몬드의 「싸 이프레스의 숲」, 타일러의 「성스러운 삶」, 「성스러운 죽음」, 월튼의 「은 어대전(銀魚大全)」 등으로 이어진다. 반면 코레이(Cowley)는 몽테뉴적 수 필을 써서 영국 수필사에서 몽테뉴와 램을 연결하는 수필가로 평가받 는다.

  1711년에 『테틀러』, 『스펙데이터』지 간행 이후 스티일과 에디슨은

---

23) 구인환 외, 『수필문학론』, 개문사, 1995, 227~233면.

신문에 수필을 발표한다. 이들의 수필은 부정한 세태를 폭로하고, 교활·허영·가식의 껍질을 벗기며, 의복·언어·행동에 있어서 일반적으로 단순화를 권장하는 특색을 지녔다. 18세기 후반에는 존슨이 『램블러』지를 통해서 주로 도덕적이고 교훈적인 수필을 발표했다. 골드스미스는 수필지 『The Bee』를 간행했으며, 1762년에 『세계시민』이란 수필집을 통해서 가상의 중국인이 영국인의 풍속, 사상, 생활에 대한 견문을 고국에 알리는 견문기 형태의 수필로 유명하다. 스터언의 『감상여행』(1768)은 소설적 요소와 기행문적 요소가 섞여 있는 것으로 인간미, 풍물, 에피소드 등에 대해서 쓰고 있다.

19세기에 접어들면서 영국의 수필문학은 대부흥기를 맞는다. 찰스 램(Charles Lamb, 1775~1834), 윌리엄 헤즐릿(William Hazlitt, 1778~1830), 헌트(L. Hant), 토머스 드 퀸시(De Quiency) 등의 유명한 수필가가 배출되었다.

특히 램은 19세기 수필문학 대부흥기의 선구자였다. 그는 몽테뉴와 계열을 같이하며 수필은 개인적인 것이어야 한다고 주장하였다. 문학비평가이자 수필가인 찰스 램의 『엘리아의 수필』(1823)은 시정인(市井人)의 여유와 철학이 깃들어 있으며 신변적·개성적 표현이면서도 인생의 참된 모습이 묘사되어 있고, 영국적 유머와 애상이 잘 드러나 있다. 그는 에세이에서 전통적인 철학적 논의나 도덕적 성찰을 넘어서서, 삶의 사소한 즐거움과 확신을 문학적으로 발랄하게 표현하고 탐구하고자 하였다. 그의 개인적 에세이는 평이하면서도 우아하고 세련되었으며, 스펜서와 같이 간혹 고어를 섞은 명문의 현대어로 씌어졌다. 그는 작가 자신의 문제, 문학과 인간에 대한 심미안, 그리고 과거의 문화에 대한 향수를 변덕스러우면서도 의지가 강하고 자기비하적이면서도, 탐닉적이며, 페이소스에 접근하는 균형 잡힌 해학의 필치를 보여주었다.[24]

헤즐릿은 코울리지와 함께 당대의 가장 중요한 문학비평가이자 산문작가였다. 그는 철학공부에 심취했고, 희곡비평과 일반적인 에세이를 썼다. 그의 에세이는 평이하고 솔직담백하며, 핵심을 찌르는 구어체나 담화체로 씌어졌다. 그의 글은 체계적이고 조직적이기보다는 한 가지 문제나 주제를 제기한 후 그에 관련된 이야기를 점증적으로 축적시키고 발전시켜 나가는 방식으로 씌어졌다. 그의 수필집으로는 『원형테이블(The Round Table)』(1816~1817), 『테이블이야기(Table Talk)』(1821~1822), 철학적 에세이 『인간행동의 원론』(1805), 『셰익스피어극의 인물들』(1817), 『영국시인강론』(1818) 등이 있다. 「해시계에 관하여」, 「여행에 관하여」, 「지적 우월의 단점에 관하여」 등의 에세이에서 그는 인생에 대한 날카로운 통찰력과 해박한 지식을 잘 결합시켰다.[25]

해즐릿, 램과 함께 중요한 낭만주의 산문가인 토머스 드 퀸시(Thomas De Quincey, 1785~1859)가 1821년에 『런던잡지』에 처음 기고한 『영국 아편복용자의 고백』은 아편복용에 관한 흥미로운 자전적 고백이다. 라틴 고전의 인용이 풍부한 이 글은 이듬해 출판되었으며, 1856년에 개정·증보되었다. 프로이트의 정신분석을 예견하는 이 글

---

24) 여홍상, 『근대영미문학의 흐름』, 고려대학교 출판부, 2003, 65~66면.
25) 여홍상, 위의 책, 63~64면.

은 무의식, 꿈과 환상, 기억의 세계, 그의 표현을 빌자면 "잠재적으로 인간의 꿈에 속하는 장엄한 그 무엇"에 관한 일종의 심층심리학적 탐구이다.

저널리스트인 헌트는 자연과 인생의 조화에 역점을 둔 수필을 발표하였다.

19세기 후반기에 평론, 사전(史傳), 비평 등의 산문문학이 발달하였는데, 칼라일, M 아놀드, 러스킨, 머콜리, 스미스, 브라운, 스티븐슨 등의 수필가가 나와 사회성 짙은 수필들을 쓰기 시작했다. 칼라일(T. Carlyle, 1795~1881)은 영국의 상황문제에 대해 누구보다도 비판적인 글을 씀으로써 당대 문인들에게 가장 많은 영향을 끼쳤다. 『과거와 현재』(1843)에서 그는 배금주의와 자유방임의 정치경제가 지배하는 영국사회를 신랄하게 비판하면서 노동이 인간을 소외시키고 있는 사회 현실에 대하여 중세의 온정적 공동체주의를 대안으로 제시하였다. 그의 중세주의는 현실성 없는 낭만적 대안에 불과했지만 당대 영국 산업자본주의의 병리에 대한 날카로운 진단과 분석이 함축하는 탁월한 비판적 통찰은 마르크스의 『자본론』 등에까지 이어진다고 할 수 있다.26)

칼라일이 당대 영국 산업사회를 부정적 시각에서 바라보았던 반면에, 머콜리(T.B. Maccaulay, 1800~1859)는 이를 역사의 진보로서 긍정적으로 파악했다. 그의 당대 영국에 대한 긍정적 평가는 빅토리아조 특유의 진보주의, 낙관주의, 지칠 줄 모르는 힘과 에너지, 그리고 불굴

---

26) 위의 책, 86~89면.

의 투지의 표현임과 동시에 당대인들에게 그러한 가치관을 심어주는 데 중요한 역할을 하였다. 역사가, 수필가, 연설가로, 정치가로서 다양한 활동을 했던 그의 명징하고 정교한 산문 스타일은 반세기 동안 영국 저널리즘에 많은 영향을 주었다.27) 그의 「밀튼론」은 내용보다는 형식과 문체가 뛰어난 글로 평가되었으며, 그의 수필은 자서전적 고백의 형식에서 벗어나 사회적 역사적 문학적 내용을 취급하였다.

『꿈의 마을』, 『잔엽집(Last Leaves)』을 쓴 스미스, 『라브와 그 벗들』, 『한가만필(閑暇漫筆)』을 쓴 의사출신의 브라운 등도 활발한 작품을 발표했다. 『젊은이들을 위하여』(1881)를 쓴 스티븐슨은 주관적 정조가 짙은 수필을 써서 몽테뉴나 램의 수필적 계보를 잇는다. 그의 사후에 영국의 수필은 현대수필로 접어든다.

20세기 초반의 영국수필은 몽테뉴, 램, 스티븐슨의 계보를 이어 주관적인 유형의 수필이 성행했다. 「화장품의 변」을 쓴 비어봄(G.R. Beerbohm), 『생명의 운율』, 『생명의 색채』, 『각신(殼神)의 도주』를 쓴 서정적 운치의 문장가인 메넬부인, 「헨리 라이크로프트의 수기」를 쓴 깃싱(G.R. Gissing)도 서정적 문체로 유명하다. 시인이며 소설가로서 「모자 쫓기」란 수필을 쓴 체스터튼(G. K. Chesterton)은 많은 독자가 있었으며, 류커스(E.V. Lucas)는 저널리즘에 입각한 수필가로서 『노변(爐邊)과 양지』(1906) 등의 수필집을 남겼다. 『안식과 불안』, 『새벽과 황혼』을 쓴 토마스(E. Thomas), 몬터규(C. E. Montague), 『한가한 사람들의 한가한 생각들』을 쓴 제로움(K. Jerome), 가드너(A.G. Gardiner), 린드

---

27) 위의 책, 89~90면.

(R. Lynd), 밀른(A.A. Milne), 버나드 쇼(G.B.Show), 엘리엇(T.S. Eliot), 러셀(B. Russell) 등이 활발히 작품을 썼다.[28]

한편, 미국의 수필은 영국수필을 계승하고 있는데, 대표적 작가에는 『스케치북』을 쓴 어빙(W. Irving), 『수필집』, 『일기』를 쓴 에머슨(R.W. Emerson), 『센디기프(*Shandigaff*)』(1916)를 쓴 몰레이(C. Morley), 더버(J. Thurber), 『음식론』, 『폭기(*The Wild Flag*)』를 쓴 화이트(E.B. White) 등이 있다.[29]

2. 우리나라의 수필

우리나라의 수필은 시대별로 1)고전수필과 2)근대 이후의 근대수필, 3)해방 이후의 현대수필로 나누어볼 수 있다. 그리고 고전수필은 다시 고려 이후의 방대한 한문수필과 조선시대 훈민정음 창제 이후의 주로 여성들에 의해서 씌어진 국문수필로 나뉜다.

1) 고전수필

(1) 한문수필

고전 한문수필은 고려에서 조선말에 이르는 한문으로 된 모든 수

---

28) 구인환 외, 앞의 책, 234~243면.
29) 위의 책, 234~257면.

필류를 말하는 것으로 방대한 양을 이루고 있다. 대개의 경우 한문학에서는 잡기(雜記)나 필기(筆記) 등의 기(記), 야록(野錄)이나 쇄록(鎖錄) 등의 녹(錄), 전문(傳聞)이나 야문(野聞)의 문(聞), 총화(叢話)·야화(野話) 등의 화(話), 쇄담(鎖談)·야담(野談) 등의 담(談), 수필(隨筆)·만필(漫筆) 등의 필(筆), 편지글인 서(書), 의견을 위주로 한 문(文), 이밖에 책의 앞머리와 맨 뒤의 서발(序·跋) 등의 문장이 수필적인 양식을 보여준다.

『한국수필문학사』를 집필한 장덕순(張德順)은 우리나라 최초의 수필로 신라시대 혜초(慧超)의 『왕오천축국전(往五天竺國傳)』을 들고 있다. 혜초가 인도로 떠난 것은 그의 나이 30세 전(723)으로 『왕오천축국전(往五天竺國傳)』은 앞부분과 뒷부분이 떨어져 나가 전문이 전해지지는 않지만 정확한 노정과 섬세하고도 예민한 관찰, 방문지의 풍속, 정경이 종합적으로 묘사되어 독자로 하여금 그 분위기에 몰입하게 만드는 기행문으로서 전혀 손색이 없는 작품이다.30)

고대수필은 혜초의 『왕오천축국전』으로부터 최치원(崔致遠, 857~?)의 『계원필경(桂苑筆耕)』으로 이어진다. 이 책은 최치원이 당나라에 있을 때 집필한 것을 신라에 돌아와서 편찬(886)한 것으로 20권 4책으로 되어 있다. 이는 현전(現傳)하는 최고의 한시문집으로 다양한 종류의 산문과 시가 수록되어 있다. 서간문과 기(記)와 제문(祭文) 등에서 수필문학의 뿌리를 찾아볼 수 있다.

고려 때의 수필로는 삼국사기의 대표찬자인 김부식(金富軾, 1075~1151), 『백운소설(白雲小說)』의 저자인 이규보(李奎報), 이인로(李仁老,

---

30) 장덕순, 『한국수필문학사』, 새문사, 1984, 13~14면 .

1152~1220)의 『파한집(破閑集)』(1260), 최자(崔滋, 1188~1260)의 『보한집(補閑集)』, 이제현(李齊賢, 1287~1367)의 『역옹패설(櫟翁稗說)』 등을 들 수 있다. 물론, 이 중에는 비평이나 소설적인 것들도 많아 일률적으로 수필이라고 말할 수는 없지만 이 가운데 수필적 성격의 문장들을 총괄하여 한문수필이라고 한다.

한문수필은 이제현이 『역옹패설』 서문에서 말한 대로 낙수를 벼룻물로 삼아 한가한 마음으로 수의수필(隨意隨筆)하여 울적한 회포를 풀거나, 닥치는 대로 적은 것이 대부분이다. 그 중 기행수필인 이규보의 「남행월일기(南行月日記)」와 울지 않는 닭에 의탁하여 인사(人事)를 풍자한 김부식(金富軾)의 「아계부(啞鷄賦)」 등이 유명하다.

조선시대에 와서 한문수필은 크게 융성하여 서거정의 『필원잡기』, 『태평한화골계전(太平閑話滑稽傳)』, 강희맹(姜希孟)의 『촌담해이(村談解頤)』, 성현(成俔)의 『용재총화(慵齋叢話)』, 최보의 『금남표해록(錦南漂海錄)』, 김정(金淨)의 『제주풍토기(濟州風土記)』, 홍만종(洪萬宗)의 『시화총림(詩話叢林)』, 유성룡(柳成龍)의 『징비록(懲毖錄)』, 박지원의 『열하일기(熱河日記)』 등 여러 양상의 수필이 나온다.

그 중에서 『열하일기』는 북학파(北學派)의 거성인 박지원이 박명원(朴明源)의 수행원으로 중국에 들어가 여행한 견문을 기록한 것으로 한문수필의 백미로 꼽을 만하다. 특히, 1780년(정조 4) 6월 24일부터 7월 9일까지 압록강을 건너 요양(遼陽)으로 가는 15일 간의 견문·풍속 등을 실은 『도강록(渡江錄)』과 신광녕(新廣寧)으로부터 산해관(山海關)에 이르는 562리에 걸친 여행을 기록하면서 '북진묘기(北鎭廟記)'·'거제(車

制)'·'희대(喜臺)'·'점사(店舍)'·'교량(橋梁)' 등 짤막한 글을 수록하고 있는 『일신수필』이 유명하다.

　　만리장성을 보지 않고서는 중국의 큼을 모를 것이요, 산해관을 보지 못하고는 중국의 제도를 알지 못할 것이요, 관 밖의 장대를 보지 않고는 장수의 위엄을 알기 어려울 것이다.
　　산해관을 1리쯤 못 가서 동향으로 모난 성 하나가 있다. 높이가 여남은 길, 둘레는 수백 보이고, 한 편이 모두 칠첩(七堞)으로 되었으며, 첩 밑에는 큰 구멍이 뚫려서 사람 수십 명을 감출 수 있게 하였다. 이러한 구멍이 스물 네 개이고, 성 아래로 역시 구멍 네 개를 뚫어서 병장기를 간직하고, 그 밑으로 굴을 파서 장성과 서로 통하게 하였다. 역관들은 모두 한(漢)나라 때 쌓은 것이라 하나 그릇된 말이다. 혹은 이를 '오왕대(吳王臺)'라고도 한다. 오삼계(吳三桂)가 산해관을 지킬 때에 이 굴 속으로 행군하여 갑자기 이 대에 올라 포성을 내니, 관 안에 있던 수만 병이 일시에 고함을 질러서 그 소리가 천지를 진동하고 관 밖의 여러 곳 돈대에 주둔했던 군대도 모두 이에 호응하여 삽시간에 호령이 천 리에 퍼졌다. 일행의 여러 사람들과 함께 첩 위에 올라서서 눈을 사방으로 달려보니, 장성은 북으로 뻗고 창해(滄海)는 남에 흐르고, 동으로는 큰 벌판을 다다르고 서로는 관 속을 엿보게 되었으니, 이 대만큼 조망(眺望)이 좋은 곳은 다시 없을 것이다. 관 속 수만 호의 거리와 누대(樓臺)가 역력히 마치 손금을 보는 듯하여 조금도 가리어진 곳이 없고, 바다 위 한 봉우리가 하늘을 찌를 듯 뾰족하게 솟아 있는 것은 곧 창려현(昌黎縣) 문필봉(文筆峯)이다. 한참동안 서서 바라보다가 내려오려 하니 아무도 먼저 내려가려는 사람이 없다. 벽돌 쌓은 층계가 높고 험해서 내려다보기만 해도 다리가 떨리고 하인들이 부축하려 하나 몸을 돌릴 공간이 없어서 일이 매우 급하게 되었다. 나는 서쪽 층계로 먼저 간신히 내려와서 대 위에 있는 여러 사람을 쳐다보니, 모두 부들부들 떨며 어쩔 줄 모르고 있다. 대개 오를 때

엔 앞만 보고 층계 하나하나를 밟고 올라갔기 때문에 그 위험함을 몰
랐는데, 급기야 내려오려고 눈을 한번 들어 밑을 내려다보니 저절로
현기증이 일어나니 그 허물은 눈에 있는 것이다. 벼슬살이도 이와 같
아서 바야흐로 위로 자꾸만 올라갈 때엔 한 계단이라도 남에게 뒤떨
어질세라 혹은 남을 밀어젖히면서 앞을 다툰다. 그러다가 마침내 몸
이 높은 곳에 이르면 그제야 두려운 마음이 생긴다. 외롭고 위태로워
서 앞으로는 한 발자국도 나아갈 길이 없고, 뒤로는 천 길이나 되는
절벽이어서 다시 올라갈 의욕이 사라질 뿐 아니라 내려오려고 해도
잘 되지 않는 법이다.

　　이는 고금을 막론하고 모두 그렇다. (박지원의 「일신수필(駬訊隨
筆)」에서)

　　그밖에도 김만중(金萬重)의 『서포만필(西浦漫筆)』, 고증적인 수필인 이
익(李瀷)의 『성호사설(星湖僿說)』, 보고 들은 것을 단편적으로 기술한 안
정복(安鼎福)의 『잡동산이(雜同散異)』, 인문지리지이면서 당시 인심의 기
미를 담은 이중환(李重煥)의 『택리지(擇里志)』 등 여러 양상의 수필을 볼
수 있다. 이러한 한문수필들은 관조의 세계에 안주하려는 시인이나
묵객 등이 그들의 사상과 생활 감정을 여러 형태로 담은 것으로서,
비평적이면서도 해학과 풍자를 보여준다.

(2) 국문수필

　　우리나라에서 수필류의 기록문학이 본격적으로 발달한 것은 고려
시대 초기부터이다. 하지만, 17세기께부터 한글의 광범위한 보급과 함
께 일상적 경험을 기술하는 데 있어 국어 문장이 발휘하는 섬세하고
도 구체적인 표현력에 대한 인식이 깊어짐에 따라 많은 국문수필(한

글수필)이 출현하게 되었다. 국문수필은 주로 여성들에 의해서 씌어졌다는 특징을 지닌다.

수필의 형태로 일기, 기행, 수기, 회고록, 궁정수상, 내간, 창작 수필 등 다양하다.

내간체는 15세기 중엽 한글이 창제되어 사대부 여성들을 중심으로 보급되면서 편지와 기행, 생활 기록에 널리 쓰이는 과정에서 이루어진 문체이다. 이는 한문과 달리 관념성과 규범성을 벗어나 일상적 체험과 느낌을 진솔하게 표현하며, 여성다운 섬세한 관찰력과 표현력으로 국어 산문문학의 독특한 한 경지를 보여 준다고 하겠다. 또한, 궁정 수필은 궁중에서 일어났던 역사적 사건을 우아하고 섬세하게 표현한 수필 문학의 백미(白眉)이다.

조선 초기에는 운문(韻文)이 성했으나 서민문학이 흥성해진 이후에는 주로 여인들에 의해 기행문이나 일기문 형식의 국문수필이 많이 등장했다. 국문수필은 다양하면서도 섬세한 생활감정이 잘 드러나고 있다. 하지만 단순한 기록이나 사실적인 서술이 대부분이어서 본격수필에 이르지는 못한 경우도 많다. 국문수필은 궁정수필·일기체수필·기행수필·제문·기담 등으로 형식이 나뉜다.

① 궁정수필(宮廷隨筆)

궁중에서 생활하던 여인들에 의해 씌어진 수필로, 국문수필 중 그 분량이 가장 많고, 작품성이 뛰어난 작품도 많다. 광해군이 영창대군을 모함하여 인목대비를 유폐시키던 실상을 나인이 기록한 『계축

일기(癸丑日記)』[31], 혜경궁 홍씨가 남편 사도세자의 죽음과 정조의 등극 등 궁중 생활을 기록한 『한중록(恨中錄)』[32]과 같은 것은 우아한 용어와 여인들만이 표현할 수 있는 섬세한 감정의 기미를 그리고 있다.

또한, 병자호란 때 남한산성에서의 군사·정치 생활을 기록한 『산성일기』, 사도세자의 참변을 그린 『혜빈궁일기』, 『인현왕후전』[33] 등도 섬세한 필치의 궁중수필이다.

② 일기체 수필

일기체 수필에는 병자호란 때(1636) 인조가 피난한 남한산성에 있었던 일들을 객관적이고 사실적으로 기록한 글로서 어느 궁녀가 쓴 『산성일기』가 있으며, 영조 48년 함흥 판관으로 부임한 남편을 따라가 그 부근의 명승고적을 찾아다닌 감흥을 적은 글로서 의유당(意幽堂)[34]이 쓴 『의유당관북유람일기』 등이 있다.

③ 기행수필(紀行隨筆)

기행수필에는 1776년(영조 52)에 박창수(朴昌壽)가 지은 『남정일기(南

---

31) 계축일기(서궁록) : 광해군 5년에 궁녀가 광해군이 선조의 계비인 인목대비의 아들 영창대군을 죽이고 대비를 폐하여 서궁에 감금했던 사실을 쓴 글.

32) 한중록 : 혜경궁 홍씨(정조19~순조5년)가 남편인 사도 세자의 비극과 궁중의 음보, 당쟁과 더불어 자신의 기구한 생애를 회고한 자서전적 수필.

33) 인현왕후전 : 정조 때의 궁녀가 인현왕후의 폐비 사건과 숙종과 장희빈과의 관계를 그린 글.

34) 의유당에 대해서는 순조 29년 함흥 판관으로 부임한 이희찬의 부인으로 알려져 왔으나 최근 신대손의 부인 의령 남씨(1727~1823)로 고증됨. 『의유당관북유람일기』를 줄여서 『의유당일기』라 부fms다.

征日記』, 이희평(李羲平)이 1795년(정조 19)에 혜경궁 홍씨의 환갑을 맞아 수원의 장헌세자 능에 참배하고 그 광경을 그린 『화성일기(華城日記)』 등이 있다. 김창업(金昌業)이 1713년(숙종 39) 청나라에 사행(使行)하고 그곳 견문을 기록한 『연행일기(燕行日記)』, 그리고 정조 때 서유문(徐有聞)의 『무오연행록(戊午燕行錄)』 등도 있다. 기행수필 중 뛰어난 것으로서 『의유당관북유람일기(意幽堂關北遊覽日記)』가 있다. 이 작품은 일기체의 기행수필로서 그 중 특히 일출광경과 월출광경이 절묘하고도 사실적으로 묘사되어 있는 『동명일기』가 기행수필의 백미로 꼽힌다.

이밖에 홍대용(영조 41~42년)이 계부 홍억의 군관으로 연경에 가서 쓴 기행문·국문 연행록 중 최장편(10책)인 『을병연행록』과 서유문(정조 22년)이 중국에 서장관으로 갔다 보고 들은 것을 기록한 『무오연행록』 등이 있다.

④ 제문

제문(祭文)에는 숙종(숙종 46년)이 막내아들 연령군의 요절에 애통한 심정을 기록한 「제문」, 자식 없는 미망인이 바느질로 생계를 유지하다가 바늘이 부러지자 그 섭섭한 감회를 적은 의인체 수필인 유씨 부인(순조 4년) 「조침문」 등이 있다.

⑤ 기담

광해군 때 유몽인이 민간의 야담과 설화를 모아 엮은 설화적인 창작 수필인 『어우야담』, 박두세(숙종 4년)가 선비들의 병폐를 대화체로 파헤친 풍자 문학인 『요로원야화기(要路院夜話記)』, 부인들이 쓰는 일곱 가지 침선도구(針線道具)의 쟁공(爭功)을 희화적 대화체로 쓴 의인체의 「규중칠우쟁론기(閨中七友爭攻記)」가 있다.

이밖에도 스님과 양반의 유희적 문답을 쓴 『양인문답(兩人問答)』, 일장의 꿈을 그려 한량(閑良)을 풍자한 『관활량의 꿈』 등은 해학적인 내용으로 재미있게 씌어져 있고, 기타 서찰양식(書札樣式)도 많이 나타난다.

2) 근대수필

(1) 근대수필의 형성(1900~1920년대)

근대수필은 근대정신의 맹아와 함께 산문의 대두로 인하여 도덕적이고 교시적인 문학관은 점점 쇠퇴해져가고 개인의 체험과 개성, 그리고 감정을 중시하는 창작행위가 성행하기 시작한 시대적 변화와 함께 나타난다. 근대를 배경으로 수필문학은 시문(詩文)이나 경학(經學)의 종속적인 위치에서 탈피하여 독자적인 장르로 발전하게 된다.

본격적인 근대수필 이전에 개화기 수필은 국한문 혼용체로 씌어진, 19세기 후반에서 20세기 초엽까지의 수필이라고 할 수 있다. 이 시기는 개화기소설과 신체시가 탄생한 시기로서 이 때의 시와 소설이 개화사상을 다루었듯이 수필에서도 개화사상을 다루게 된다. 즉, 기울어져가는 국운을 근심하거나 어떻게 하면 나라의 기틀을 바로 잡을 것인가가 중요한 주제로서 표현되었다.

정부에서 <한성순보>(1883)를 발행한 것을 계기로 <대한매일신보>, <만세보>, <태극학보> 등의 민간지가 간행됨으로써 신문에는 몽유록 계통의 수필이 유행하였다. <황성신문>에 「여사십평생(余四十平生)」, 소산자(笑山子)의 「기성성몽기(寄惺惺夢記)」, <대한매일신보>에 「지구성미래몽」, <대한학회월보>에 「몽유고국기(夢遊故國記)」(홍천나생, 1908년 3호) <신학월보(神學月報)>에 기고한 최병헌의 「성산명경(聖山明鏡)」 등이 그것이다. 이 몽유록들은 당시 직접적으로 표현하기 어려운 내용을 '몽유록' 형식을 빌어 자유롭게 표현하였다. 단행본으로는 유원표(劉元杓)의 『몽견제갈량(夢見諸葛亮)』(1908)이 있는데, 이 작품은 사람들의 고루한 인습을 깨우치고 동양혁명을 피력하기 위해서 제갈량을 꿈에서 만났다는 내용을 역설적으로 서술하고 있다. 박은식의 『몽배금태조(夢拜金太祖)』(1911)는 독립운동의 정신을 기리고자 한 것으로 역사와 사상을 다룬 논설적인 수상류다.[35]

1900년대에 접어들면서 인쇄술의 보급으로 신문 잡지들이 다수 창간되면서 흥미본위의 읽을거리를 찾는 독자들의 요구에 부응하여 기담수필(奇談隨筆) 등 '재미' 위주의 국문수필도 다수 발표되었다. 『청구기담』(1912)은 널리 알려진 야담을 간추려 순국문으로 편찬한 것이고, 『오백년기담』(1913)은 국한문을 혼용해서 편찬했다. 장지연의 『일사유사(逸士遺事)』(1918)는 불우하게 살았던 기인의 전기를 집성한 것이고, 유근(柳瑾)의 『계원패림(桂苑稗林)』(1906)은 박문수 이야기를 다루었으며, 그밖에 윤치호(尹致昊)의 『우스운 소리』(1908), 선우일(鮮于日)의 『앙천대

---

35) 정주환, 『한국근대수필문학사』, 신아출판사, 1997, 48~49면.

소』(1913), 장춘도인(長春道人)의 『소천소지』(1918) 등이 있다.36)

수필의 자유롭고 틀에 얽매이지 않는 장점과 누구나 쉽게 접근할 수 있는 용이성, 그리고 신문·잡지류의 간행 활성화로 수필 쓰기는 더욱 활기를 띠게 된다. 특히, 신문은 많은 독자를 확보하고 있었기 때문에 일상생활과 밀접한 수필이 독자와 친근하고, 대중성이 강한 문학양식으로 인식되었다. 유길준의 『서유견문』과 <독립신문>에 발표된 수필들은 진보적 사고와 신흥정신, 우국경세의 경각성, 국어국자에 대한 관심, 시사적 고발 및 비판정신, 의병의 사주 등을 풍자와 해학을 사용해 쉽게 표현하였다.37)

『서유견문』(西遊見聞, 1895)은 개화기 수필의 효시라고 할 수 있다. 이렇게 보는 이유는 이것이 최초의 국한문혼용체로 씌어졌으며, 이를 계기로 이후의 산문문체에 많은 영향을 끼쳤기 때문이다. 즉, 『서유견문』 이전의 한문과 국문으로 된 이원적 문장에서 국문이 주도하는 국한문혼용의 일원적 문장으로 바뀌는 계기가 되었던 것이다. 이전까지 국문수필은 단지 여성만이 쓰는 것으로 인식되어 온데에서 일대 전환을 이룬 셈이다. 그는 한자로만 표기하던 지명을 우리말로 고쳐놓는 등 언문일치체의 문장을 시도했는데, 그 의도를 다음과 같이 밝히고 있다.38)

첫째는 말의 뜻의 평순함을 취하여 문자를 대강 아는 사람도 쉽게

---

36) 조동일, 『한국문학통사』 제 4권, 지식산업사, 1984, 80~89면.
37) 정주환, 앞의 책, 49면.
38) 정주환, 앞의 책, 48~51면.

알게 하기 위함이요.

둘째는 내가 책을 많이 읽지 못하여 글 짓는 법에 익숙하지 못하므로 스스로 쉽게 쓰기 위함이요.

셋째는 우리나라 칠서언해의 법을 대략 본받아 상명함을 위함이다. 또 세계 각국을 둘러보건대 나라마다 언어가 다르므로 문자 또한, 같지 아니하다. 우리글은 우리 선왕조께서 창조하신 언문이요, 한자는 중국의 것이다. 나는 오히려 순전히 우리글만으로 쓰지 못하는 것을 불만스럽게 여긴다.[39]

『서유견문』은 일종의 서양문물의 소개서이자 유길준의 개화사상을 집대성한 책으로, 갑오경장의 사상적 배경과 일치되고 있다. 유길준은 1881년 신사유람단의 일원으로 일본에 건너가 귀국하지 않고 경응의숙에 입학한다. 당시 일본은 서양의 문물을 받아들여 근대적인 부강한 나라가 되어 있었으므로, 일본과 서양에서 보고 들은 것을 기록하여 계몽자료로 삼고자 이 책을 집필했던 것이다.

개화란 사람의 천만 가지 사물이 지극히 선미한 이상적인 경지에 이르는 것을 말한다. 그런 까닭에 개화라는 경지란 사실상 한정하기 어려운 것이라 할 수밖에 없다. 사람들의 재주 및 능력의 정도 여하에 따라, 그 등급의 고저가 생기지만, 그러나 사람들의 습속과 국가의 규모에 의하여 그 차이가 생기기도 한다. 이는 개화하는 과정이 한결같지 못한 연유이기도 하지만, 가장 요긴한 바는 사람이 하느냐 하지 않느냐에 달려 있는 것이다. 오륜으로 규정된 행실을 독실이 지켜서 사람으로서의 도리를 알 것 같으면 이는 행실의 개화이며, 학문을 연구하여 만물의 이치를 소상히 밝힐 것 같으면 이는 학문의 개화이며,

---

39) 위의 책, 51면에서 재인용.

국가의 정치를 정대하게 하여 국민들이 태평스러운 즐거움을 누린다면 이는 정치의 개화이며, 법률을 공평하게 하여 국민들로 하여금 억울한 일이 없도록 할 것 같으면 이는 법률의 개화이며, 기계의 규모를 편리하게 하여 많은 사람에게 이용토록 하면 이는 기계의 개화이며, 물품의 제작을 정교롭게 하여 사람들의 후생을 이바지하고, 거칠고 조잡한 일이 없도록 한다면 이는 물품의 개화인 것이다. 이처럼 여러 조목에 걸친 개화를 총합한 연후에라야 골고루 개화를 했다고 말할 수 있는 것이다. 세계의 어느 나라를 돌아보든지 간에 개화가 극진한 경지에 이른 나라는 없다. 그러나 대강 그 등급을 구별해 보면 개화한 자, 반개화한 자, 미개화한 자 등의 세 가지로 나누어 볼 수가 있다. (유길준의 『서유견문』 중 제14편 「개화의 등급」에서)

『서유견문』은 서양에서 보고 들은 것만 적은 것이 아니라 다른 사람의 서적을 번역하거나 참조하여 저술한 책이다. 그는 이 책에서 서구에 대한 총체적이고도 체계적인 이해에 도달하고자 하였다.[40]

<독립신문>은 1896년 4월 7일부터 1899년 12월 4일까지 3년 9개월 동안 발행한 신문이다. 서재필이 <독립신문>을 창간했으나 윤치호, 엠벌레로 주필이 바뀌었다. 이 신문에는 문예적인 수필은 발견하기 어렵지만 사설란에서 수필적인 글을 다수 찾을 수 있다. <독립신문>의 주 내용은 개화사상, 애국심과 자주독립의 사상고취, 교육과 인권, 국내외 홍보 등으로 요약할 수 있다.

개화기는 순수문학이 제대로 전개되기에는 열악한 시대였다. 이 시기의 수필은 신문·잡지 등의 매체를 타고 국권회복과 계몽적인 선도

---

40) 김현주, 「『서유견문』의 문명론과 번역의 정치학」, 『한국근대산문의 계보학』, 소명출판, 2004, 118면.

역할로서 시대적인 임무를 충실히 이행했다. 특히, 대부분의 신문과 잡지가 문예란을 설치하여 문예창작의 분위기를 확산시켰다.[41]

개화기 수필은 근대수필이 되기에는 미흡했지만 고대수필과는 다른, 즉, 문체면에서 언문일치체를 시도하여 불완전하지만 근대적 수필의 밑거름이 되었다. 특히『서유견문』과 <독립신문>은 언문일치체를 확산시켰고, 개화사상을 널리 보급시켰으며, 새로운 문화발전과 급격한 산문정신의 확산을 가져오게 하였다. 국어문자의 보급과 학교교육의 확대로 인하여 수필창작의 여건이 성숙하게 되었으며, 개화기의 계몽적 수단으로 논설과 사설류의 수필이 활발하게 전개되는 성과를 거두었다.[42]

정주환은 1908년에 간행된『소년』에서 1918년의『태서문예신보』까지의 10년 간을 근대수필의 맹아기로 본다.[43] 『소년』은 순수 문학지가 아니었음에도 수필문학에 기여한 바가 컸다. 최초의 근대수필로 평가받는 최남선의「반순성기(半巡城記)」(1909.8)와「평양행」(1909. 10)도 바로『소년』에 실렸다.

> 5월 1일 잡지『소년』지의 춘기 특별 권 편집을 겨우 마치고 나니 벌써 오전 11시 20분이 되었더라. 그러나 솔 많은 남산과 돌 많은 북맥(北陌)에 구십 소광(韶光)에 때를 만난 내 모양 보시오 하고 낼 수 있는 대로 모양내어 피운 꽃은 참고서 책장 뒤져 그 속에 있는 열매를 한 줌 두 줌 훔쳐내기에 그렇게 간절하게 보아주시오, 보아주시오

---

41) 정주환, 앞의 책, 94면.

42) 위의 책, 80~81면.

43) 위의 책, 83면.

하는 것을 무정도 하고 매정도 하게 한번 찾지도 못하고 말았으니 꽃
이 만일 감정이 강할진대 나를 오죽 앙망하리오. (최남선의 「반순성
기」에서)

「반순성기」는 북반부순성(北半部巡城)의 산책길에서 느낀 여러 가지
감상을 담은 산책수필이다. 유유자적한 심회와 함께 자연풍광에 대한
세밀한 관찰과 묘사가 뛰어나며 예술적 정취가 배어나는 작품이다.

『소년』(1908.11~1911.5)은 당시 본격적인 체제를 갖춘 월간 종합지
로서 서구문학을 선구적으로 번역·소개하였으며, 신문체를 개척했고,
불완전하나마 언문일치의 문장을 시도했다. 개화기 문학에 막대한 기
여를 했으며, 특히 근대적 산문(수필)의 확산에 기여했다는 점에서 문
학사적 의의를 갖는다.[44]

『소년』에 이어 발간된 『청춘』(1914~1918)도 권두 수상 등이 매호마
다 실려 있고, '보통문'이라는 이름으로 수필을 현상 모집하여 창작의
욕을 고취시키고, 수필 독자의 저변확대에 기여함으로써 근대수필문
학의 발전을 가속화시켰다.[45] 『청춘』의 주요필자는 최남선과 이광수
를 비롯하여 순수서정수필을 남긴 민태원과 진학문, 현상윤, 방정환
등이다.

밤도 달 없는 그믐밤보다 달 있는 삼오야가 더욱 좋다. 땅에는 이
슬이 흠뻑 맺히고, 하늘에는 구름 한 점 걸핏 하는 것이 없을 때에,
친구도 없이 혼자 몸으로 우두커니 들 복판에 서 있노라면, 무어라

---

44) 김윤식, 『근대한국문학연구』, 일지사, 1978, 60면.
45) 정주환, 앞의 책, 176면.

할 수 없는 느낌과 어떻다는 형용할 수 없는 경치가 가슴에 그득하여 짐을 깨달을 수 있다. 은하는 엇비스듬하게 걸려 있는데, 별들이 총총하게 달려 있으니 손길을 펼치면, 하나씩 둘씩 딸 것 같기도 하고, 몸을 화닥닥 올려 뛰어 머리로 쿡 받아보면, 우슷 하고 부서져 떨어질 것 같기도 하며, 달빛에 지지 눌려 비단결 같이 하늘하늘 하는 안개 장막 한개 두개 겹쳐 잡아 재긋재긋 찢어보면 짤짤하고 소리가 날 듯도 하다. (현상윤의 「여름밤의 야색」에서)

현상윤의 「여름밤의 야색」(『청춘』 15호, 1918.9)은 여름밤에 대한 감각적 묘사가 아주 뛰어나고 시적인 분위기가 물씬 풍기는 서정수필이다. 이미 1910년대 후반에 오면 이처럼 서정성과 언어의 조탁이 뛰어난 수필이 창작될 만큼 근대수필은 확고히 자리를 잡아가기 시작했다.

동경유학생들의 기관지인 『학지광』(1914.4~1930.4)에 최승구(1892~1917)의 「남조선의 신부」(1914), 전영택의 「독어록」(1916), 나혜석의 「이상적 부인」(1914.12), 이광수의 「천재야 전재야」(1917) 등이 수록되어 근대수필의 맹아에 기여한다. 『태서문예신보』에는 이일의 「만추의 적막」(1918.11), 「고독의 비애」(1918.12) 등이 발표되어 수상수필의 전범을 보여준다.

나혜석의 「이상적 부인」(1914)은 아직 국한문혼용체의 어색한 문장을 보이지만 1917년 7월에 『학지광』에 발표한 「잡감(雜感)-K언니에게 여(與)함」에 와서는 그 문체가 현격하게 변하여 국어문장으로서 전혀 손색이 없는 부드러운 문학성을 나타낸다.

무론 지식 지예(枝藝)가 필요타 하겠도다. 하사(何事)에 당하든지 상식으로 좌우를 처리할 실력이 있지 아니하면 아니 되겠도다. 일정한 목적으로 유의의(有意義)하게 자기 개성을 발휘코자 하는 자각을 가진 부인으로서 현대를 이해한 사상, 지식상 및 품성에 대하여, 그 시대의 선각자가 되어 실력과 권력으로, 사교 우(又)는 신비상 내적 광명의 이상적 부인이 되지 아니하면 불가한 줄로 생각하는 바라. (나혜석의 「이상적 부인」에서)[46]

언니!
봄빛이 아름답다 함도 꽃봉오리가 뾰족뾰족 나올 때라든지 파르죽죽한 버들잎의 척척 늘어져 이따금 부는 경풍(輕風)에 얌전히 흔들흔들하는 때, 도화(桃花), 이화(梨花)가 만발하여 온 세상이 웃음과 같은 그런 때 말이지. 오늘과 같이 흑운(黑雲)이 이리저리 몰리며 폭풍이 일어나 먼지 뭉텅이가 앞길을 탁탁 막아 정신을 차릴 수 없는 이러한 날에는 자연히 흉중이 요동되고 정신이 교란해지며 말할 수 없는 자아의 불평과 공포만 일어나오. (나혜석의 「잡감(雜感) -K언니에게 여(與)함」에서)[47]

근대수필은 이광수와 최남선에 의해 본격적으로 씌어진 것으로 볼 수 있다.

1925년에 전국문화기행을 떠나 쓴 기행문인 『심춘순례』(1925), 한국 정신에 대한 민족애와 민족문화의 근원이 백두산임을 보여준 『백두산 근참기』(1926), 금강산 유람기인 『금강예찬』(1928)은 최남선이 조선의 국토를 순례하며 느낀 국토에 대한 예찬적 사랑을 적어 놓은 수필이

---

46) 『학지광』, 1914. 12. (이상경 편, 『나혜석 전집』, 태학사, 2000, 184면.)
47) 『학지광』, 1917. 7. (이상경, 위의 책, 190면.)

다. 이는 역사연구의 일환으로서 수필을 통해 조선정신 또는 조선주의라는 민족주의를 선양한 것이다. 그 첫 권으로 낸 『심춘순례』는 50여 일 간의, 지리산을 중심으로 한 순례기로서 책상에서 얻는 지식을 떠나 산지식을 얻는 소중한 경험을 담아 놓고 있다.

조선의 국토는 그대로 조선의 역사며, 철학이며, 시며, 정신입니다. 문학 아닌 채, 가장 명료하고 정확하고, 또 재미있는 기록입니다. 조선인 마음의 그림자와 생활의 자취는 고스란히 똑똑히 이 국토 위에 박혀서 어떠한 풍우라도 마멸시키지 못하는 것이 있음을 나는 믿습니다.

나는 조선 역사의 작은 한 학도요, 조선정신의 어설픈 한 탐구자로서, 진실로 남다른 애모, 탄미(歎美)와 같이 무한한 궁금스러움을 이 산하대지에 가지는 자입니다. 자갯돌 하나와 마른 나무 한 밑둥에도 말할 수 없는 감격과 흥미와 또 연상을 자아냅니다. 이것을 조금씩 색독(色讀)하게 된 뒤부터 조선이 위대한 시의 나라, 철학의 나라임을 알게 되고, 또 완전·상세한 실물적 오랜 역사의 소유자임을 깨닫고, 그리하여 쳐다볼수록 거룩한 조선정신의 불기둥에 약한 시막(視膜)이 퍽 많이 아득해졌습니다. (최남선의 『심춘순례(尋春巡禮)』 서(序)에서)

'거룩'이란 무엇을 의미하는지는 잘 모르지만 직각으로 저 늪을 형언(形言)하기 위하여 생긴 말임은 의심이 없을 것이다. 크게 불면 크게, 작게 불면 작게, 바람 부는 대로 잠시도 가만히 있지 않는 저 호면(湖面)을 보아라. 물결이 이는 족족 색외(色外)의 색(色)으로만 변전무상(變轉無常)하고 심(甚)하면 한꺼번에 일어난 물결이 천(千)이면 천, 만(萬)이면 만이 제각각 한 가지 색채씩을 갖추어 가졌음을 좀 보아라! 똑똑히 보아라. 저 조화가 도무지 어디서 나는지 저 속에 무엇이 들고, 저 위에 무엇이 노는지를 좀 생각해 보아라. 고인(古人)이 이르기를 대지(大池)의 물은 오색이라 하고, 오색 고기가 산다고도 하고, 그 속에는 신룡(神龍)이 들어 있다고도 함이 모두 진실로 우연한 것이 아니다. 더구나 일절 종자의 고장(庫藏)이라 하여 천지(天池)라고 일컬었음도 과연 우연이 아니다. 천(天) 아니시고야 누가 저 조화를 마음대로 부릴 것이냐? (최남선의 『백두산근참기』에서)[48]

1924년에 간행된 이광수의 장편 기행수필 『금강산유기』는 1922년에 문예지에 연재했던 것을 출판한 것으로, 서울 청량리를 출발하여 금강산 곳곳을 다녀오기까지의 여정과 수려한 풍경, 금강산의 역사, 저자의 감회 등이 잘 어우러진 작품이다. 「남대문에서 고산에」 등 17장으로 구성된 『금강산유기』는 역사와 자연을 심미화하고, 심미적 생활을 동경하는 작가의 태도가 수려한 문장력을 통해서 잘 드러나고 있다. 이 작품은 최남선의 『심춘순례』(1925), 『백두산근참기』(<동아일보>, 1926) 등과 함께 기행수필의 3대 백미를 이룬다.

이광수가 '수필'이란 장르 명칭으로 처음 발표하였던 글은 『영대』 (1924)에 5회에 걸쳐 연재된 「인생의 향기」이다. 이광수는 신문학 초

---

48) 백두산근참기(白頭山覲參記) : 최남선(崔南善 : 1890~1957)이 쓴 백두산 기행문. 1926년 박한영(朴漢永)과 함께 조선교육회에서 주최하는 백두산 일대의 박물탐사단에 참가한 후 쓴 것으로, <동아일보>에 1926년 7월 28일부터 1927년 1월 23일까지 총 89회에 걸쳐 연재된 것을 1927년 한성도서주식회사에서 단행본으로 간행했다. 권두에 '백두산근참기 권두'라는 장황한 머리말을 붙이고, '광명은 동방으로서'에서 '그래도 그리운 인간세계'에 이르는 40개의 항목을 탐사 순서에 따라 기술했다. 이 글은 동방문화의 중심이 조선의 단군시대의 무대인 백두산에서 나온 것이라는 불함문화론(不咸文化論)의 입장에서, 백두산을 '불함문화의 시원이요 동방원리(東方原理)의 권두언'이라고 했다. 「반순성기 半巡城記」·「교남홍조 嶠南鴻爪」·「풍악기유 楓岳記遊」·「심춘순례 尋春巡禮」·「금강예찬 金剛禮讚」과 더불어 최남선의 중요한 기행문의 하나로 알려져 있다.

창기에 있어서 근대소설의 개척자로서뿐 아니라 육당 최남선과 함께 수필문학의 선구자로서 그 공적을 높이 평가해야 한다.

> 만폭동
>
> 8월 10일, 맑음. 장안사를 출발하여 백화암, 표훈사, 정양사, 만폭동을 지나 마하연, 다시 마하연에서 백운대, 선암, 수미암, 가엽동을 지나 마하연. 이 날 여행은 60여 리. 장안사에서 동으로 계곡을 거슬러 오르기 약 7, 8정에 춥고 습한 기운이 몸에 스며드는 잔도를 건너노라면 발 밑에 4, 5장이나 되는 비스듬한 너럭바위의 끝에 아주 음침한 연못이 있음을 보리니 이것이 우는 소, 즉 명연담이요, 내선팔담의 하나입니다. 물빛이 아주 컴컴하여 그 밑을 볼 수가 없으며, 그 늪에서 10여 보쯤 나오면 길이 20척이나 될 만한 빗각기둥의 기와와 돌이 있습니다. (이광수의 『금강산유기』에서)

> 인생을 고해라고 한다. 쓴 바다, 고생바다, 고통의 바다, 노고의 바다, 고난의 바다라는 뜻이다. 어떤 팔자 좋은 사람에게는 이 인생이 낙원일지는 모른다. 그러나 다수인에게는 인생은 고해다. 나는 인생을 고해로 보지 아니치 못하는 불행한 사람이다. 나는 낙지 이래로 일찍 행복이란 것을 보지 못한 불행이어니와 지금도 불행한 사람이다. (이광수의 「인생의 향기」에서)

1920년을 전후하여 기행문, 감상문, 감상, 상화(想華) 등의 명칭으로 『창조』에 17편, 『폐허』에 17편, 『백조』에 18편의 수필이 수록되고 있다. 이 때의 수필에 대해서 김현주는 "수필적 글쓰기"라고 모호한 용어로 표현한다.[49] 아직 문학적 수필로서 완벽한 틀을 갖추지 못했다

---

49) 김현주, 「1920년대 초 동인지문학과 수필적 글쓰기」, 앞의 책, 218~244면.

는 의미일 것이다.

『창조』에는 김환의 「고향의 길」(2호), 「동도(東渡)의 길」(3호), 주요한의 「장강(長江)의 어구에서」(4, 5, 7호), 김엽의 기행 「강호에서 동정호까지」, 최승만의 감상 「칠월 석양에」(9호) 등과 전영택, 박종화, 변영로 등에 의해 문체면에서 다양한 시제가 시도되었으며, 계몽주의적 수필에서 벗어나 사실주의적이고 자연주의적인 수필이 선보였다.[50]

「장강의 어구에서」는 서간문 형식으로 『창조』 동인들에 대한 격려와 자기의 각오, 『창조』에 수록된 작품비평과 번역의 필요성, 문화·문학에 관한 것, 상해 뒷거리의 인상, 노동절의 중국 학생운동의 활기와 노동운동의 성장, 조선의 낙후성에 대한 안타까움 등 정치·사회적 문제에 대해 광범위하게 다루고 있다.[51]

> 백악형
> 벌써 상해 온 지가 8개월이 됩니다. 일본 정부당국자에게 가지 않는 것이 좋겠다고 받은 충고를 뿌리치고 5월초에 장강의 붉은 물을 처음으로 구경하였습니다. 상해 온 동기나 이유의 설명은 여기 말하기를 피코저 합니다마는 지나간 8삭 동안을 돌아보면, 학생생활과는 판이한 일종의 충동적 생활이 눈에 보입니다. 현재에도 그렇거니와 앞에도 얼마나 그런 생활을 계속할는지 미지올시다 아니! 이러니 여기는 도무지 그만둡시다. 쓸데없는 일로 발매금지를 당하면 여러분께 미안하니까. (주요한의 「장강의 어구에서」에서)

---

50) 정주환, 앞의 책, 220면.
51) 김현주, 앞의 책, 229면.

『백조』에는 홍사용, 노자영, 박영희, 현진건 등이 낭만주의적이고 자연주의적인 수필을 발표했으며, 『폐허』에서는 민태원, 김억, 염상섭, 오상순, 이혁로 등이 퇴폐적인 경향의 수필을 발표했다. 대표적 작품에는 남궁벽(南宮璧)의 「자연-오산편신(五山片信)」(『폐허』 1호, 1920), 박종화의 「영원(永遠)의 승방몽(僧房夢)」(『백조』 1호, 1922), 이광수의 「감사(感謝)와 사죄(謝罪)」(『백조』 3호, 1922), 염상섭의 수상 「저수하에서」(1921)나 현진건의 기행 「몽롱한 기억」, 김기진의 「떨어지는 조각조각」, 홍사용의 「그리움의 한 묶음」 등이 있다.

　　근일 나의 기분을 가장 정직하게 토설하면 앵무의 입내는 물론이거니와 소위 사람의 특권이라는 허언도 하기 싫은 증(症)이 극도에 달하였다. 간혹 구설로서 하는 것은 부득이 일일지 모르되 붓끝으로까지, 붓끝은 고사하고 활자로까지 무수한 노력과 시간과 금전을 낭비하여 가며 빨간 거짓말을 박아서 점두에 버려 놓고 득의만면하여 착각된 군중을 우일층 현혹케 함은 확실히 죄악인 것같이 생각된다.
　　(염상섭의 「저수하(樗樹下)」에서)

　　사람 사람은 즐거워한다. 이 인생을! 아! 그러하나 거짓에 싸인 이 인생이오. 부정(不淨)에 싸인 이 인생이오. 우수에 싸인 이 인생이다. 성결치 못한 이따이오. 진리가 없는 이따이다. 가고 또 가랴 하나 갈수록 허위이오 쌓고 또 쌓으려 하나 쌓을수록 공동(空洞)이다. 아 인생의 시절이란 영원히 회색 날 아래에 조올고 있는 승방의 꿈이로다.
　　(박종화의 「영원의 승방몽(僧房夢)」에서)

염상섭과 박종화의 글에서는 당시 유행하던 데카당스의 시대사조를 읽을 수 있다.

『개벽』에는 염상섭, 현진건, 김기진, 박영희, 나도향, 김억, 노자영, 조명희, 박종화 등에 의해서 신경향파, 자연주의, 사실주의 등 다양하고 수준 높은 수필이 발표되었다. 『개벽』은 천도교에서 발행한 잡지였지만 민족문화창달을 위해 지면의 삼분의 일을 문학에 할당했다.

> 숙명! 숙명은 이 세계에 어느 구석을 물론하고 모든 민중의 새새틈틈이 끼여서 큰 승리를 얻었었다. 참으로 숙명의 승리는 위대하였었다. 더욱이 약한 사람 고통 하는 사람 학대를 당하는 사람 빈난(貧難)한 사람들이 마지막으로 귀화하는 곳은 한결같이 이 숙명이라는 고혹의 도가니 속으로 들어가고 말았다. 그럼으로 잔인 횡포한 현실에서 쫓기어난 사람은 하는 수 없이 이러한 악마의 베풀어 논 숙명이라는 무기 속에 빠지고야 말았다. (박영희의 「숙명과 현실」에서)

1920년대의 수필문학 형성에 결정적인 역할을 한 것은 『조선문단』과 『동광』이다. 『조선문단』은 시(노래)·소설(창작)란과 더불어 수필란을 고정시켰고, 『동광』은 종합지이면서도 매월 수편의 수필을 발표하여 수필문학 형성에 기여하였다. 이광수의 「의기론(義氣論)」·「우덕송(牛德頌)」 등 문학적 향기가 높은 본격적인 수필도 여기에 발표되었다. 생활과 인생에 대한 통찰과 달관으로 개성적 성찰을 보이는 수상수필은 1920년대 수필의 한 경향을 이룬다.

수필이라는 장르 명칭이 고려와 조선조까지 널리 쓰였던 것과는 달리 근대문학에 와서는 기행, 기행문, 감상, 감상문, 단상, 상화(想華), 만필, 산문, 수상 등이 수필을 대신하게 된다. 1924년에야 비로소 『영대(靈臺)』에서 '수필'이라는 명칭이 보인다. '수필'이란 장르명은 『생장(生長)』(1925.1), 『문우』(1927.2), 『습작시대』(1927.11)에서 널리 쓰이면서 문학 장르 명칭으로 확고하게 굳어진다.[52]

이렇게 수필이 여러 명칭으로 불린 사실에서 우리는 과거에 확고한 장르로 존재하던 수필문학이 근대기에 이르러 장르 명칭에서조차 단절되고 있음을 알 수 있다. 이것은 우리의 근대문학이 고전문학의 전통을 제대로 계승되지 못한 채 형성되었으며, 일본에 유학한 문인들에 의해 일본 근대문학과 일본에 수입된 서양문학의 영향 아래 형성되었다는 사실과 관련된다고 할 수 있다.

(2) 문학적 수필의 본격화(1930~1940년대)

1930년대를 구인환은 '여기(餘技)의 수필'에서 '문학적 수필'로 변모한 시기로 평가한다. 이 시기는 수필작품이 양적으로 크게 발전하고, 수필문단이라고 할만한 집단이 형성되며, 수필론도 여러 사람들에 의해서 대두된다.

김진섭, 이은상, 모윤숙, 계용묵, 김상용, 마해송, 변영로, 심훈, 이양하, 이하윤, 이희승, 정내동, 고유섭, 고형곤 등의 작품이 본격적인 수필장르의 형태를 갖추며 발표된다. 한편 이태준, 이효석, 박태원, 김기림, 정지용, 이상, 노천명 등의 시인·소설가들도 수필을 많이 발표하게 된다. 1930년대 후반이 되면 수필 붐 현상이라고 할 정도로 수필은 양적·질적 성장을 하게 된다.

---

52) 정주환, 앞의 책, 104~105면.

이러한 시대적 현상에 대해서 최재서는 '수필문학시대'라고 명명했고, 김진섭은 '수필의 범람'이라고 표현했다. 수필의 괄목할만한 성장의 배경에는 신문의 학예면과 문예지에 수필을 고정적으로 게재할 수 있었던 지면의 확보가 크게 기여했다.

1938년에는 수필전문지 『박문』이 창간되고, 『문장』·『인문평론』 등에도 수필 고정란이 설정된다. 이은상(李殷相)의 『무상(無常)』(1936), 『노방초』(1937), 『기행 지리산』(조선일보사, 1937), 모윤숙의 『렌의 애가』(1937) 등 단행본 수필집도 이 시기에 간행된다.

이 시기에는 수필이론이 정립되어 본격적인 수필문학의 시대로 들어간다. 또한, 경수필과 중수필이라는 본격적인 수필유형이 형성되고, 발표 지면의 확장 등과 더불어 근대수필의 성숙을 이루게 된다.

수필론의 정립은 외국 문학을 전공한 문인들에 의해 주도된다. 김진섭의 「수필문학에 대하여」(대담, <조선일보>, 1938), 「수필의 문학적 영역」(<동아일보>, 1939) 같은 글이 그것이다. 김기림은 「수필을 위하여」(『신동아』, 1933.9.)에서 수필을 소설 뒤에 올, 시대의 총아가 될 문학형식이자 이 시대의 문학의 미지의 처녀지로 평가했다. 또한, 수필이 근대적 예술이 되기 위하여는 유머, 위트, 아이러니, 패러독스의 형식적 장치를 갖추어야 한다고 피력했다. 김광섭(金珖燮)은 「수필문학소고」(『문학』 창간호, 1934)에서 수필의 형식과 그 표현에 대한 이론을 모색했다.

향기 높은 '유머'와 보석과 같이 빛나는 '위트'와 대리석 같이 찬 이성과 아름다운 논리와 문명과 인생에 대한 찌르는 듯한 '아이러니'

와 '패러독스'와 그러한 것들이 짜내는 수필의 독특한 맛은 이 시대의 문학의 미지의 처녀지가 아닐까. 앞으로 있을 수필은 이 위에 다분히 근대성을 섭취한 가장 시대적인 예술이 되지나 않을가. (김기림의 「예술에 있어서의 리얼리티」에서)[53]

　　수필이란 글자 그대로 붓 가는 대로 써지는 글이다. 그러므로 다른 문학보다 더 개성적이며 심경적이며 경험적이다. 우리는 오늘날까지의 위대한 수필문학이 그 어느 것이나 비록 객관적 사실을 다룬 것이라 하더라도, 심경에 부딪치지 않은 것을 보지 못했다. 강렬하게 짜내는, 심경적이라기보다 자연히 유로되는 심경적인 점에 그 특징이 있다. 이 점에서 수필은 시에 가깝다. 그러나 시 그것은 아니다. (김광섭의 「수필문학소고」에서)

　　특히 현대에 이르러 수필의 범람은 우리에게 무엇을 말하는가. 소설의 수필화는 평가들이 지적하는 바와 같이 엄연한 문학적 사실로서 그것이 경향으로서 좋고 나쁜 것은 나의 알 바 아니니 말함을 피하거니와 수필의 매력은 자기를 말한다는 데 있는 것이 아닐까 하고 나는 생각한다. 수필은 소설과는 달라서 그 속에 필자의 심경이 약여히 나타나는 것을 특징으로 하고, 그래서 그 필자의 심경이 독자에게 인간적 친화를 전달하는 부드러운 매력은 무시하기 어려우리만큼 강인한 것이 있으니, 문학이 만일에 이와 같은 사랑할 조건을 잃고 그 엄격한 형식 속에서만 살아야 된다면 우리는 소설을 영원히 가질 수 있을지 모르지만 작가의 마음은 찾아낼 길이 없을 것이다. (김진섭의 「수필의 문학적 영역」에서)[54]

　임화의 「수필론」, 김기진의 「수필문학의 바른 길」도 이 때에 발표

---

53) 김기림, 『김기림전집』 제3권, 심설당, 1988, 116면.
54) 김진섭, 「수필의 문학적 영역」, <동아일보>, 1939.3.23.

되었다.

1930년대의 수필론은 크게 두 개의 계보를 형성했다고 본다. 하나는 서양의 에세이 이론과 작품으로부터 영향을 받은 임화, 김진섭, 김기림, 김광섭 등의 계보이며. 다른 하나는 조선시대의 한글산문을 발굴하고 계승함으로써 형성된 이병기, 이태준의 조선적 산문론이 그것이다. 조선적 산문론은 이후 장덕순으로 이어져 혜초의 『왕오천축국전』으로부터 시작되는 『한국수필문학사』을 쓰도록 작용한다.

이 시기의 수필론은 수필에 대한 '교양주의적' 이해나 '형식주의적', '심미주의적' 이해에 기틀을 놓았을 뿐만 아니라, 해방 이후 수필의 역사를 구성하고 창작을 선도하는 역할을 하게 된다.[55]

수필 창작도 양적으로 볼 때 1920년대와는 비교할 수 없이 양산되는데, 『동광』에 100편, 『조광』에 450편, 『박문』에 130편, 『문장』에 260편, 『인문평론』에 50편 등 거의 1,000편의 수필이 발표된다. 또한, 질적으로도 김진섭의 「인생예찬」, 「교양의 문학」, 이양하의 「신록예찬」, 이광수의 「산거기(山居記)」(『문장』, 1939.7), 이희승의 「청추수제(淸秋數題)」, 이효석의 「청포도의 사상」(<조선일보>, 1936.9), 이상의 「권태(倦怠)」 등 수필문학사의 정전으로 평가되는 뛰어난 수필들이 이 시기에 발표된다.

봄 여름 가을 겨울, 두루 사시를 두고, 자연이 우리에게 내리는 혜택에는 제한이 없다. 그러나 그 중에도 그 혜택을 풍성히 아낌없이 내리는 시절은 봄과 여름이요, 그 중에도 그 혜택을 가장 아름답

---

55) 김현주, 「비판적 글쓰기로서의 수필」, 앞의 책, 173~174면.

게 내는 것은 봄, 봄 가운데도 만산에 녹엽이 싹트는 이 때일 것이다.

눈을 들어 하늘을 우러러보고 먼 산을 바라보라. 어린애의 웃음 같이 깨끗하고 명랑한 오월의 하늘, 나날이 푸르러 가는 이 산 저 산, 나날이 새로운 경이를 가져오는 이 언덕 저 언덕, 그리고 하늘을 달리고 녹음을 스쳐 오는 맑고 향기로운 바람―우리가 비록 빈한하여 가진 것이 없다 할지라도 우리는 이러한 때 모든 것을 가진 듯하고, 우리의 마음이 비록 가난하여 바라는 바, 기대하는 바가 없다 할지라도, 하늘을 달리어 녹음을 스쳐 오는 바람은 다음 순간에라도 곧 모든 것을 가져올 듯하지 아니한가?

오늘도 하늘은 더할 나위 없이 맑고, 우리 연전 일대를 덮은 신록은 어제보다도 한층 더 깨끗하고 신선하고 생기 있는 듯하다. 나는 오늘도 나의 문법 시간이 끝나자, 큰 무거운 짐이나 벗어놓은 듯이 옷을 훨훨 떨며, 본관 서쪽 숲 사이에 있는 나의 자리를 찾아 올라간다. (이양하의 「신록예찬」에서)

나는 개울가로 간다. 가물로 하여 너무나 빈약한 물이 소리 없이 흐른다. 뼈처럼 앙상한 물줄기가 왜 소리를 치지 않나?

나는 더웁다. 나뭇잎들이 축 늘어져서 허덕허덕 하도록 더웁다. 이렇게 더우니 시냇물인들 서늘한 소리를 내어 보는 재간도 없으리라.

나는 그 물가에 앉는다. 앉아서 자―무슨 제목으로 나는 사색해야 할 것인가 생각해 본다. 그러나 물론 아무런 제목도 떠오르지 않는다.

그렇다면 아무것도 생각 말기로 하자. 그저 한량없이 넓은 초록색 벌판, 지평선, 아무리 변화하여 보았댔자 결국 치열한 곡예(曲藝)의 역(域)을 벗어나지 않은 구름, 이런 것을 건너다본다.

지구 표면적의 100분의 99가 이 공포의 초록색이리라. 그렇다면 지구야말로 너무나 단조 무미한 채색이다. 도회에는 초록이 드물다. 나는 처음 여기 표착(漂着)하였을 때 이 신성한 초록빛에 놀랐고 사랑하였다. 그러나 닷새가 못 되어서 일망무제의 초록색은 조물주의 몰취미(沒趣味)와 신경의 조잡성으로 말미암은 무미 건조한 지구의 여백인 것을 발견하고 다시금 놀라지 않을 수 없었다.

어쩔 작정으로 저렇게 퍼러냐. 하루 온종일 저 푸른빛은 아무것도 하지 않는다. 오직 그 푸른 것에 백치와 같이 만족하면서 푸른 채로 있다.

이윽고 밤이 오면 또 거대한 구덩이처럼 빛을 잃어버리고 소리도 없이 잔다. 이 무슨 거대한 겸손이냐. (이상의 「권태」에서)

이양하의 「신록예찬」 「조그마한 기쁨」, 이효석의 「사온일(四溫日)」, 「화초」, 노자영(盧子泳)의 「산사일기」 등은 직관적·관조적이며 자연과 인생을 투시하고 그에 몰입하는 경향을 띤다. 김진섭의 「인생철학」과 「주부송(主婦頌)」, 이상의 「권태」, 고유섭의 「고려청자」 등은 깊은 성찰이나 사색적 경향을 보이며, 나도향의 「그믐달」이나 이희승의 「청추수제」에는 청신한 감상이 담겨 있다.

　　이　슬
　　이슬은 가을 예술의 주옥편이다. 하기야 여름엔들 이슬이 없으랴? 그러나 청랑 그대로의 이슬은, 청랑 그대로의 가을이라야 더욱 청랑하다.

　　삽상한 가을 아침에 풀잎마다 꿰어진 이슬 방울들의 영롱도 표현할 말이 막히거니와, 달빛에 젖고 벌레 노래에 엮어진, 그 청신한 진주 떨기야말로 보는 이의 눈을 부시게 할 뿐이다. (이희승의 「청추수제」에서)

만일에 그가 이름을 가지지 않는다면 그는 실로 전연히 아무것도 아닌 생물임을 전할 수 없겠기 때문이니, 한 개의 이름을 가지고 있고 그 이름을 자기의 이름으로서 인식할 수 있을 만큼 성장치 못한 아이의 불행한 죽음이, 한 개의 명명을 이미 받고 그 이름을 자기의 명의로서 알아들을 만큼 성장한, 말하자면 수일지장(數日之長)이 있는 그러한 아이의 죽음에 비하여 오랫동안 추억될 수 없는 사실—이 속에 이름의 신비로운 영적 위력은 누워 있는 것이라 할 수 있다.

세상의 모든 부모는 장차 나올 터인 자녀를 위하여 그 이름을 미리미리 생각해 두는 것이 좋을 것이다.

가만히 생각해 보면 우리는 그 이름 이외에는 아무것도 모르는 얼마나 많은 것을 가지고 있는지 알 수가 없다. 모든 것의 내용은 물론 그 이름을 통하여 비로소 이해될 수가 있는 것이지만, 그러나 그 이름이 그 이름으로서만 그치고 만다는 것은 너무나 애달픈 일이다. 그러나 우리에게 만일 그 이름조차 알 바가 없다면 그것은 더욱 애달픈 일이다. (김진섭의 「명명철학」에서)

1938년에 출간된 『현대조선문학전집』의 「수필·기행문」 속에 수록된 작가와 작품들은 당대의 집약된 수필계를 조감하는 데 유익한 자료가 된다. 수록작가는 이광수, 안재홍, 이은상, 김동인, 김진섭, 정인섭, 이태준, 양주동, 나도향, 박화성, 노자영, 심훈, 이원조, 이선희, 박태원, 김자혜 등 16명이다. 이들은 1930년대를 대표할 수 있는 수필가라고 하여 큰 손색이 없다.

꽃은 봄의 중추이오 생명의 표시이라 탐화봉접이란 말이 있거니와 꽃을 탐내는 것은 봉접뿐이 아닐 것이니 무릇 생명을 가지고 생명의 예찬하는 자 누구든지 꽃을 좋아할 것이다. 그러나 모처럼 때 만나

피인 꽃을 한 손으로 꺾어 버리는 것은 잔혹이 심한 자이다. 꽃을 사랑할진대 마땅히 그 정원이나 촌락에 옮겨심어 둘 것이오 그 힘이 없으면 차라리 두고 볼 것이다. 꽃을 꺾으니 그 선연한 방혼을 상함이요 하물며 시들은 뒤에 진개와 함께 버리기는 더욱 할 수 없는 일이다. 봄의 꽃, 가을 단풍 무수한 관상객들이 한 다발씩 꺾어 들고 다니는 것을 보면 애석하기 짝이 없는 바이다. (안재홍의 「춘풍천리」에서)

엿 장사는 무색해서 엿 목판을 짊어지고 집모퉁이로 돌아갔다. 어린 것을 무릎 위에 앉히고 눈물을 씻겨주며 꾀송꾀송 달래는 아비의 속은 부글부글 끓는 것 같다. 아무튼 솥 부치고 살림을 하는 집안에 단 일전 한 푼 없어 소동을 일으킨다는 것은 스스로도 곧이가 들리지 않거니와 생활의 책임을 진 소위 가장으로서의 위신과 면목이 일시에 땅에 떨어진 생각을 하니 분하기 짝이 없다. (심훈의 「적권세심기(赤拳洗心記)」에서)

수필은 시, 소설과 더불어 1930년대 문학을 성숙하게 하지만 1940년대는 일제강점기 말의 국어말살정책으로 인하여 신문・잡지들이 폐간되면서, 시나 소설처럼 수필도 침체현상을 보이게 된다.

3) 현대수필

광복 이후 남북 대립과 민족문학 모색의 혼란 속에서 수필은 새로운 변모를 가져오지 못한 채 전환을 모색하게 된다. 이러한 분위기 속에서 일제하에서 이미 발표한 수필들을 정리한 수필집들이 발간된다.

박종화의 『청태집(靑苔集)』(1942), 김진섭의 『인생예찬』(1947), 『생활인의 철학』(1948), 이양하의 『이양하수필집』(1947), 이광수의 『돌베개』(1948), 김기림의 『바다와 나비』(1948), 정내동의 『북경시대』(1949), 모윤숙의 『내가 본 세상』(1950) 등이 그것이다.

1950년대 이후에도 변영로의 『수주수상록』(1954), 『명정 사십년』(1955), 노천명의 『나의 생활백서』(1954), 전숙희의 『탕자의 변』(1954), 계용묵의 『상아탑』(1955), 오종식의 『원숭이와 문명』(1955), 조경희의 『우화』(1955), 이희승의 『벙어리 냉가슴』(1957), 이명온의 『이명온수필집』(1960), 조연현의 『여백의 사상』(1962), 『불혹의 감상』(1964) 등 많은 수필집이 발간된다.

1950년대 이후 현대수필은 1930년대의 성숙된 수필을 바탕으로 베이컨(F.Bacon)류의 김진섭과 찰스 램(Charles, Lamb)류의 이양하의 양대 산맥이 형성된다.

전자는 김형석의 『영원과 사랑의 대화』, 김태길의 『빛이 그리울 때』, 조연현의 『문학과 인생』 등과 같이 철학적인 사고나 통찰 그리고 인생의 관조를 박력 있는 필력으로 설득하는 수필들이다. 후자는 한흑구의 『보리』, 전숙희의 『제사』, 조경희의 『우화』, 윤오영의 『까치』, 박연구의 『바보네 가게』, 윤재천의 『다리가 예쁜 여자』 등과 같이 인생의 성찰과 자연의 몰입에 의한 심성을 서정화하는 개인적 수필의 경향을 띤다.

조지훈(趙芝薰)의 『지조론(志操論)』과 같은 역사적 의미를 집약시킬 수 있는 작품도 적지 않으며, 소설 이상의 흥미로 베스트셀러가 되면서 많은 독자에게 수필이 수용되고 있는 현상도 볼 수 있다.

지조란 것은 순일(純一)한 정신을 지키기 위한 불타는 신념이요, 눈물겨운 정성이며, 냉철한 확집(確執)이요, 고귀한 투쟁이기까지 하다. 지조가 교양인의 위의(威儀)를 위하여 얼마나 값지고, 그것이 국민의 교화에 미치는 힘이 얼마나 크며, 따라서 지조를 지키기 위한 괴로움이 얼마나 가혹한가를 헤아리는 사람들은 한 나라의 지도자를 평가하는 기준으로서 먼저 그 지조의 강도(强度)를 살피려 한다. 지조가 없는 지도자는 믿을 수가 없고, 믿을 수 없는 지도자는 따를 수가 없기 때문이다. 자기의 명리(名利)만을 위하여 그 동지와 지지자와 추종자를 일조(一朝)에 함정에 빠뜨리고 달아나는 지조 없는 지도자의 무절제와 배신 앞에 우리는 얼마나 많이 실망하였는가. 지조를 지킨다는 것이 참으로 어려운 일임을 아는 까닭에 우리는 지조 있는 지도자를 존경하고 그 곤고(困苦)를 이해할 뿐 아니라 안심하고 그를 믿을 수 있는 것이다. 이와 같이 생각하는 자이기 때문에 지조 없는 지도자, 배신하는 변절자들을 개탄(慨歎)하고 연민(憐憫)하며 그와 같은 변절의 위기의 직전에 있는 인사들에게 경성(驚醒)이 있기를 바라는 마음이 간절하다.

지조는 선비의 것이요, 교양인의 것이다. 장사꾼에게 지조를 바라거나 창녀에게 지조를 바란다는 것은 옛날에도 없었던 일이지만, 선비와 교양인과 지도자에게 지조가 없다면 그가 인격적으로 장사꾼과 창녀와 가릴 바가 무엇이 있겠는가. 식견(識見)은 기술자와 장사꾼에게도 있을 수 있지 않는가 말이다. (조지훈의 「지조론」에서)

사람은 가끔 자기 스스로를 차분히 안으로 정리할 필요를 느낀다. 나는 어디까지 와 있으며, 어느 곳에 어떠한 자세로 서 있는가? 나는 유언 무언(有言無言)중에 나 자신 또는 남에게 약속한 바를 어느 정도까지 충실하게 실천해 왔는가? 나는 지금 무엇을 생각하고 있으며, 앞으로 어떤 길을 걸을 것인가? 이러한 물음에 대답함으로써 스스로를 안으로 정돈할 필요를 느끼는 것이다.

안으로 자기를 정리하는 방법 가운데에서 가장 좋은 것은 반성의 자세로 글을 쓰는 일일 것이다. 마음의 바닥을 흐르는 갖가지 상념을 어떤 형식으로 거짓 없이 종이 위에 옮겨 놓은 글은, 자기 자신을 비추어 주는 자화상이다. 이 자화상은 우리가 자기의 현재를 살피고 앞으로의 자세를 가다듬는 거울이기도 하다.

글을 쓰는 것은 자기의 과거와 현재를 기록하고 장래를 위하여 인생의 이정표를 세우는 알뜰한 작업이다. 글을 쓴다는 것은, 자기 자신의 엉클어지고 흐트러진 감정을 가라앉힘으로써 다시 고요한 자신으로 돌아오는 묘방이기도 하다. 만일 분노와 슬픔과 괴로움은 하나의 객관적인 사실로 떠오르고, 나는 거기서 한 발 떨어진 자리에서 그것들을 바라보는, 마음의 여유를 가지게 될 것이다. (김태길의 「글을 쓴다는 것」에서)

그리고 6·25전쟁 이후의 격동하는 시대에 상응하는 다양한 제재의 수용과 수필인의 확대는 시나 소설 이상으로 수필문학의 새로운 변모를 가져오게 한다. 수많은 잡지에 발표되는 문인·비문인들의 수필은 연간 600~700편이 넘게 된다.

이러한 현대수필의 주요 경향은 다음과 같은 몇 가지로 나누어볼 수 있다.

첫째, 제재의 다양성과 수필 세계의 확대를 들 수 있다. 수필은 제재의 구애를 받지 않는 장르로서 현대수필은 다양한 전문직에서 수필작가가 많이 배출됨으로써 더욱 제재의 다양성을 띠게 된다. 이제 수필은 전문 문인만의 전유물만이 아니고 누구나 쓸 수 있는 장르로 확대된다.

정신과 의사 최신해(崔臣海)는 『심야의 해바라기』, 『문고판 인생』, 『제삼의 신』 등과 같이 정신의학의 전문적 내용을 알기 쉽게 써서 의학 에세이의 효시를 이루었다. 그 뒤 정신의학 에세이는 이시형, 김정일, 양창순, 이나미 등으로 계보를 이어나갔다. 이들의 전문적 영역에 관한 소재의 특이성은 대중들의 호기심을 불러일으키며, 독자들의 인기를 집중시켰다.

'삶'의 목표는 '죽음'이라는 결론에 도달한 프로이트는 삶의 본능과 죽음의 본능 두 가지로 나누었고, 사람이란 누구나 다 가지고 있는 파괴요 공격의 두 가지 경향도 모두 이 죽음의 본능에서 파생된 것이라고 했다. 메닝거 씨는 여기에 덧붙여서 죽음의 본능이라는 것은 죽고 싶은 생각과, 남으로부터 죽임을 당하고 싶은 생각의 두 가지 요소가 있는 것으로 분석해 보았다.

이 죽음의 본능에서 나오는 것이라고 생각되는 파괴의 정신적 에너지가 밖으로 향하지 않고, 자기 자신으로 향할 때 글자 그대로 자기에 대한 살인행위, 즉 자살이 이루어지며, 이 에너지가 자기 이외의 타인으로 향해질 때에는 살인이 된다. 따라서 자살과 타살의 차이는 에너지의 방향의 차이에 따라서 결정되는 것이며, 이 양자의 관계는 마치 필름에 있어서의 양화와 음화와의 관계에 비유할 수 있는 것이다.

그러나 이 죽음의 본능인 타나토스(Thanatos)를 규정하는 생각에 대해서는 정신분석학자 사이에도 반대 의견을 가지고 있는 사람이 있다.

우리나라에서는 자살의 원인을 흔히 빈곤과 생활고에 미루는 신문기자·경제학자·종교가의 피상적 생각을 비웃는 듯이, 가난한 사람보다 중류 이상의 비교적 부유한 계층에 자살률이 높다. 정말로 굶주려서 살 길이 막막해질 때는 삶에 대한 욕구와 죽음에 대한 공포감이 더 강해지기 마련이며 자살할 의욕조차 없어져 버리니 참 기이한 감을 준다. 6·25때 막다른 골목에 이른 듯한 곤경에 부딪쳤을 때에는

자살했다는 사람이 드물었고, 살려고 발버둥쳤었다. (최신해의 「사람은 왜 자살을 하는가」에서)

법정(法頂)은 『무소유』를 시작으로 불교적 사유를 담은 수필을 계속 발표하여 스테디한 베스트셀러 수필가로 자리매김되었다.

지난 해 여름 장마가 개인 어느 날 봉선사로 운허 노사(雲虛老師)를 뵈러 간 일이 있었다. 한낮이 되자 장마에 갇혔던 햇볕이 눈부시게 쏟아져 내리고, 앞개울 물소리에 어울려 숲 속에서는 매미들이 있는 대로 목청을 돋우었다.

아차! 이 때에야 문득 생각이 난 것이다. 난초를 뜰에 내놓은 채 온 것이다. 모처럼 보인 찬란한 햇빛이 돌연 원망스러워졌다. 뜨거운 햇볕에 늘어져 있을 난초잎이 눈에 아른거려 더 지체할 수 없었다. 허둥지둥 그 길로 돌아왔다. 아니나 다를까. 잎은 축 늘어져 있었다. 안타까워 안타까워하며 샘물을 길어다 축여주고 했더니 겨우 고개를 들었다. 하지만 어딘지 생생한 기운이 빠져버린 것 같았다.

나는 이 때 온몸으로, 그리고 마음속으로 절절히 느끼게 되었다. 집착(執着)이 괴로움인 것을. 그렇다. 나는 난초에게 너무 집넘해 버린 것이다. 이 집착에서 벗어나야겠다고 결심했다. 난(蘭)을 가꾸면서도 산철에도 나그네 길을 떠나지 못한 채 꼼짝 못하고 말았다. 밖에 볼일이 있어 잠시 방을 비울 때면 환기가 되도록 들창문을 조금 열어 놓아야 했고, 분(盆)을 내놓은 채 나가다가 뒤미처 생각하고는 되돌아와 들여 놓고 나간 적도 한두 번이 아니었다. 그것은 정말 지독한 집착이었다.

며칠 후, 난초처럼 말이 없는 친구가 놀러 왔기에 선뜻 그의 품에 안겨 주었다. 비로소 나는 얽매임에서 벗어난 것이다. 날을 듯 홀가분한 해방감. 삼 년 가까이 함께 지낸 '유정(有情)'을 떠나 보냈는데도 서운하고 허전함보다 홀가분한 마음이 앞섰다. 이 때부터 나는 하루 한 가지씩 버려야겠다고 스스로 다짐을 했다. 난을 통해 무소유의 의미 같은 걸 터득하게 됐다고나 할까. (법정의 「무소유」에서)

철학자들의 수필도 하나의 계보를 이루고 있다. 김태길, 김형석, 안병욱 등으로 이어지는 철학수필도 주목을 요한다.

싸움은 여러 날 계속되었지만 누구도 만족스러운 해결을 내릴 수가 없었다.

어떤 날 이들의 집 앞을 지나가던 한 목사가 있었다. 세 아들은 그 목사에게 아버지의 유산 문제를 해결지어 주도록 청을 드렸다. 누구도 만족할 만한 결론을 얻을 수 없었던 때문이다. (중략)

세 아들은 모두 만족했다. 목사가 얘기해 준 대로 자기들에게 돌아올 말들을 찾아 가졌다.

일을 끝낸 목사는 "그러면 나는 다시 길을 떠나야 하겠습니다."라는 인사를 하고 도보로 대문 앞을 나섰다. 바로 그 때였다. 한 아들이 뒤따라 나오면서,

"목사님, 말을 타고 오셨다가 어떻게 이 사막 길을 걸어가실 수 있습니까? 외양간에 가 보니까 아직도 한 마리가 남아 있습니다. 우리들이 차지할 것은 다 차지했는데도 한 마리가 남아 있으니 이 말을 타고 가십시오."

목사는 "그렇습니까? 나에게 한 마리를 다시 주신다면 타고 가겠습니다."라고 말하면서 말을 탔다. 타고 보니 그것은 조금 전 타고 왔던 바로 그 말이었다. 아들들은 목사에게 감사를 드렸다. 그리고 목사는 아까와 같이 자기 말을 타고 갔다. 생각해 보면 세 아들은 어리석기 그지없는 젊은이었다. 목사가 나타나지 않았더라면 언제까지라도 싸우다가 무슨 결과를 가져왔을지 모른다. 그러나 어리석은 사람은 그 세 아들만이 아니다. 오늘의 우리들 모두가 꼭 같은 생활을 해 가

고 있지 않은가. (김형석의 「수학이 모르는 지혜」 전문)

　　이영도(李永道)의 『머나먼 사념(思念)의 길목』, 서정범(徐廷範)의 『놓친
열차가 아름답다』와 같이 인간의 심층 세계나 무속(巫俗)신앙의 신비
적 세계, 전규태(全圭泰)의 『잉카와 마야 문명』과 같이 새 풍물을 탐방
한 이색적인 수필, 김우종(金宇鍾)의 『우리들만의 우정』과 같이 인생의
통찰, 구인환(丘仁煥)의 『신서유견문』, 『한번 사는 세상인데』와 같이 이
국 견문과 인생과 역사의 성찰과 비판 등 제재 및 내용의 다양성을
보여준다.

　　둘째, 수필에서 소설의 서사구조를 도입한 서사수필이 수필형식의
다양성의 하나로 주목된다. 서사수필의 계보는 소설가 계용묵의 「구
두」 등 일찍부터 시작되어 피천득의 「인연」 등으로 이어진다.

　　셋째로, 여성수필의 계보에 대해서 이야기하지 않을 수 없다. 일제
하에서 김원주, 나혜석으로부터 시작되는 여성수필은 강경애, 노천명,
모윤숙, 최정희, 전숙희, 조경희, 이숙, 이명온 등으로 이어지며, 그 다
음 세대인 한무숙, 전혜린, 김남조, 신달자, 문정희, 유안진, 김승희 등
은 여성 특유의 서정으로 삶과 사랑을 감상적 톤으로 그려내 많은 독
자들로부터 큰 호응을 받았다.

　　모윤숙의 『렌의 애가』는 처음 『여성』지에 1936년부터 연재되던 것
을 1937년에 간행(일월서방)하였다. 이 작품은 '렌'이라는 여성이 '시
몬'이라는 남성에게 바치는 연가로서, 서간체의 일기형식으로 되어 있
으며, 해방 후 내용이 증보·재간행되면서 베스트셀러가 되었다.

기다리는 마음,

나는 무언지 항상 기다리는 마음을 품고 있다. 그래서 나는 집에
있을 땐 언제나 문밖을 내다보는 버릇이 있다. 조그만 소리에도 귀를
기울이는 버릇이 있다.

거기 그 문으로 누가 문득 나를 찾아올 것만 같기 때문이다. 그러
기에 이 무언지 쉴 새 없이 기다리는 마음은 나를 항상 초조하게 안
타깝게 또 고달프게까지 하는 것이다. 이 무언지 아득하게 기다리는
마음은 또한, 어떤 기대와 희망과도 통하는 마음이다. 그러므로 나는
혹은 영원히 아무 것도 와질 리 없는 기다림이나마 안타까이 지니고
있지 않을 수 없다. (전숙희의 「내 마음은」에서)

사춘기 적에는 자살의 환상에 빠져 본 적이 있다. 괴테가 쓴 『젊은
베르테르의 슬픔』을 읽고나서, 자살처럼 화려하고 감동적인 죽음을
꿈꾼 적이 있었다. 더구나 그 소설이 세상에 나오자, 비련의 주인공
베르테르를 닮고자 유럽의 청년들이 많이 자살하였다고 하여, 나는
정말로 멋진 자살을 꿈 꾼 적이 있었다.

클레오파트라는 자신의 죽은 모습에서조차도 아름답고 우아한 여
왕으로서의 체모와 미인의 품위를 잃지 않으려고, 가장 고통 없이 죽
을 수 있으면서, 죽은 후의 모습이 일그러져 추하지 않도록 독사에게
물려 자살을 했다. 실로 무서운 자존심으로 철저하고 완벽하게 자신
을 지켜낸 여성이 아닌가. (유안진의 「자살, 가장 이기적이고도 유치
한 희극」에서)

넷째, 수필인의 증대와 발표지면의 확대이다. 2000년대까지 많은
문예지와 『한국수필』, 『수필문학』, 『현대수필』, 『수필공원』, 『수필창
작』, 『수필과 비평』, 『수필춘추』, 『월간 에세이』, 『에세이스트』, 『수필
문학』, 『에세이문학』, 『수필시대』 등과 같은 수필 전문지가 발행되어

수필가들의 발표지면이 더욱 넓어진 반면 이들 전문지를 통해서 수필 가들이 양산되어 수필이 질적으로 떨어지는 부작용도 낳고 있다.

다섯째, 미미하게나마 수필문학의 연구가 시작되고 있다. 『수필문학』(1972~1982) 같은 전문지에서는 수필문학의 이론적 연구와 그 자료의 정리를 위해 힘쓴 바 있다.[56]

60년대에 접어들어 왕성해진 문학열과 함께 쏟아진 수필집은 상당수를 기록하게 되는데, 그 대표적인 것을 소개하면 다음과 같다.

양주동의 『문주반생기』, 곽종원의 『사색의 반려』, 김형석의 『사랑과 영원에의 대화』, 『운명도 허무도 아니란 이야기』, 박문하의 『배꼽 없는 여인』, 『약손』, 최신해의 『심야의 해바라기』, 『문고판 인생』, 『내일은 해가 뜬다』, 천경자의 『유성이 가는 곳』, 『언덕 위의 양옥집』, 김성진의 『덤으로 산다』, 이어령의 『흙 속에 저 바람 속에』, 『바람이 불어오는 곳』, 김남조의 『그래도 못다한 말』, 한무숙의 『열길 물속은 몰라도』, 조지훈의 『지조론』, 최태호의 『애처론』, 김일엽의 『청춘을 불사르고』, 『행복과 불행의 갈피에서』, 모윤숙의 『포도원』, 백철의 『두 개의 얼굴』, 안장현의 『달에게 묻는다』, 권순영의 『법창의 봄』, 전규태의 『이브의 유산』, 권중휘의 『무위의 변』, 김동리의 『자연과 인생』, 김동명의 『모래 위에 쓴 낙서』, 박종화의 『달과 구름과 사상과』, 안춘근의 『생각하는 인형』, 정소파의 『시인의 산하』, 장만영의 『그리운 날에』, 김붕구의 『내 인생 지게에 지고』, 전봉건의 『아담과 이브』, 이주홍의 『예술과 인생』, 『조개껍질과의 대화』, 『뒷골목의 낙

---

56) 이상의 '현대수필' 부분은 구인환의 글에서 참조하였음. (『한국민족문화대백과사전』, 한국정신문화연구원, 1991.)

서』 등이다.

안병욱, 이항녕, 장덕조, 김수영, 유주현, 이능우, 성경린, 석계향, 유종호, 정병조, 김원귀, 김동사, 윤오영, 박일송, 김일순, 이하윤, 차범석, 이원수, 정병조, 장수철, 김동사, 윤오영, 김원귀, 오화섭, 정종, 이동주, 김붕구, 김성진, 조풍연, 윤석중, 조윤제, 윤극영, 이진구, 유진오, 장덕순, 김우종, 신지식, 김진만, 황금찬, 박재삼, 손우성 등도 이 시기에 활발하게 수필을 발표했다.

윤병로는 60년대 후반의 수필계를 일찍이 보지 못했던 수필문학의 전성기를 맞은 듯 이른바 에세이붐을 보게 되었다고 평가한다.

이러한 수필의 활성화와 관련하여 1965년에 『한국수필문학전집』(국제문화사)이 간행된 것은 특기할 사항이다. 전 5권의 전집 속에는 근대문학 이후의 수필문학이 집대성되어 있다. 무려 백 명의 수필인들이 세대 순으로 제각기의 대표작을 몇 편씩 내놓고 있어 이 전집의 발간은 수필 문헌의 정리 작업에 큰 도움을 준다고 할 수 있다.[57]

---

57) 윤병로, 「수필문학의 개관―광복 20년의 수필」, 『현대문학』 11권 4호(1965.4), 86
   ~90면 참조.

제3장 수필의 유형

　수필에는 일기·서간·감상문·수상문·기행문 등이 모두 포함되며, 소평론(小評論)도 여기에 포함시킬 수 있을 만큼 그 범위가 넓은 문학 장르이다. 수필은 에세이(essay)와 미셀러니(miscellany)로 나누는데, 전자는 어느 정도 지적(知的)·객관적·사회적·논리적 성격을 지니는 소평론, 서평, 단평 등이 해당되며, 후자는 감성적·주관적·개인적·정서적 특성을 가지는 좁은 뜻의 수필을 지칭한다.

　영문학에서는 포멀 에세이(formal essay)와 인포멀 에세이(informal essay)로 나누는데, 포멀이란 정격(正格), 인포멀이란 정격이 아니라는 뜻이다. 물론, 전자에는 소평론과 서평, 단평 등이, 후자에는 일반적인 문학적 수필이 해당된다.

　수필의 분류는 그 태도, 제재나 내용, 글의 형식, 진술방식 등 어떤 관점에서 어떻게 분류하느냐에 따라 다양하게 나눌 수 있다.

1. 태도에 따른 분류

1) 경수필(informal essay, miscellany)

우리가 일반적으로 접하게 되는 정서적인 경향을 띠는 수필로서 개성적이고 체험적이며 예술성을 내포한 글이다. 감성적, 주관적 성격을 지니되, 일정한 주제보다 사색이 주가 되는 서정적 수필이다. 우리나라에서 수필이라 했을 때에는 이 경수필을 지칭하는 것이 보통이다. 비정격 수필, 비격식 수필이라고 한다.

2) 중수필(formal essay, essay)

가벼운 논문처럼 지적이고 논리적이며 객관적인 경향을 띠는 수필, 지성적·객관적 성격을 지니되, 직감적 통찰력이 주가 되는 비평적인 글로서, 논리적·지적인 문장이다. 정격 또는 격식수필이라고도 한다.

경 수 필	중 수 필
문장의 흐름이 가벼운 느낌을 준다	문장의 흐름이 무거운 느낌을 준다
자기 고백적이다	논리적이다
개인적 주관적 표현을 위주로 한다	사회적 객관적 표현을 위주로 한다

대체로 화자가 겉으로 드러난다	화자가 겉으로 드러나지 않는다
개인적 감성과 정서로 짜여 있다	보편적인 논리, 이성으로 짜여 있다
시적이다	소논문적이다
정서적·신변적이다	지적·사회적이다
예술적 가치를 지닌다	실용적 가치를 추구한다

2. 제재와 내용에 따른 분류

1) 사색적 수필

인생의 철학적 문제를 다룬 글이나 감상문 따위로서 김유정의 「길」, 최재서의 「교양의 정신」, 김형석의 「죽음」, 함석헌의 「들 사람 얼」, 법정의 「무소유」 등을 예로 들 수 있다.

2) 비평적 수필

작가에 관한 짧은 글이나, 문학 음악 미술 등 예술작품에 대한 본격적인 평론이기보다는 짧은 비평적인 소감을 밝힌 글로서 조연현의 「문학과 인생」을 예로 들 수 있다..

3) 기술적 수필(記述的 隨筆)

주관을 배제하고 실제의 사실만을 기록한 글이다.

4) 담화 수필(譚話隨筆)

시정(市井)의 잡다한 이야기나 글쓴이의 관념 따위를 다룬 글이다.

5) 개인적 수필(個人的 隨筆)

글쓴이 자신의 성격이나 개성, 신변잡기 등을 다룬 글로서 민태원의 「청춘예찬」, 피천득의 「수필」, 조지훈의 「돌의 미학」, 이태준의 「책」, 양주동의 「웃음에 대하여」, 이상의 「권태」 등을 예로 들수 있다.

6) 연단적 수필(演壇的 隨筆)

실제의 연설 초고는 아니나, 연설적, 웅변적인 글이다.

7) 성격 소묘 수필(性格素描隨筆)

주로 성격의 분석 묘사에 역점을 둔 글이다.

8) 사설 수필(社說隨筆)

개인의 주관이나 의견이긴 하지만, 사회의 여론을 유도하는 내용의 글로서 언론사의 사회적 문제에 대한 견해를 밝힌 글이다.

3. 글의 형식에 따른 분류

1) 서정수필(抒情隨筆)

생활이나 자연 등에서 느끼는 심상을 주정적·주관적 관점에서 쓰는 수필로서 피천득의 「봄」, 유달영의 「슬픔에 관하여」, 방정환의 「어린이 찬미」 등을 들 수 있다.

2) 사경수필(寫景隨筆)

대상을 마치 그림을 보듯 언어로 묘사해 가는 수필이다. 군말이 없이 간결하게 표현하되, 분명한 이미지를 수반하는 글로서 이상의 「권태」, 정진권의 「짜장면」, 차주환의 「냉면기」, 김진섭의 「백설부」 한용운의 「명사십리」, 나도향의 「그믐달」, 이효석의 「화초」, 이양하의 「신록 예찬」 등을 들 수 있다.

3) 서사수필(敍事隨筆)

일상사에서 일어난 일을 이야기로서 재미있게 그려낸 수필이다. 계용묵의 「구두」, 피천득의 「인연」, 「유순이」, 라대곤의 「어떤 실수」, 「시파」 등을 들 수 있다.

4) 서간문

편지글 형식의 수필이다. 심훈의 「어머니께」, 신석정의 「아내에게 보내는 편지」, 피천득의 「시집가는 친구의 딸에게」, 릴케의 「젊은 시인에게 보내는 편지」, 주요한의 「장강의 어구에서」, 신영복의 『감옥으로부터의 사색』, 황대권의 『야생초 편지』 등이 있다. 신영복은 통혁당 사건 무기수로 복역하면서 계수씨, 형수님, 어머님, 아버님께 보낸 편지를 묶어 『감옥으로부터의 사색』을 펴냈다.

새장 속에 거울을 넣어주면 새가 더 오래 산다고 합니다. 한 번도 옥담 안으로 날아든 적 없어 다만 그 지저귐만으로 친한 사이지만 여름 나무의 무성한 새소리는 큼직한 옥중 거울입니다. 그러나 뭇 새소리 가운데 유독 머슴새 소리는 거울의 환영이 아닌 회초리 같은 통렬함을 안겨주는 듯합니다.

　꾀꼬리 소리는 너무 고와서 귀 간지럽고, 뻐꾸기 소리는 구성져 산을 깊게 만들지만 한물 간 푸념인데 오직 머슴새 소리만은 다른 새소리 듣듯 한가롭게 앉아서 맞을 수 없게 합니다.

　단숨에 3, 40번, 그리고 숨 돌릴 새도 없이 또 그렇게 우짖기를 거듭하여 5분, 길게는 무려 7, 8분 동안 줄기차게 소리칩니다. 늦저녁과 신새벽을 골라 언제나 어둠 속에서만 우짖는 머슴새 소리는 흡사 창문을 깨뜨릴 듯, 우리들의 잠을 두둘겨 깨우듯 당당하고 거침이 없습니다. (신영복의 「머슴새의 꾸짖음」에서)58)

　신영복의 「머슴새의 꾸짖음」은 1987년 7월 6일 전주 교도소에서 형수님에게 보낸 편지이다.

5) 일기문

　일기형식의 수필로서 고전수필인 「산성일기」, 「의유당관북유람일기」, 안네 프랑크의 『안네의 일기』, 이순신의 『난중일기』, 김성칠의 『역사 앞에서』 등이 있다.

6) 기행문

　여행에서 보고 들은 기행문 형식의 수필이다. 박지원의 『열하일기』, 유길준의 「서유견문」, 최남선의 『백두산근참기』, 이광수의 『금

---

58) 신영복, 『감옥으로부터의 사색』, 햇빛출판사, 1990, 196~197면.

강산유기』, 정비석의 「산정무한」 등이 있다.

7) 수상적(隨想的) 수필

수상이란 사물을 대할 때에 그때그때 떠오르는 생각이나 느낌을 말하는 것으로, 근대문학 초창기에 '수상'은 수필이란 장르를 지칭하는 용어로도 사용되었다. 원래 프랑스어의 '에세(essai)'는 시도, 시험, 경험의 의미를 지녔으며, 몽테뉴의 『수상록(Les Essais)』은 고금 서적의 단편을 인용하고, 윤리적 주제, 역사상의 판단·의견을 소개하며, 자기 자신의 비판·고찰을 가한 감상문 형식을 취하고 있다. 후년에는 자기를 대상으로 한 기술·분석·성찰을 주로 하여 스토아 철학, 회의주의적(懷疑主義的) 사상, 에피쿠로스(Epikuros)주의적인 사고를 거쳐 그가 도달한 자연에 적합한 인간의 조건과 삶의 탐구를 기도하였다. 김진섭의 「생활인의 철학」, 신채호의 「조선 혁명 선언」, 심훈의 「조선의 영웅」 등도 여기에 속한다.

8) 평론적 수필

본격적인 평론보다는 서평이나 단평 등의 가벼운 비평문 형식의 수필이다. 박용철의 「시적 변용에 대하여」, 김억의 「소월의 추억」, 김진섭의 「수필의 문학적 영역」, 김광섭의 「수필문학 소고」, 조연현의 「수필은 산문의 대표적 양식」, 피천득의 「수필」 등이 있다.

4. 진술방식에 따른 분류

진술 방식의 면에서 보면, 수필은 다음과 같이 네 가지로 구분된다. 즉, 교훈적 수필, 희곡적 수필, 서정적 수필, 서사적 수필로 나눌 수 있다.

1) 교훈수필

필자의 체험이나 깊은 사색을 바탕으로 하는 교훈적인 내용을 담은 수필로서 그 내용과 문체가 중후하며, 필자 자신의 인생관이라고 할 수 있는 신념과 삶의 태도가 강하게 드러나 있다. 하지만 지나친 교훈성은 자칫 예술성을 소홀히 하게 되는 것을 경계해야 한다.

소(牛)의 덕성을 찬양하면서, 그것을 우리 인간들이 본받을 것을 권장한 이광수의 「우덕송(牛德頌)」, 일제 치하라는 30년대의 암담한 시점에서 우리나라 젊은이들이 무엇을 해야 할 것인가를 일깨우고 있는 심훈의 「대한의 영웅」, 나무의 덕성을 찬양하면서 인간이 그것을 배울 것을 강조한 이양하의 「나무」, 혼란한 사회에서 우리가 바르게 살아가는 태도를 제시한 이희승의 「지조(志操)」 등을 교훈수필의 예로 들 수 있다.

　　말은 깨끗하고 날래지마는 좀 믿음성이 적고, 당나귀나 노새는 아무리 보아도 경망꾸러기다. 족제비가 살랑살랑 지나갈 때에 아무라도 그 요망스러움을 느낄 것이요, 두꺼비가 입을 넓적넓적하고 쭈그리고 앉은 것을 보면, 아무가 보아도 능청스럽다. 이 모양으로 우리는 동물의 외모를 보면 대개 그의 성질을 짐작한다. 벼룩의 얄미움이나 모기의 도심질이나 다 그의 외모가 말하는 것이 아닌가.

그런데 소는 어떠한가. 그는 말의 못 믿음성도 없고, 여우의 간교함, 사자의 교만함, 호랑이의 엉큼스러움, 곰이 우직하기는 하지마는 무지한 것, 코끼리의 추하고 능글능글함, 기린의 외입쟁이 같음, 하마의 못 생기고 제 몸 잘 못 거둠, 이런 것이 다 없고, 어디로 보더라도 덕성스럽고 복성스럽다. '음매' 하고 송아지를 부르는 모양도 좋고, 우두커니 서서 시름없이 꼬리를 휘휘 둘러, "파리야, 달아나거라, 내 꼬리에 맞아 죽지는 말아라." 하는 모양도 인자하고, 외양간에 홀로 누워서 밤새도록 슬근슬근 새김질을 하는 양은 성인이 천하사(天下事)를 근심하는 듯하여 좋고, 장난꾼이 아이놈의 손에 고삐를 끌리어서 순순히 걸어가는 모양이 예수께서 십자가를 지고 가시는 것 같아서 거룩하고, 그가 한 번 성을 낼 때에 '으앙' 소리를 지르며 눈을 부릅 뜨고 뿔이 불거지는지 머리가 바수어지는지 모르는 양은 영웅이 천하를 취하여 대로(大怒)하는 듯하여 좋고, 풀판에 나무 그늘에 등을 꾸부리고 누워서 한가히 낮잠을 자는 양은 천하를 다스리기에 피곤한 대인(大人)이 쉬는 것 같아서 좋고, 그가 사람을 위하여 무거운 멍에를 메고 밭을 갈아 넘기는 것이나 짐을 지고 가는 양이 거룩한 애국자나 종교가가 창생(蒼生)을 위하여 자기의 몸을 바치는 것과 같아서 눈물이 나도록 고마운 것은 물론이거니와, 세상을 위하여 일하기에 등이 벗어지고 기운이 지칠 때에, 마침내 푸줏간으로 끌려 들어가 피를 쏟고 목숨을 버려 내가 사랑하던 자에게 내 살과 피를 먹이는 것은 더욱 성인(聖人)의 극치인 듯하여 기쁘다. (이광수의 「우덕송」에서)

「우덕송」은 을축년을 맞이해 소의 덕성을 찬양한 내용으로 예찬적이며 교육적인 성격의 글로서 소의 덕성(德性)을 다른 동물들과 비교하여 쓴 글이다. 인용된 글의 두 번째 단락의 끝없이 이어지는 문체가 특이하다.

2) 서사수필

필자 자신이나 다른 사람이 체험한 어떤 사건을 서술하되, 그 사건의 내용 자체에 소설처럼 이야기적인 요소가 있다. 모든 서사문학이 그러하듯이 서사수필에도 이야기라는 내용이 있고, 이야기를 전달하는 화자가 있다. 그런데 서사수필에서 이 화자는 실제작가와 일치하는 존재이다.[59] 필자가 직접 겪거나 본 이야기를 소설처럼 이야기를 통해 전달한다는 점에서 서사수필은 각별한 흥미를 끈다. 자신의 구두 발자국 소리가 기이했던 탓으로, 어떤 낯모르는 여인에게 자칫 불량배로 오해받을 뻔한 체험담을 쓴 계용묵(桂鎔默)의 「구두」, 낯선 산에서 길을 잃고 죽을 뻔한 조난의 체험을 쓴 이숭녕의 오봉산 등산기인 「너절하게 죽는구나」, 김소운의 「가난한 날의 행복」, 피천득의 「인연」, 「은전 한 닢」 등이 있다.

> 한참 머뭇거리다가 그는 나를 쳐다보고 이야기를 하였다.
> "이것은 훔친 것이 아닙니다. 길에서 얻은 것도 아닙니다. 누가 저 같은 놈에게 일 원짜리를 줍니까? 각전(角錢) 한 닢을 받아 본 적이 없습니다. 동전 한 닢 주시는 분도 백에 한 분이 쉽지 않습니다. 나는

---

59) 송명희, 「서사수필의 규약」, 『수필학』 제12집, 한국수필학회, 2004, 147~160면.

한 푼 한 푼 얻은 돈에서 몇 닢씩 모았습니다. 이렇게 모은 돈 마흔 여덟 닢을 각전 닢과 바꾸었습니다. 이러기를 여섯 번을 하여 겨우 이 귀한 '대양(大洋)' 한 푼을 갖게 되었습니다. 이 돈을 얻느라고 여섯 달이 더 걸렸습니다." (피천득의 「은전 한 닢」에서)

3) 서정수필

일상생활이나 자연에서 느끼고 있는 감상을 솔직하게 주정적, 주관적으로 표현하는 수필이다. 희(喜), 노(怒), 애(哀), 낙(樂), 애(愛), 오(惡), 욕(欲)의 필자의 정서적 경험을 독자에게 전달해서 감동을 불러일으키며, 예술성이 강하다. 서정수필은 표현에서 묘사와 비유 등 기교적 측면에 많은 관심을 기울인다. 나도향의 「그믐밤」, 이효석의 「청포도(靑葡萄)의 사상」, 「화초(花草)」, 이양하의 「조그만 기쁨」, 김진섭의 「백설부(白雪賦)」, 이병기의 「백련(白蓮)」, 「난초(蘭草)」, 피천득의 「꿈」, 손광성의 「아름다운 소리들」 등이 있다.

초라한 내 집이 오늘은 조금도 욕되지 아니하다. 산허리에 외롭게 서 있는 일간 두옥(一間斗屋). 아니, 내 집도 이렇게 아담하고 아름다웠던가. 여기도 눈이 쌓이고 달빛이 찼다. 문은 으레 굳게 닫혀 있고, 나를 기다릴 개 한 마리 없다. 그러나 이것도 오늘 밤에는 나를 조금도 괴롭히지 않는다. (이양하의 「조그만 기쁨」에서)

어려서 나는 꿈에 엄마를 찾으러 길을 가고 있었다. 달밤에 산길을 가다가 작은 외딴집을 발견하였다. 그 집에는 젊은 여인이 혼자 살고 있었다. 달빛에 우아하게 보였다. 나는 허락을 얻어 하룻밤을 잤다.
그 이튿날 아침, 주인아주머니가 아무리 기다려도 일어나지 않았다. 불러 봐도 대답이 없다. 문을 열고 들여다보니, 거기에 엄마가 자고

있었다. 몸을 흔들어 보니 차디차다. 엄마는 죽은 것이다. 그 집 울타리
에는 이름 모를 찬란한 꽃이 피어 있었다. 나는 언젠가 엄마한테서 들
은 이야기를 생각하고 얼른 그 꽃을 꺾어 가지고 방으로 들어왔다.

하얀 꽃을 엄마 얼굴에 갖다 놓고 "뻐야 살아라!" 하고, 빨간 꽃을
가슴에 갖다 놓고 "피야 살아라!" 그랬더니 엄마는 자다가 깨듯이 눈
을 떴다. 나는 엄마를 얼싸안았다. 엄마는 금시에 학이 되어 날아갔
다. (피천득의 「꿈」에서)

4) 서술수필

인간 세계나 자연계의 어떤 사실에 대하여 대체로 필자의 주관을
개입시키지 않고, 객관적으로 서술하는 수필. 그 내용이 얼마나 사실
또는 현실에 가까운 것인가, 서술이 얼마나 정확한가 하는 문제가 따
르게 된다. 이런 작품을 쓰려면 평소의 날카로운 관찰, 세심한 조
사, 올바른 지식이 필요하다. 최남선의 『백두산근참기』, 『심춘순례』,
이광수의 『금강산유기』, 이병기의 「낙화암을 찾는 길에」, 김동인의
「대동강」, 노천명의 「묘향산 기행기」 등이 있다. 옛날의 선비들에
대해서 뛰어나게 묘사한 이희승의 「딸깍발이」, 이어령의 『하나의 나
뭇잎이 흔들릴 때』 등도 서술수필로 분류된다.

하나의 나뭇잎이 흔들릴 때 나는 하나의 공간이 흔들리는 것을 보
았다.
조그만 이파리 위에 우주의 숨결이 스쳐 지나가는 것을 보았다.
하나의 나뭇잎이 흔들릴 때 나는 왜 내가 혼자인가를 알았다.
푸른 나무와 무성한 저 숲이 실은 하나의 이파리라는 것을… 제각
기 돋았다 홀로 져야 하는 하나의 나뭇잎, 한 잎 한 잎이 동떨어져

살고 있는 고독의 자리임을 나는 알았다. 그리고 그 잎과 잎 사이를 영원한 세월과 무한한 공간이 가로막고 있음을.

하나의 나뭇잎이 흔들릴 때 나는 왜 살고 있는가를 알고 싶었다. 왜 이처럼 살고 싶은가를, 왜 사랑해야 하며 왜 싸워야 하는가를 나는 알 수 있을 것 같았다. 그것은 생존의 의미를 향해 흔드는 푸른 행커치프… 태양과 구름과 소나기와 바람의 증인(證人)……. 잎이 흔들릴 때, 이 세상은 좀 더 살 만한 가치가 있다는 생의 욕망에 눈을 떴다.

하나의 나뭇잎이 흔들릴 때 나는 어디로 가야 하는가를 들었다. 다시 대지를 향해서 나뭇잎은 떨어져야 한다. 어둡고 거칠고 색채가 죽어 버린 흙 속으로 떨어지는 나뭇잎을 본다.

하나의 나뭇잎이 흔들릴 때 피가 뜨거워도 죽는 이유를 나뭇잎들은 우리에게 가르쳐 준다. 생명의 아픔과, 생명의 흔들림이, 망각의 땅을 향해 묻히는 그 이유를… 그것들은 말한다. 거부하지 말라, 하나의 나뭇잎이 흔들릴 때 대지는 더 무거워진다. 눈에 보이지 않는 끈끈한 인력(引力)이 나뭇잎을 유혹한다. 언어가 아니라 나뭇잎은 이 땅의 리듬에서 눈을 뜨고 눈을 감는다. 별들의 운행(運行)과 나뭇잎의 파동은 같은 질서에서 움직이고 있음을 우리는 안다.

하나의 나뭇잎이 흔들릴 때

우리들의 마음도 흔들린다. 온 우주의 공간이 흔들린다. (이어령의 『하나의 나뭇잎이 흔들릴 때』의 서문)

제가 서도(書道)를 운위하다니 당구(堂拘)의 폐풍월(吠風月) 짝입니다만 엽서 위의 편언(片言)이고 보면 조리(條理)가 빈다고 허물이겠습니까. 일껏 붓을 가누어 조신해 그은 획이 그만 비뚤어 버린 때 저는 우선 그 부근의 다른 획의 위치나 모양을 바꾸어서 그 실패를 구하려 합니다.

이것은 물론 지우거나 개칠(改漆)하지 못하기 때문이기도 하지만 실상 획의 성패란 획 그 자체에 있지 않고 획과 획의 '관계' 속에 있다고 이해하기 때문입니다. 하나의 획이 다른 획을 만나지 않고 어찌 제 혼자서 '자(字)'가 될 수 있겠습니까. 획도 흡사 사람과 같아서 독존(獨存)

하지 못하는 '반쪽'인 듯합니다. 마찬가지로 한 '자'가 잘못된 때는 그 다음 자 또는 그 다음다음 자로써 그 결함을 보상하려고 합니다.

또 한 '行(행)'의 잘못은 다른 행의 배려로써, '한 연(聯)'의 실수는 다른 연의 구성으로써 감싸려 합니다. 그리하여 어쩌면 잘못과 실수의 누적으로 이루어진, 실패와 보상과 결함과 사과와 노력들이 점철된 그러기에 더 애착이 가는 한 폭의 글을 얻게 됩니다.

이렇게 얻은 한 폭의 글은 획, 자, 행, 연들이 대소, 강약, 태세(太細), 지속(遲速), 농담(濃淡) 등의 여러 가지 형태로 서로가 서로를 의지하고 양보하며 실수와 결함을 감싸주며 간신히 이룩한 성취입니다. 그중 한 자, 한 획이라도 그 생김생김이 그렇지 않았더라면 와르르 열 개가 전부 무너질 뻔한, 심지어 낙관(落款)까지도 전체 속에 융화되어 균형에 한몫 참여하고 있을 정도의 그 피가 통할 듯 농밀한 '상호연계'와 '통일' 속에는 이윽고 묵과 여백! 흑과 백이 이루는 대립과 조화. 그 '대립과 조화' 그것의 통일이 창출해 내는 드높은 '질(質)'이 가능할 것입니다.

이에 비하여 규격화된 자, 자, 자의 단순한 양적 집합이 우리에게 주는 느낌은 줄 것도 받을 것도 없는 남남끼리의 그저 냉랭한 군서(群棲)일 뿐 거기 어디 악수하고 싶은 얼굴 하나 있겠습니까.

유리창을 깨뜨린 잘못이 유리 한 장으로 보상될 수 있다는 생각은, 사람의 수고가, 인정이 배제된 일정액의 화폐로 대상(代償)될 수 있다는 생각만큼이나 쓸쓸한 것이 아니겠습니까. 획과 획 간에, 자와 자 간에 붓을 세우듯이. 저는 묵을 갈 적마다 인(人)과 인간(間)의 그 뜨거운 '연계' 위에 서고자 합니다.

춥다가 아직 덥기 전의 4월도 한창 때, 좋은 시절입니다. 다음 접견 때 책을 차하하도록 해주시기 바랍니다. 수속이 간단히 끝날 수 있도록 따로 포장해 두었습니다.

전에 구해 두셨다는 『맹자』 보내 주셨으면 합니다. 이만 각필하겠습니다. (신영복의 「당구(堂狗)가 풍월을 읊듯」 전문)[60]

---

60) 신영복, 앞의 책에 수록된 글로 1977년 4월 15일에 저자가 아버님께 쓴 편지다.

제 2 부

수필 창작론

제1장 글쓰기의 절차

먼저 글을 쓰기 위해서는 자신이 쓰려고 하는 글이 어떤 목적을 가진 글인가를 생각해 보아야 한다. 가령, 상대방에게 어떤 정보나 지식을 알려 주는 설명문인지, 자기의 주장을 설득하거나 비판하려는 논설문인지, 남을 감동시키려는 목적의 문예문인지를 따져 보아 목적에 맞는 글을 써야 할 것이다.

만약 초청장을 써야 한다면 모임의 성격, 장소와 시간, 경비, 초청자 등을 명시해야 하고, 편지라면 서두, 사연, 결미를 갖추고 상대방에 대한 예의를 지켜서 써야 한다. 신문 기사라면 육하원칙에 의해 쓴다. 그리고 독후감이라면 책의 내용을 간략히 소개하고 작가의 철학이나 의도를 밝히며, 자신의 느낌을 쓴다. 시나 소설이라면 그 장르의 형식에 맞추어서 글을 써야 할 것이다. 수필의 경우에도 중수필인지 경수필인지 글의 성격에 따라서 형식을 선택해야 하고, 무형식이라고는 하지만 내용에 따라 적합한 형식을 선택해야 할 것이다.

작문의 절차는 정해진 규범이 있는 것은 아니지만 대체로 ① 주제 설정 ② 취재와 정리 ③ 구상 ④ 기술 ⑤ 퇴고의 5단계로 나누어 진행된다.

즉, 어떤 생각을 드러낼 것인가를 정하고, 그에 알맞은 소재와 제재를 선택하고, 그것을 어떻게 배열할 것인가를 설계하고, 컴퓨터 앞에 앉아 자판을 두드리고, 글이 의도한 대로 제대로 되었는지 고치는 다섯 단계의 절차를 거치게 된다.

제2장 주제 설정

1. 주제란 무엇인가

주제는 글의 중심적인 내용, 즉, 중심사상이며, 작가가 말하려고 하는 핵심적인 의미이며, 의도이다. 주제는 작가에 의해서 선택된 제재에 대한 해석이며, 가치평가이고, 의미 부여이다. 브룩스와 워렌은 『소설의 이해』에서 주제는 사상이요, 의미이고, 인물과 사건에 대한 해석이며, 전체적 서술 속에 구체화된 침투적이고 단일화된 인생관이라고 정의했다.

갈 곳을 정하지 않고 나선 산책길에서 보고 느낀 점을 생각나는 대로 썼다고 하더라도 그것이 제대로 된 글이 되기 위해서는 메시지가 있어야 하며, 집약된 의미부여가 필요하다. 바로 그것이 주제이다. 주제 설정은 독자가 글을 읽고 '무엇'인가를 생각하게 하는 일이다.

2. 주제 설정의 유의점

글을 쓸 때 처음부터 주제를 설정해 놓고 전개해 가는 경우가 있고, 글을 써 가는 과정에서 글 쓰는 목적, 이유 등을 생각하면서 주제를 한정하는 경우도 있다.

중수필인 경우는 보통 주제를 먼저 설정하고 쓰는 반면에 경수필의 경우에는 써 가는 도중에 주제를 구체화하는 수가 많다. 주제의 드러냄에 있어서도 중수필의 경우엔 선명하고 뚜렷한 것이 좋지만, 경수필의 경우엔 분명한 주제를 앞세우지 않고 독자들이 느끼고 생각하게 여운을 남겨 더욱 인상 깊게 만드는 것이 좋다.

글에서 주제가 뚜렷하지 못하고 모호하게 되면 무엇에 대해 쓴 글인지, 글의 핵심이 무엇인지 알 수 없게 된다. 그러므로 주제 설정은 곧 문학의 성패와 직결된다. 따라서 주제는 선명하고, 통일성이 있어야 한다. 한 편의 수필에서 주제를 여러 개 설정하면 독자가 혼란을 일으키게 되므로 주제는 일관성이 있어야 한다.

주제는 세 가지의 구실을 한다. 첫째, 주장의 윤곽을 잡을 수 있게 한다. 둘째, 문장을 전개하는 데 필요한 소재를 취재·선택하는 기준을 세울 수 있다. 셋째, 문장의 통일성과 일관성에 도움을 준다.

좋은 글은 좋은 주제의 선택에서 비롯된다. 하지만 주제의 설정은 생각하는 것만큼 쉽지 않다. 주제 선택의 기준은 다음과 같다.

    1) 주제는 되도록 한정한다.

2) 필자가 관심을 가지고 잘 아는 주제를 고른다.

3) 참신하고 독자에게 흥미를 줄 수 있는 시의성 있는 주제를 고른다.

3. 참주제와 주제문

가령, '사랑'을 주제로 하는 경우에 그것은 너무 막연하고 큰 가주제(假主題)이다. 따라서 세상에 존재하는 수많은 사랑의 종류 가운데서 어떤 사랑에 대해서 쓸 것인지 참주제를 정해야 한다. 즉, 신과 인간 사이, 또는 부모 자식 사이의 아가페(agape)적 사랑이 있으며, 친구 간의 필리아(philia)적 사랑, 남녀 간의 에로스(eros)적 사랑으로 구분할 수 있다. 이 가운데서 어떤 종류의 사랑에 대해서 쓸 것인지를 정하고, 그 다음에 그 사랑의 어떤 측면에 대해서 글을 쓸 것인지 참주제를 정하여야 한다. 미리 글의 분량이 정해져 있을 때에는 그 분량 내에서 말할 수 있을 정도의 한정된 주제를 고르도록 해야 한다.

참주제가 선정되면 그것을 서술된 문장 형태의 주제문으로 써봄으로써 주제를 보다 선명하고 명확히 할 필요가 있다. 왜냐하면 주제는 일반적으로 짧은 어구로 되어 있어 추상적이기 때문에 이것을 좀더 구체화시킨 것이 주제문이다. 논설문, 설명문, 보고문 등에서 주제문은 명시적으로 드러나는 것이 좋고, 문예문에서는 은유적이거나 상징적으로 감추는 것이 좋다.

가 주 제	참 주 제	주 제 문
사 랑	사랑의 신의	남녀 간의 사랑에도 신의가 있어야 한다
자 유	자유와 책임	자유는 무조건적으로 주어지는 것이 아니라 책임이 따른다.

필자의 경험을 공개해 보자. 오래 전의 일인데, 『월간 에세이』로부터 '성'에 대해서 글을 써달라는 청탁을 받은 적이 있다. 전화를 받았을 때는 성에 대해서 쓸 말이 많아 글이 술술 잘 써질 줄 알았는데 막상 쓰려고 보니, '성(性)'이라는 개념이 너무 넓고 막연하여 과연 성의 어떤 측면에 대해서 써야 할지 고민에 빠지게 되었다. 왜냐하면 우리나라에서 '성'이라는 개념에는 생물학적 성인 섹스(sex), 사회문화적 성역할과 규범을 의미하는 젠더(gender), 구체적 성행동과 성적 정체성을 의미하는 섹슈얼리티(sexuality)가 모두 포함되기 때문이다. 과연 무엇으로 주제를 한정할 것인가에 대해서 고민하다가 결국 내가 잘 알고 있는 젠더로서의 성에 초점을 맞추어서 글을 쓰게 되었다.

중학교 1학년 때였던가? 영어시간에 한 학생이 섹스(sex)의 뜻이 뭐냐는 질문을 한 적이 있다. 그 때 영어 선생님은 대학을 갓 졸업한 앳된 처녀 선생님이었는데, 질문을 받자 갑자기 얼굴이 홍당무처럼 붉어지며 대답도 하지 못하고 쩔쩔매는 것이었다.
그 때 우리들보다 키도 크고 철이 든 한 학생이 '그건 여성, 남성 하는 성이다'라고 의젓하게 대신 답변을 하자 선생님은 마치 구세주라도 만난 듯 비로소 얼굴을 펴고 다음 진도로 넘어갔다. 아직 철부지 어린 소녀였던 우리들은 왜 그렇게 선생님이 당황하였는지 영문도 모른 채 고개를 갸웃거렸던 기억이 난다.

사실 성(性)이란 낱말만큼 수많은 의미를 내포한 말도 없으리라. 남성, 여성 하는 생물학적 성(sex)으로부터, 사회적 성역할(gender)과 성차별, 성관계(sexuality), 성행위, 성범죄, 성윤리, 사랑과 결혼에 이르는 광범위한 개념을 성이란 단어는 포괄하고 있다.

또한, 성이란 말이 풍기는 어감도 안개가 감도는 강변처럼 신비롭고 아름다운 것으로 느껴지기도 하고, 달콤한 과일처럼 감미롭게 느껴지기도 하지만 어느 한순간 구역질이 나도록 추하고 불결한 것으로 여겨지기도 하는 다의성(ambiguity)을 지니고 있다. 중학교 시절의 그 영어 선생님은 아마도 섹스라는 단어에서 남녀간의 구체적 성관계나 성행위를 연상했는지도 모른다.

전화로 성에 관한 원고청탁을 받았을 때만 하더라도 나는 글이 술술 잘 써질 것으로 낙관했다. 그런데 시간이 지나는 동안 도무지 성의 어떤 측면에 초점을 맞추어서 글을 써야 할지 가닥이 잡히지 않고 막연해지기 시작했다. (송명희의 「여자의 성(性)」에서1)

---

1) 송명희, 『나는 이런 남자가 좋다』, 푸른사상, 2002, 59~60면.

제3장 취재와 그 정리

1. 제재와 소재를 발견하는 안목

주제가 확정되면 그 주제를 잘 살리기 위한 재료를 모으고, 그것을 검토하여 취할 것은 취하고 버릴 것은 버리는 취사선택의 과정을 거친다. 즉, '취재와 그 정리'이다.

제재는 주제를 나타내기 위해 선택한 중심소재를 말한다. 수필의 소재는 무궁무진하다. 자신의 경험, 생각, 주의, 견해, 자연에 대한 관찰과 감상, 사회생활, 제도, 풍습, 양식, 인정 등 자연과 인간, 사회, 느낌과 상상 같은 정신적인 대상까지 모두 포함된다.

> 수필은 무엇이라도 담을 수 있는 용기(用器)라고 볼 수 있을지니, 무엇을 그 속에 담든 그것은 오로지 필자 자신의 선택에 맡길 수밖에 없다.(김진섭)

그런데 세상의 모든 것이 수필의 소재가 될 수가 있다고 해서 그 것이 누구에게나 소재가 될 수 있는 것은 아니다. 즉, 작가의 안목에 의해 소재로 선택되기도 하고 그렇지 못하기도 한다. 소재를 풍부하게 발견하는 사람이 있는 반면 소재의 빈곤으로 글을 쓰지 못하는 사람도 있는데, 그것은 소재의 문제가 아니라 결국 글 쓰는 사람의 안목과 글쓰기의 능력 문제라고 할 수 있다. 가령, 바닷가의 수많은 모래알을 그냥 보잘 것 없는 것으로 지나쳐버리는 사람이 있는 반면, 이 소재에다 덧없는 인생의 꿈(사상누각)이라는 의미를 부여하는 사람도 있다. 후자라야 작가가 될 자질이 있는 것이다.

많은 소재 가운데서 어떤 것을 나의 글감으로 선택할 것인가는 쉬운 일처럼 생각되지만 그렇지가 않다. 우선 초보자에게는 그 수많은 소재가 눈이 들어오지 않는다. 대상에서 인생의 의미를 발견하는 의식, 즉, 주제와 연결시킬 수 있는 통찰력이 있어야만 '소재'가 눈에 뜨인다. 소재를 잘 찾는 사람이 좋은 글을 쓸 수 있는 자질을 갖춘 사람이라고 할 수 있다.

2. 무엇으로부터 소재를 얻을 수 있는가

소재를 찾는 방법은 첫째, 자신의 과거경험을 돌이켜보는 것이다. 기억의 보물창고에서 소재가 될 만한 것을 끄집어내어 글을 쓰는 것은 초보자들의 글에서 흔히 발견된다. 살아온 삶의 발자취를 뒤돌아보는 일, 지나간 일기장, 메모장, 사진첩, 편지철 등도 글감을 제공해

준다.

둘째, 현재 자신이 살아가는 주위를 돌아봄으로써 소재를 얻을 수 있다. 독서, 예술 감상, 여행, 대화, 교육, 취미활동 등에서도 소재를 얻을 수 있는 것이다.

셋째, 미래에서도 소재를 찾을 수 있다. 미래에 대한 꿈과 상상을 통해서도 글의 소재를 얻을 수 있다. 즉, 미래에 대한 상상, 계획, 희망 등이 추상적인 것처럼 보이지만 그것들도 글의 훌륭한 소재가 될 수 있는 것이다.

즉, 글의 소재는 시간적으로 과거 현재 미래가 모두 대상이 될 수 있으며, 기억이나 꿈, 상상 같은 인간의 내면에 존재하는 것으로부터 '나'의 밖에 존재하는 세계(사회) 그 어느 것으로부터도 구할 수 있다. 문제는 그것을 소재로 건져낼 수 있는 안목이 있느냐가 관건인 것이다. 그런데 그 안목이라는 것이 하루아침에 길러지지 않는다는 데 어려움이 있다. 글의 소재에 대해서 늘 생각하고 주위를 관찰하고 삶에 대한 통찰력을 길러야만 소재가 눈에 들어온다.

좋은 글을 쓰기 위해서는 나에게 이미 축적된 것, 또는 나의 주위를 살펴서 얻는 것 이외에 보다 적극적으로 취재활동을 할 수도 있고, 전문가의 도움을 청할 수도 있으며, 필요한 분야의 독서를 통하여 소재를 얻을 수도 있다.

제재 수집의 원천으로는 체험·기억·관찰·조사·면담·독서·사색 등을 들 수 있다. 이를 위해서는 무엇보다 평소에 다양한 경험을 쌓고 깊은 사색을 하는 생활태도가 필요하고, 확실하게 취재를 하여 메모를 해두는 습관도 필요하다.

처음 수필을 써보려는 사람이라면 자신의 인생에서 결코 잊을 수 없는 사람과 일, 감명을 받았던 일, 오랫동안 기억하고 싶은 일, 가장 아끼고 소중하다고 여겨지는 일, 사랑하는 사람이나 일 등을 소재로 하여 글을 쓴다면 소재의 궁핍 때문에 쩔쩔매지는 않을 것이다. 그러나 언제까지 한정된 자신의 직접 경험에만 매달려서 글을 쓸 수는 없다. 인생과 사회 전반으로 관심을 확대하여 나가야만 좋은 수필을 쓸 수 있다.

그리고 글을 쓰는 사람의 다양하고 폭넓은 인생 체험이 뒤받침 될 때에 소재는 풍부해진다. 즉, 직접 경험인 견문과 간접 경험인 독서의 폭이 넓어야만 다양하고 흥미로운 소재가 얻어지기 때문에 평소에 경험과 독서 그리고 사색의 폭을 넓히는 일은 글을 쓰는 사람에게는 필수적이다. 그리고 무엇보다도 글을 많이 써보아야만 좋은 소재를 발견할 수 있다.

3. 소재가 될 수 있는 것과 없는 것

우리가 살아가면서 겪은 다양한 경험들이 다 수필의 소재로서 가치를 지니는 것은 아니다. 그리고 그것을 나열했다고 해서 수필이 되는 것은 더욱 아니다. 글을 쓸 때는 쓰고자 하는 소재, 즉, 경험의 내용이 다른 사람과 공유할 만한 가치 있는 것인지를 먼저 따져 보아야 한다. 사실 많은 사람들이 공감할 수 있는 흥미로운 소재는 글의 절반 이상의 성공을 가져다준다.

그러면 수필이 될 만한 가치 있는 소재인지의 판단은 무엇에 근거하여 이루어지는가. 그것은 결국 작가의 인생관과 예술관에 좌우된다고 할 수 있다. 작가의 인생과 예술에 대한 해석(인생관과 예술관)으로부터 소재가 될 수 있는지의 여부는 판정된다. 그리고 글의 주제도 결국은 인생관과 예술관으로부터 나온다. 한 편의 수필이 주제화된 작품이 되기 위해서는 쓰려고 하는 소재 가운데서 독자와 공유할 수 있는 가치가 무엇인가를 발견하는 재해석과 지적 사색이 뒤따라야 하는 것이다. 그것은 삶의 가치와 의미를 드러낼 수 있는 소재를 찾아내서 이에 대한 지적 사색이 이루어진 다음에 글을 써야 한다는 말에 다름 아니다. 주제의 형상화는 바로 이러한 토대 위에서만 가능해지는 것이다.

물론 삶의 가치와 의미가 설교조의 교훈을 의미하지는 않는다. 그러니 가치니, 의미니 하는 말을 너무 거창하게 해석할 필요는 없다. 오히려 수필의 묘미는 작고 하찮은 것들에 관한 관심과 사랑에 있고, 작은 것을 통해서 큰 것을 말할 수 있다는 데에 있다.

아무리 훌륭한 소재라고 하더라도 글을 쓰는 사람이 그것을 충분하게 소화하여 자유자재로 다룰 수 있는 것이어야 한다. 즉, 소재만 이것저것 늘어놓는다고 글이 되는 것이 아니라 그것을 가지고 주제에 맞게 작품으로 형상화해야 하므로 무리 없이 소화해 낼 수 있는 소재의 선택이 필요하다.

재제, 즉, 중심소재는 무엇보다도 주제를 정확하고 효율적으로 쉽게 독자에게 전달할 수 있도록 구체화하고 뒷받침해주는 것이라야 한다. 제재 선정의 요건은 다음과 같다.

1) 주제를 뒷받침할 수 있고, 논점을 지지할 수 있는 재료를 선택해야 한다. 즉, 설명을 위한 재료, 유추와 비교를 위한 재료, 실례를 위한 재료, 통계숫자, 권위자의 말이나 격언의 인용 등.
2) 풍부하고 다양한 제재는 글을 풍요롭게 만든다.
3) 합리적이고 공평하게 해석된 재료와 근거와 출처가 분명한 확실한 재료는 글의 신뢰도를 높여준다.
4) 필자와 독자 쌍방의 관심도가 높은 것을 선택한다. 즉, 독창성, 신기성, 구체성, 필요성, 친밀성, 긴장감, 극적 요소, 유머와 위트 등이 드러날 때 관심도가 높아진다.

소재가 풍부하고 다양하면 그만큼 글의 내용도 다채로워지고 풍요로워질 것은 말할 필요도 없다. 그러나 다양성과 풍부함으로 인해 주제의 통일성을 해쳐서는 안 된다.

4. 좋은 소재의 요건

소재를 수집하는 취재활동 후에 정말 글을 쓰는 데 필요한 것과 그렇지 않은 것을 구분해서 취사선택해야 한다. 좋은 소재가 될 수 있는 요건은 다음과 같다.

(1) 흥미성

아무리 문학성이 뛰어난 작품이라고 할지라도 독자들이 '흥미'를 느끼지 못한다면 그 글은 독자들로부터 외면을 당할 수밖에 없다. 따라서 작가인 내가 흥미를 느끼는 문제에 대해서 독자들도 동일하게 흥미를 느낄 것인가를 반드시 고려해야 한다. 그렇지 못한다면 작가 자신만이 만족하는 글이 되고 말 것이다. 독자의 흥미에만 영합하라는 뜻이 아니라 독자와 흥미를 공유할 수 있는 글쓰기가 될 때에 프로작가가 될 수 있다.

(2) 참신성

독자들은 한 편의 글을 읽을 때에도 언제나 새로움을 추구한다. 예술은 기존의 형식과 내용을 벗어나서 새로움(참신성)을 추구할 때에, 즉, 남과 다른 독창성을 구축할 때에 그 가치를 획득할 수 있는 것이다.

소재 자체가 진부하다든지, 글이 담고 있는 생각 자체가 상투적이라면 독자에게 흥미를 주지 못할 것은 당연하다. 독자들이 경험하지 못한 새로운 세계, 탐구, 발견, 생각, 느낌, 상상력을 펼치는 데서 흥미와 관심을 갖게 된다.

이 '새로움'은 독자들의 삶에 신선한 정서적 에너지를 불어넣는다. 그런데 '참신성'은 반드시 새로운 체험으로부터 나오는 것만은 아니다. 누구나 겪는 일상생활에서, 혹은 모두가 진부하다고 간과하기 쉬운 평범하고 사소한 것들에서도 작가는 얼마든지 새로운 시각과 해석으로 '참신성'을 불어넣을 수가 있다. 소재 자체가 참신성을 가지는 것은 물론이며, '평범' 속에서 '비범'을 발견할 줄 아는 안목과 진부하고 상투적인 데서도 새로움을 찾아낼 수 있는 예리한 통찰력에서도 '참신성'을 느낄 수가 있는 것이다. 참신성은 깊이에의 천착이며, 명상을 통한 발견에서도 얻어진다.

(3) 특이성

소재 자체가 보통 사람들에게는 경험하기 힘든 특이성, 전문성이 있다면 독자의 관심을 끄는 요건이 된다. 정신과 전문의 김정일의 정신의학 에세이인 『이런 부모가 자식을 정신병자로 만든다』, 생물학자 최재천의 『여성시대에는 남자도 화장을 한다』, 오지여행가 한비야의 『바람의 딸 걸어서 지구 세 바퀴 반』 등의 에세이는 저자의 전문성과 일반인들이 경험하기 어려운 특이한 체험 세계를 펼치기 때문에 많은 독자들이 즐겨 책을 찾는다.

수필가들도 남은 결코 흉내 낼 수 없는 자신만의 독특한 경험세계를 구축하고, 자신만의 탐구분야를 개척하여 전문가 이상의 지식과 연구로 자신만의 개성적인 수필세계를 열어갈 수 있어야 한다. 그저 그렇고 그런 상투적인 내용을 읽기 위해서 시간을 낼 수 있는 독자들은 없다는 것을 명심할 필요가 있다.

(4) 개성

수필은 다른 문학 장르보다 자신의 개성을 잘 드러내는 문학이라는 점에서 소재 발견과 선택에 있어서 자기 개성에 맞는 것을 골라야 한다. 개성에 맞는 소재라야 유감없이 자신의 체험세계를 형상화할 수 있는 것이다. 개성은 저절로 우러나는 것이면 좋겠지만 자신의 개성을 가꾸어 나가는 노력이 필요하다.

5. 제재의 정리

제재가 선택되면 정리에 들어간다. 제재의 정리는 첫째, 내용면에서 동일 사항과 그렇지 않은 것을 구분한 후 동일한 논점의 것을 함께 모은다.

둘째, 중요성이라는 측면에서 주요 논점에 관한 것과 종속논점에 관한 재료를 분류한다. 전자는 주제나 소주제와 관련된 것이고, 후자는 주요사항을 증명한다든지 대조·비교하는 데 이용될 재료이다.

셋째, 재료가 한쪽으로 치우치지 않도록 한다.

넷째, 모아진 재료를 잘 정리하려면 카드를 사용하면 효과적이다. 카드작성의 요령은 다음과 같다.

① 한 카드에 한 문제씩 적는다.
② 문제의 주개념은 표제처럼 크게 쓴다.

③ 같은 개념을 다룬 것이라도 풀이 내용이 다르면 다른 카드에 적는다.

④ 내용은 요지를 간단히 메모하고, 인용하고 싶은 대목은 원문을 그대로 적는다.

⑤ 모든 재료는 출처를 밝힌다. 즉, 저자, 도서명, 출판사, 출판년도, 페이지 수 등을 반드시 명기해야 한다.

⑥ 카드의 정리는 가나다순, 영문은 알파벳 순서로 정리하고, 경우에 따라서는 주제별로 정리한다.

우리나라에서는 <조선일보> 논설위원으로 '이규태 코너'를 22년 11개월 동안 연재했던 이규태가 가장 많은 재료를 소장했던 것으로 유명하다. 그의 글은 다른 사람의 글에서 찾아볼 수 없는 수많은 자료로 빛난다. 그가 타계하자(06.02.25) 박물관 하나가 사라진 기분이라며 많은 사람들이 그의 죽음을 애석해했다.

옛 선비사회에 "사재(思齋)처럼 먹고 괴애(乖崖)처럼 자라"는 신조가 있었다. 중종 때 선비 사재 김정국(金正國)은 다섯 가지 반찬으로 밥을 먹는다고 말했었다. 한데 어느 날 한 제자가 사재 밥상에 반찬이 세 가지만 올라 있는 것을 보고 왜 다섯 가지라고 거짓말하느냐고 물었다. 이에 "자네 눈에는 두 가지 반찬이 보일 터문이 없지" 하고 반드시 시장할 때 찾아 먹으니 시장이 그 한 반찬이요, 반드시 따뜻하게 해서 먹으니 그것이 다른 한 반찬이라 했다.

괴애는 세조 때 학자 김수온(金守溫)이다. 옛글을 많이 외우기로 괴애 위에 난 사람이 없다고 할 만큼 기억력이 좋은 분이다. 책을 구하면 낱장을 찢어 소매 속에 넣고 다니며 마상(馬上) 측상(厠上)에서 외웠다. 신숙주에게 임금이 내린 『고문진보』가 있다는 말을 듣고 이를 빌려왔다.

돌려준다는 날이 지났는데도 소식이 없자 신숙주가 찾아가 방문을 열었더니 그 귀한 책 낱장을 찢어 천장과 벽에 도배질해 놓고 누워 이를 외우고 있었다. 쥐는 잠을 자지 않기에 그보다 빠르게 일어날 수는 없지만, 소보다야 늦게 일어날 수 없어 평생 축시(2~4시)에 일어난다는 괴애다. 산마(散麻)처럼 어지러웠던 정사를 가지런히 가렸다는 괴애의 지식과 지혜는 바로 남들이 잠자고 있는 동안 새벽에 부지런함의 소득이다.

요즈음 기업체들에서 아침 일찍 일어나 활동하는 아침형 인간을 권장하는 운동이 벌어지고 있다고 한다. 서구나 중동에 비해 조기 문화권에 속한 한국 사람은 아침형 인간으로 유전적 자질을 타고난 것 같다. 십수 년 전 로스앤젤레스 한국영사관 앞에 미국인 야채상들이 연좌데모를 하고 있는 것을 보았는데 현수막에는 "한국의 야채상 고홈!"이라고 적혀 있었다. (이규태의 「아침형 인간」에서)[2]

---

2) <조선일보> 2004년 1월 10일자.

제4장 구상

1. 구상이란 무엇인가

주제와 주제문이 확정되고 소재나 제재가 준비되었으면 구상의 단계로 들어간다. 머릿속에 막연히 정리한 내용을 그대로 글로 나타내기는 쉬운 일이 아니다. 구상을 하지 않은 채 그냥 써 나가면 자칫 처음에 구상했던 것과 다른 엉뚱한 방향으로 글이 전개되어 통일성과 일관성을 잃어버리기 쉽다. 짧은 글은 머릿속에 그 내용을 정리할 수 있지만, 다소 긴 글은 미리 작문 내용의 개요를 설계하고서 계획적으로 글을 써 나갈 때 보다 좋은 글을 쓸 수 있다.

글쓰기에 앞서서 주제가 잘 드러나도록 소재나 제재를 어떻게 배열할 것인가를 생각하는 것이 구상, 또는 구성이다. 문장을 만들기 전에, 즉, 서술로 들어가기 전에 무엇을 어떻게 쓸 것인가, 글의 서두를 어떻게 시작하며, 어떤 문체를 사용하며, 본론은 어떻게 끌고 갈 것이며, 결말을 무슨 말로 맺을 것인가 등 문장 구성상에 있어서 사전에 줄거리(outline)를 짜는 일이다. 한 마디로 구상(구성)이란 제재를 주제에 어긋나지 않게 배열하고 결합시키는 일, 즉 문장 구성에 있어서의 유기적인 조직법이다. 또한, 구상은 주제를 구현하기 위한 기법으로 수필의 예술미를 형성해 주는 관건이 된다.

　구상의 이점은 첫째, 각 문단들이 주제에 보다 긴밀하게 매일 수 있어 글에 통일성과 연결성을 주고 강조되는 부분이 잘 드러나게 된다. 둘째, 표현한 내용을 전체로부터 자세한 부분까지 생각의 깊이를 더함으로써 더 자세하고 깊은 글을 쓰게 해준다. 셋째, 혼란과 탈선, 불필요한 중복과 내용의 망각, 균형의 파괴 등을 예방한다. 즉, 구상을 함으로써 글의 중심이 흩어지는 것을 방지하고, 독자에게 보다 설득력이 있는 글이 될 수 있으며, 무엇보다도 처음 쓰고자 의도했던 의미를 제대로 드러낼 수 있게 된다.

　그러나 완벽한 구상은 어렵기 때문에 이미 작성된 구상을 맹목적으로 따를 필요는 없다. 글이 다 완성될 때까지 끊임없는 수정과 보완이 필요한 것이 현실이다.

2. 구상의 방법

　구상의 방법은 쓰고자 하는 글의 내용과 특성, 소재를 배열하는 요령에 따라 전개적 구상과 논리적 구상으로 나눌 수 있다. 전개적 구상은 일기나 기행문, 수필 등 개인의 직접 체험을 소재로 하는 글에 많이 사용되고, 논리적(종합적) 구상은 논증이나 설득의 성격을 띤 내용을 전달하는 데 적절한 방법이다.

1) 전개적 구상

전개적 구상에는 시간적 순서에 따른 구상과 공간적 질서에 따른 구상이 있다. 전개적 구상은 시간과 공간이라는 자연적인 질서에 따라 인식하는 것이기 때문에 '자연적 구상'이라고도 한다.

시간적 구상은 봄·여름·가을·겨울이나 과거·현재·미래, 그리고 새벽·아침·오전·정오·오후·저녁·밤 등으로 사건이 일어난 순서나 보고 느낀 시간적 순서에 따라 제재를 배열하고 글의 얼개를 엮는 구상이다. 시간의 경과를 중심으로 사건을 서술하는 서사문과 일기, 기행수필, 기사문, 역사나 행동의 기록에 두루 사용된다. 설명문에도 원용될 수 있다.

하지만 이 구상법은 문장에 중심점이 없기 때문에 문장의 인상과 호소력이 약해질 수 있으며, 사건과 사건 사이에 시간적 순서에 따른 질서는 존재하지만 인과관계가 없기 때문에 사건과 사건이 전체적 맥락 속에서 유기적 구조를 갖지 못한다.

따라서 현대소설에서는 시간의 순서를 순차적으로 따르기보다는 작가의 주관적 체험적 시간에 따라 의도적으로 시간의 순서를 왜곡하는 시간착오기법(아나크로니)을 즐겨 사용한다.

공간적 구상은 지세, 형태, 구조 등의 공간적 질서에 입각하여 글

내용의 얼개를 생각하는 방법을 말한다. 즉, 동서남북, 전후좌우, 상중하, 원근 등의 공간적 질서에 따라 땅의 모양, 건물의 형태, 기계의 구조 등을 그려내거나 설명할 때, 또는 기행문 같은 글에 주로 사용된다. 이 때 우선 전체를 요약하고, 각 부분이 전체와 어떻게 관련되는가, 그 부분은 어떻게 생겼으며 어떤 구실을 하는가에 따라서 차례대로 쓰면 된다.

그런데 한 편의 글은 시간적 구상이나 공간적 구상의 한 가지 방법만을 따르지 않고, 이 둘의 겹침에 의해 이루어지는 수가 많다. 즉, 시간의 변화는 자연스럽게 공간의 이동을 초래한다. 한 편의 글에서도 시간과 공간은 서로 분리할 수 없이 유기적으로 관련성을 맺고 전개된다. 그래서 바흐친은 시공간성(크로노토프)이라는 개념을 사용했다.

2) 논리적 구상

자연적인 질서와 상관없이 어떤 사실을 설명하거나, 논증 또는 설득을 위주로 하는 글을 쓸 때 주로 활용하는 방법으로 종합적 구상(단계적 구상)이라고도 한다. 내용이 논리적인 일관성이 요구되는 글일수록 이 방법이 이용된다. 논리적 구상은 내용 조직에 있어 인과관계에 의한 논리성을 중시하는 것이기 때문에, 단계성·통일성·강조성에 특히 유의해야 한다. 그 구체적인 방법으로는 단계식·포괄식·점층식·열거식 구상 등이 있다.

(1) 단계식 구상

설명, 논증, 설득의 글에서 가장 많이 사용되는 방법으로, 3단 구상·4단 구상·5단 구상의 방법이 있다.

3단 구상은 '서론-본론-결론'의 형식이거나 '도입-전개-정리'의 단계를 취한다. 기·승·전·결의 4단 구상은 3단 구성과 비슷하지만, 글의 중간 부분에서 논지의 전환을 마련한다거나, 자신의 주장과 반대되는 의견을 제시, 비판하는 것을 포함한다는 점이 다르다. 5단 구상은 4단 구상의 서론 부분, 즉 글의 시작 부분에서 독자의 관심을 끄는 부분과 과제를 내세우는 부분으로 나누고, 중간 부분에서 문제를 해결하고 이를 증명하는 단계를 거친 후, 글의 끝 부분에서 자신의 의견을 정리하고, 이를 다시 읽는 이에게 동조를 구하고 행동을 촉구하는 형태를 갖춘다. 따라서 설득을 위주로 하는 글에 많이 사용된다. 단계식 구상은 글을 논리적으로 전개하기에는 효과적인 구상법이지만 글을 도식적으로 만들 우려가 있다. 따라서 소평론 등에는 이런 구상법을 사용할 수 있지만 문학적인 수필에서는 적합하지 않다고 할 수 있다.

(2) 포괄식 구상

결론 부분을 글의 앞·뒤, 또는 양쪽에 두고, 뒷받침하는 부분들을 효과 있게 배열하는 방법인데, 결론 부분을 어떻게 배열하느냐에 따라 두괄식·중괄식·미괄식·쌍괄식 등으로 나뉜다.

(3) 열거식 구상

몇 가지 중요한 내용을 나열하는 것을 말한다. 일반적으로 사실을 설명할 때, 중요하다고 생각되는 점을 '첫째, 둘째, 셋째' 등으로 연결하는 방법이다. 문제와 문제 사이에 논리성이나 긴밀성이 필요 없는 의견을 간결하게 개진할 때 사용하는 카탈로그식 구상이다. 이양하의 「나무」는 나무를 의인화하여 그 덕을 차례차례 예찬한 열거식 구상이라고 할 수 있다.

나무는 덕을 지녔다. 나무는 주어진 분수에 만족할 줄을 안다. 나무로 태어난 것을 탓하지 아니하고, 왜 여기에 놓이고 저기 놓이지 않았는가를 말하지 아니한다. 등성이에 서면 햇살이 따사로울까, 골짜기에 내려서면 물이 좋을까 하여, 새로운 자리를 엿보는 일도 없다. 물과 흙과 태양의 아들로, 물과 흙과 태양이 주는 대로 받고, 득박(得薄)과 불만족을 말하지 아니한다. 이웃 친구의 처지에 눈떠보는 일도 없다. 소나무는 소나무대로 스스로 족하고, 진달래는 진달래대로 스스로 족하다.

나무는 고독하다. 나무는 모든 고독을 안다. 안개에 잠긴 아침의 고독을 알고, 구름에 덮인 저녁의 고독을 안다. 부슬비 내리는 가을 저녁의 고독도 알고, 함박눈 펄펄 날리는 겨울 아침의 고독도 안다. 나무는 파리 옴쭉 않은 한여름 대낮의 고독도 알고, 별 얼고 돌 우는 동짓달 한밤의 고독도 안다. 그러면서도 나무는 어디까지든지 고독에 견디고, 고독을 이기고, 고독을 즐긴다.

나무에 아주 친구가 없는 것도 아니다. 달이 있고, 바람이 있고, 새가 있다. 달은 때를 어기지 아니하고 찾고, 고독한 여름밤을 같이 지내고 가는, 의리 있고 다정한 친구다. 웃을 뿐 말이 없으나, 이심전심(以心傳心) 의사가 잘 소통되고 아주 비위에 맞는 친구다.(중략)

나무는 훌륭한 견인주의자(堅忍主義者)요, 고독의 철인(哲人)이요, 안분지족(安分知足)의 현인(賢人)이다.

불교의 소위 윤회설(輪回說)이 참말이라면, 나는 죽어서 나무가 되고 싶다. '무슨 나무가 될까?' 이미 나무를 뜻하였으니, 진달래가 될까 소나무가 될까는 가리지 않으련다. (이양하의 「나무」에서)

(4) 점층식(점강식) 구상

내용을 전개할 경우에 글 내용의 중요도나 강조성을 비교적 덜 중요한 것에서부터 중요성이 더 큰 것으로(점층식), 또는 그 반대로 강한 것에서부터 약한 것으로(점강식) 배열하는 방법이다. 설명이나 설득을 위주로 하는 글에 많이 사용된다.

(5) 연역적 구상과 귀납적 구상

연역적 구성 : 주제적 언어 → 예시적 언어(두괄식)

귀납적 구성 : 예시적 언어 → 주제적 언어(미괄식)

문학작품은 논리를 추구하는 문장은 아니지만 내용 안에 논리가 잠재되어 있다. 따라서 불분명한 인과 관계를 제시하거나 무리한 일반화를 감행하는 일은 지양해야 글의 효과가 제대로 살아난다. 개인적 경수필에는 별로 쓰이지 않지만 사회적 중수필에 흔히 쓰이는 구상법이다. 중량감이 있으나 잘못 쓰면 논설문이나 철학적 단상으로 흐르기 쉽다.

2. 구상의 분류

최근에는 서사 수필, 장편의 수필 등도 창작되고 있으므로, 소설론에서 말하는 형태중심의 플롯 가운데 이야기의 가짓수에 따른 분류가 수필 창작에 도움을 줄 수 있기에 소개해 본다.

1) 단일 플롯

단일 플롯(simple plot)은 단일한 인물이 등장하여 단일한 사건을 전개함으로써 단일한 주제를 나타내는 단편소설의 구성법이다. 즉, 사건의 진행이 단순하고 그 주제가 하나의 초점으로 명확하게 드러나며, 사건 전체를 일관하는 통일성이 뚜렷한 단순구성이다. 이러한 구성을 그 인상으로 보았을 때 긴축(緊縮) 구성이라고도 한다. 그러나 이 긴축 구성이란 말은 구성 유형상의 명칭은 아니고, 단일 구성을 인상의 측면에서 붙일 수 있다는 별칭으로 보면 된다.

비교적 통일성과 단일한 효과를 강력하게 획득할 수 있는 구상으로 주제를 명확하게 드러낼 수 있으며, 쉽고 평이하다는 이점이 있는 반면에 인간과 사회를 총체적으로 그리기 어려운 단점을 지닌다.

2) 복합 플롯

장편소설에서 흔히 사용되며, 많은 인물이 등장하여 여러 사건들이 복잡하게 얽혀 전개되고 주제도 복합적으로 나타나는 구성법이다. 단편소설의 구성처럼 단순하지 않고, 내용도 복잡다단하여 통일된 인상은 줄 수 없지만 인생의 단면보다는 인간과 사회 그리고 역사를 총체적으로 그려낼 수 있다는 점에서 선호되는 일종의 산만한 구성이라고 할 수 있다.

복합 플롯(intricate plot)은 한 소설 속에 둘 이상의 플롯이 중첩되어 진행되는데, 가장 큰 이야기가 핵심적 플롯(main plot)으로 진행되어 나가면서 작은 이야기들이 보조적 플롯(sub plot)으로 교차되어 진행되는 구성법과 처음부터 두 개의 대등한 플롯이 교차 진행되는 구성법이 있다. 복합플롯에서 유의할 점은 산만이 지나쳐서 통일성을 잃지 말아야 한다는 것이다.

3) 피카레스크식 플롯

피카레스크(picaresque) 구성은 단순구성이나 복합구성처럼 통일성 있게 짜여 있는 구성이 아니라 각각의 독립된 이야기들이 연속해서 전개되는 구성이다. 대체로 인과관계에 의한 치밀한 진행보다는 각기 독립된 여러 생각이나 사건들을 개별적으로 나열하는 병렬식 구성방식을 취한다. 하지만 이야기의 하나하나는 독립해 있으면서도 전후 맥락이 있어야 한다. 이희승의 「청추수제」는 가을을 주제로 하여 '버러지', '달', '이슬', '창공', '독서' 등 여러 대상에 대한 단상을 엮은 피카레스크식 구성의 좋은 예이다.

같은 주제나 제목 하에 독립된 사건들이 여러 개 연결되는 구성이라는 점에서 옴니버스(omnibus)식 구성과 유사하지만 옴니버스식 구성은 이야기마다 서로 다른 중심인물이 등장한다는 점에서 다르다. 피카레스크식 구성은 동일한 인물이 다른 사건 속에서 동일한 주제를 추구한다면 옴니버스식 구성은 서로 다른 주인공이 다른 이야기를 통해서 동일한 주제를 추구할 뿐이다.

4) 액자형 플롯

액자소설(frame-story)이란 소설의 이야기 속에 또 하나의 이야기가 들어 있어서, 그 틀이 마치 액자 모양을 취하고 있는 소설의 형태를 말한다. 액자형 플롯은 하나의 이야기 속에 다른 이야기들이 액자 속의 사진처럼 끼워져 있다는 데서 붙여진 이름이다. 이러한 소설 형식은 하나의 이야기 외에 또 다른 서술자의 시점을 배치함으로써, 전지적 소설 방식에서 탈피하여 다각적으로 이야기를 전개해 갈 수 있는 이점을 안고 있다.

액자형 플롯에서 외부액자(바깥 이야기)와 내부액자(안 이야기)의 화자는 뚜렷이 구별되며, 하나의 외부 액자 속에 하나의 내부 이야기가 들어 있으면 단일액자구성, 하나의 액자 속에 여러 개의 내부 이야기가 들어 있으면 순환액자 구성이라고 한다.

또한, 바깥 이야기에서 안 이야기로 옮겨졌다가 다시 바깥 이야기로 결말이 되는 것을 닫힌 액자, 바깥 이야기에서 안 이야기로 옮겨졌다가 그대로 끝이 나는 것은 열린 액자라고 한다.[3] 박양근의 「재혼여행」은 액자식 구성의 좋은 예이다.

이야기 가짓수에 의한 분류를 도표로 제시하면 다음과 같다.

구 분	내 용
단일 플롯	한 가지 이야기만이 전개되는 구성. 단일한 사건이 전개되어 단일한 인상을 주고 단일한 효과를 노리는 구성 방식. 주로 단편 소설에서 보임.
복합 플롯	두 가지 이상의 이야기가 복합적으로 얽혀 전개되는 구성. 현대 장편 소설에 주로 흔히 나타나는 구성 방식.
피카레스크식 플롯	독립된 각각의 이야기가 동일한 주제로 엮어지거나, 각각 다른 이야기에 동일한 주인공이 등장하는 구성.
액자형 플롯	한 작품이 '외부 액자'와 '내부 액자'로 이루어지는 구성 방식. '내부 액자'는 이야기 속의 핵심을 가리키며, '외부 액자'는 이를 둘러싼 이야기로서의 액자가 된다.

신상철은 『수필문학의 이론』에서 11가지 방법의 구성법을 제시하고 있다.[4]

1) 단선적 구성 : 한 가지 제재를 가지고 별다른 변화 없이 이끌어 나가는 방법.

---

3) 송명희, 『현대소설의 이론과 분석』, 푸른사상, 2006, 122~126면.
4) 신상철, 『수필문학의 이론』, 삼영사, 1986, 106~142면.

2) 복선적 구성 : 주된 제재의 배열과 동시에 종속적 제재의 배열을 병행하는 구성법.

3) 환상적(環狀的) 구성 : 처음 말머리를 꺼내고 과거 얘기와 연관되는 사실을 전개하다가 결미에 가서는 첫 제재와 관련지어 끝을 맺는 구성법.

4) 열서적(列敍的) 구성 : 비슷한 경험이나 사상을 한 데 엮어 나가는 데 적절한 구성법.

5) 추보적(追步的) 구성 : 기행문 계열의 수필의 구성법.

6) 합승적(合乘的) 구성 : 대등한 제재 몇 개를 묶어 하나의 작품을 형성하는 구성법.

7) 평면적 구성 : 어떤 상태의 심경을 쓰는 데 활용되는 구성법.

8) 대화적 구성 : 대화와 문답을 위주로 하는 구성법.

9) 논리적 구성 : 논리나 추리를 중요시하는 구성법.

10) 산서적(散敍的) 구성 : 잡다한 제재들을 동원해 산만하게 엮어가는 구성법.

11) 복합적 구성 : 여러 구성법을 혼합하는 구성법

4. 개요의 작성

머릿속에서 이룬 구상을 도식화하여 기술하는 것을 개요(outline) 작성이라고 한다. 개요작성의 요령에는 주제와 그에 종속하는 논점을 찾고, 각 논점에 포함되어 있는 세목을 찾고, 주제·논점·세목의 목록을 작성하여 개요를 완성한다. 개요에는 열거·화제·문절·단락 등 네 가지가 있다.

1) 열거식 개요

소재가 생각나는 대로 첫째, 둘째 하는 식으로 적어나가는 방식이다. 가장 불완전하고 초보적인 것으로, 시사적인 소재들을 엮어 나간다는 뜻에서 시사적 개요라 부르기도 한다.

2) 화제 개요

어구만으로 이룩된 간단한 개요이다. 각 화제(話題)를 다루어 나가는 순서를 제시하게 되거나, 아니면 표제와 부표제를 써서 조직적으로 그 중요성의 계층을 따라 각 화제의 상호 관계를 제시하게 되는 것이 그 특색이다.

3) 문절(文節) 개요

개요 가운데서 가장 완전하고 정제된 형식의 것으로, 완전한 문(文) 형식으로 이루어진다. 주제문의 경우와는 달리 각 항목의 내용과 그 상호 관계를 보다 완전하고 자세하게 적는 것으로, 보다 복잡한 소재들에 이용된다.

4) 단락 개요

개요 중에서 가장 조직적인 것으로, 각 개요를 형성하는 한 단위의
문장은 실제 작문될 글의 단락에 해당된다. 즉, 이 개요는 각 단락의
소주제문으로 이루어지게 마련이다. 그렇지 못한 문장에서는 각 단락
마다 그 내용과 의미하는 바를 별도로 요약해야 한다.

실제로 개요를 작성함에 있어서는 각 항목이 중심점을 가지고 있
는지 어떤지를 살피면서 아울러 항목 상호간의 논리적 연관 관계에도
유의하여야 한다.

제5장 기술(記述)

구상이 완료되면 실제로 책상 앞에 앉아 글을 쓰게 되는데, 이 활동을 기술, 또는 집필이라고 한다.

기술시의 유의점은 첫째, 독자의 수준에 맞게 평이하고 적절한 어휘를 선택한다. 둘째, 문법에 맞는 표현을 사용하고, 입말의 버릇을 삼간다. 셋째, 문장과 단락의 길이가 너무 길어지지 않도록 한다. 넷째, 각종 사전의 적절한 활용이다.

기술의 양식은 글 쓰는 동기 혹은 의도에 의하여 결정된다. 필자의 작문 동기 혹은 의도는 설명·논증·묘사·서사의 넷으로 나누어진다.

① 독자에게 무엇을 알리고자 한다. − **설명**(exposition)
② 필자가 독자로 하여금 그 마음·생각·태도·관점 혹은 감정을 달리 가지게 한다. − **논증**(arguement)

③ 독자로 하여금 필자의 감각적 경험 내지는 그 대상을 생생하고 박진감 있게 체험하게 하고자 한다. ─ 묘사(description)

④ 사건의 계기(繼起)를 알리고자 한다. 가령 그것이 어떤 사건을 그 시간적 계기에 따라 서술하고 그 인과 관계를 아울러 밝히고자 한다. ─ 서사(narration)

그런데 네 가지 기술양식은 실제 문장에서는 여러 개가 혼합되어 사용된다고 볼 수 있다. 설명과 논증의 관계는 논리적이라는 점에서 긴밀한 관계를 가지며, 논증이 주가 된 논설문에 설명이 도입되지 않을 수 없다. 가령, 소설의 경우는 서사와 묘사가 주를 이루지만 설명과 논증도 섞여 있다. 계용묵의 「구두」는 서사 위주의 수필이지만 서사로만 되어 있지 않다. 네 가지 기술 양식 중에서 글의 동기나 의도에 따라 주가 되는 기술양식이 있고, 다른 기술양식이 주 양식을 보조한다.

또한, 대상에 대한 객관적 사실을 있는 그대로 표현하는 객관적 기술과 대상에 대한 주관적 인상과 해석을 목표로 하는 주관적 기술이 있다. 객관적 기술은 객관적 기준, 공인된 준칙 등을 채용하면서 가능한 한 객관성을 얻고자 한다. 구체적이기보다는 추상적이 되기 마련이고, 용어는 전문적 추상적 객관적인 용어를 사용하며 객관성을 얻고자 한다. 반면에 문학적 기술인 주관적 기술은 사물과 사건의 직접적 감각적 경험 및 반응을 기술하며 개별적 구체적 감각적 비유적인 용어에 의존하여 독자의 정서적 반응을 유발하고자 한다.

1. 설명

1) 설명이란 무엇인가

설명의 목적은 어떤 사물이나 대상을 알기 쉽게 풀어서 그것이 무엇인가를 알려주는 것으로, 독자가 모르는 대상의 내용을 이해시키고, 그에 대한 정보를 제공하는 것이다. 또한, 어떤 상황을 분석하거나, 어떤 용어의 정의를 내리거나 필수적인 지식을 전달하려는 것도 해당된다.

사물의 본질, 의미, 구성, 작용, 이유, 현상, 발생과 존재, 가치, 중요성, 그리고 기능과 목적 등의 여러 물음에 대한 대답이 곧 설명이다. 예컨대 '그것이 무엇인가', '그것은 무엇을 의미하는가', '그것은 어떤 구조를 지니는가', '그것은 언제 일어난 것인가', '그것의 중요성은 무엇인가', '그것의 효용은 어느 정도인가' 등의 질문에 대한 대답이 바로 설명이 되는 것이다.

따라서 주관적 견해나 관점을 나타내거나 상대방을 설득하려고 하지 말고 어떤 사실에 대한 객관적 정보를 특히 독자의 입장에서 알기 쉽게 전달해야 하고, 대상에 대해 가치평가를 유보하고 가치중립적 태도를 나타내야 한다.

2) 설명의 방법

설명의 방법에는 지정(확인), 정의, 설명적 서사와 설명적 묘사, 비교와 대조, 분류와 분할, 분석, 예시 등이 해당된다.

(1) 지정(확인, identification)은 설명의 가장 단순한 방법으로 '무엇인가', '누구냐'라는 질문에 대한 대답, 즉, '무엇이다', '누구다'라는 대답이다. 예를 들면, 이희승의 「딸깍발이」는 '딸깍발이'란 말이 어디서 유래했는지에 대한 설명으로부터 수필을 시작하고 있다.

'딸깍발이'란 것은 '남산골샌님'의 별명이다. 왜 그런 별호가 생겼느냐 하면, 남산골샌님은 지나 마르나 나막신을 신고 다녔으며, 마른 날은 나막신 굽이 땅에 부딪쳐서 딸깍딸깍 소리가 유난하였기 때문이다. (이희승의 「딸깍발이」에서)

텔레파시는 ESP(Extrasensory Perception), 우리말로는 초감각지각이라고 부르는 초능력의 일종이다. 초감각지각이란 말 그대로 오감을 뛰어넘어 눈으로 보지 않고서도 사물을 인식하며, 귀로 듣지 않고서도 소리를 알아내는 능력이다. SF영화나 판타지 소설에서 자주 등장해 유명해진 텔레파시는 말이나 몸짓, 표정같이 겉으로 드러나는 감정을 알 수 없는 상태에서 상대의 마음을 읽거나 자기 생각을 상대에게 전달해줄 수 있는 능력을 뜻한다. 도대체 어떤 방식을 쓰는지는 모르지만 말이다. (이은희의 「생각만으로 움직이는 세상 —뇌파」에서) [5]

---

5) 이은희, 『과학 읽어주는 여자』, 명진출판, 2003, 39면.

(2) 정의(definition)는 말 그대로 정의해서 설명하는 방식이다. 이를 테면, '사람은 정치적 동물이다'와 같이 소주제 혹은 그와 관련된 낱 말에 대하여 뜻풀이를 하여 전개한다. 정의는 두 가지로 나누어지는 데, 낱말의 뜻을 간결하게 정의하는 정식 정의와 정식 정의를 바탕으 로 필자가 나름의 견해와 해석을 덧붙이는 비정식 정의가 그것이다. 사전에서 흔히 볼 수 있는 것이 정식 정의이다. 그런데 정의항이 복 잡하고 전문적이어서 단순한 공식적 정의로 설명될 수 없을 때 확장 된 정의를 사용해야 한다. 이것을 비정식 정의라고 한다. 정의는 다른 설명방식보다 완벽성을 요구하므로, 다음과 같은 원칙들을 지켜야 한 다.

첫째, 피정의항은 정의항과 대등하여야 한다.
둘째, 피정의항은 정의항의 부분이어서는 안 된다.
셋째, 피정의항이 부정이 아닌 한 정의항이 부정이 되어서는 안 된다.

(3) 설명적 서사와 설명적 묘사

설명적 서사(expository narration)는 사건에 대한 이해를 증진시키기 위해서 사건에 대한 정보나 지식을 제공하는 것이다. 가령, 배의 건조 방법, 요리의 방법 등을 시간적 경과를 가진 일련의 서사형식을 취해 설명하는 것이다.

설명적 묘사(expository description)는 어떤 장면이나 인물의 성격을 효과적으로 이해시키기 위해서 도입된다. 사물 그 자체를 묘사하여 지배적 인상을 확립하는 것이 목적이 아니라 대상에 관한 이해 증진을 위해 정보나 지식을 추상적이고 비주관적 해석에 의해 제시한다.

(4) 비교와 대조

둘 이상의 사물의 유사성에 입각하여 설명하면 비교(comparison)이고, 차이점에 의거하여 설명하면 대조(contrast)가 된다.

① 언젠가 선거를 앞둔 모 정당에서 개미를 그들의 상징동물로 정한 일이 있었다. 누구나 잘 알고 있는 '개미와 베짱이' 이야기에 빗대어 그들이 미래를 위하여 열심히 노력하고 있다는 이미지를 강조하려는 의도였다.

② 하지만 '개미와 베짱이' 이야기는 실제와는 상당한 차이가 있는 한낱 우화일 뿐이다. 이솝은 베짱이를 여름 내내 시원한 나무 그늘에 앉아 노래만 부르는 곤충으로 묘사했다. 그러나 베짱이가 쉬지도 않고 계속 노래를 해야 하는 까닭은 세월이 좋아 놀고먹기 위한 것이 아니다. 여름이 가기 전에 여러 암컷들에게 잘 보여 더 많은 자손을 퍼뜨려야 하기 때문이다. 노래를 부르느라 자신의 위치가 포식동물들에게 알려지는 위험을 무릅쓰면서까지 나무 그늘에 숨어 나름대로 '열심히 일하고' 있는 것이다. (중략)

③ 이솝 우화가 아니더라도 개미는 동양과 서양 모두에서 부지런한 동물의 대명사처럼 여겨졌다. 그래서 옛말에 "개미가 천 마리면 맷돌을 굴린다고" 했는가 하면 "천길 제방도 개미구멍으로 무너진다"고 했다. 실제로 개미 굴 앞에 앉아 내려다보면 쉴 새 없이 드나드는 개미들의 모습에 감탄할밖에, 하지만 개미들은 군락 전체로 볼 때 부지런한 것이지 한 마리 한 마리를 놓고 볼 때는 결코 부지런한 동물이 아니다. 물론 종에 따라 다르고 군락에 따라 다르지만 대체로 어느 군락이건 일하는 개미들이 전체의 3분의 1을 넘지 않는다. 열심히

일하는 개미들에 비해 두 배는 족히 되는 개미들이 꼼짝도 하지 않고 가만히 있기만 한다. (최재천의 「개미와 베짱이의 진실」에서)

인용문에서 ①단락은 도입단락이며, ②단락과 ③단락에서는 베짱이의 게으름과 개미의 부지런함의 진실이 대조에 의해 설명되고 있다.

인간과 개미를 그대로 비교하는 것은 어쩌면 그리 공평하지 않을지도 모른다. 우리는 보통 하루 종일 일을 하고 집에 돌아온 후에는 정말 제대로 쉰다. 책을 읽거나 TV를 보거나 잠을 자거나 그냥 쉴 수 있다. 하지만 개미들의 경우엔 엄밀하게 쉬는 것이 아니다. 만일의 사태를 대비하여 에너지를 절약하기 위해 그저 움직이지 않는 것이지 정말 쉬는 것은 아니다. 이른바 정치권에서 심심찮게 얘기되는 '위기 관리 내각'인 셈이다. (최재천의 「개미와 베짱이의 진실」에서)

위의 인용문에서는 인간과 개미의 쉬는 것에 대한 비교가 이루어지고 있다.

(5) 분류(classification)

하나의 큰 무리에 속하는 사물을 일정한 기준에 따라 더 작은 무리로 갈래짓는 것을 말하는데, 대상이 되는 부류가 지닌 속성을 밝혀 주는 구실을 한다. 분류는 첫째, 일정한 기준을 정하고, 그 기준에 맞추어 나누거나 묶어야 한다. 둘째, 하위 종류는 그 바로 위의 상위종류와 모든 사실을 포함해야 한다. 셋째, 한번 적용된 기준은 끝까지 지켜져야 한다.

우리나라 남성이 가지고 있는 남성 콤플렉스는 사내대장부 콤플렉스, 온달 콤플렉스, 만능인 콤플렉스, 외모 콤플렉스, 성 콤플렉스, 지적 콤플렉스, 장남 콤플렉스 등 일곱 가지로 나눌 수 있다. 콤플렉스를 자각하기란 쉽지 않다. 콤플렉스가 공포의 대상이기도 하지만 동시에 매혹의 대상이기 때문이다. 콤플렉스가 매혹의 대상일 때 그것은 올바르게 인식하거나 깨닫는 일은 거의 불가능해진다. 오히려 콤플렉스에 사로잡혀 도취되기 때문이다. 그러므로 콤플렉스를 스스로 깨닫기까지는 불쾌감과 고통을 감수하는 용기가 필요하다. (「남성다움과 콤플렉스」에서)[6]

(6) 분석(analysis)

사물의 구조(전체)를 여러 부분으로 나누어 설명하는 방법이다. 분석이 그 구조를 대상으로 하는 데 반해 분류는 사물의 부류를 대상으로 한다. 그러니까, 여러 성분을 나열하는 점은 같지만, 그 성분이 동등한 부류일 경우는 분류, 서로 유기적 구조를 이룰 때는 분석이다. 분석은 그 대상에 따라 물리적 분석과 개념적 분석으로 크게 나뉠 수 있다. 물리적 분석은 대상의 구성성분을 공간적으로 분해해 낼 수 있는 경우로서, 예를 들면 얼굴을 눈, 코, 입, 귀로 구성되었다고 분석하는 것이다. 개념이나 관념 혹은 직관 따위는 추리력에 의해 심리적으로 분석되는데, 이를 개념적 분석이라고 한다. 예를 들어 모든 말은 소리, 뜻, 그리고 문법적 요소로 이루어졌다는 것은 개념적 분석에 속한다.

분석은 그 작용에 따라 구조분석, 과정분석, 원인분석 등으로 나뉜다.

---

6) 여성을 위한 모임, 『일곱 가지 남성 콤플렉스』, 현암사, 1995, 17면.

(7) 인용(allusion)

알맞은 글이나 명언 등을 직접 인용하여 소주제에 대한 뒷받침 재료로 쓰는 것을 말한다. 예시와 달리 인용법은 다른 이의 글이나 말을 그대로 직접 인용해서 제시할 뿐이다. 예시에서는 실례나 일화 등을 간접으로 빌어다가 필자 나름으로 의미 해석을 가미해서 쓰는 게 보통이다.

> 새에게 부여된 상징성의 근원은 역시 날 수 있는 동물이라는 데 있다. 이는 인간에게는 불가능한 능력이다. 그러므로 새에게서 긍정적인 상징성을 느끼기에 충분한 원리가 된다. 당연히 고대에는 하늘과 땅 사이를 자유롭게 날아다니는 새가 신비스럽게 보였을 것이다. 따라서 영물로 받아들여졌으며, 인간이 갈 수 없는 하늘을 오르는 신성한 존재로 여겨졌다. 나아가 하늘로부터 무엇인가의 명령을 전해주는 사자의 역할을 한다고 믿었다.
> 『신약성서』의 「마태복음」 6장 26절에는 "공중의 새들을 보아라. 그것들은 씨를 뿌리거나 거두거나 곳간에 모아들이지 않아도 하늘에 계신 너희의 아버지께서 먹여주신다"라는 말이 나온다. 이 역시 새가 천상과 통하는 존재임을 의미한다. (양웅의 「새는 신에게로 날아간다」에서)[7]

(8) 예시(illustration)

말 그대로 소주제나 그 관련 사항을 구체적인 사례를 들어 명료하게 설명하는 것이다. 목격담, 역사적인 사실, 전해오는 고사나 실화, 전해들은 이야기, 잡지나 도서에서 읽은 사건 등을 적절히 골라 써서

---

7) 양웅, 『광고와 상징』, 한국방송광고공사, 2004, 71면.

실증적으로 설명하는 것이 예시법이다.

우리가 어떤 사람을 모욕해서 그의 앙심을 산 나머지 그에게 잡혀서 꼼짝 못하게 되었다고 치자. 이런 경우, 그의 마음을 풀어주기 위해서는 대개, 그저 그의 앞에 굴복하여 가련하고 측은하게 보임으로써 그의 동정심을 불러일으키게 한다. 그런데 이와는 전혀 반대로 용기와 굳은 신념을 가지고도 같은 효과를 얻는 수가 있다.

영국의 황태자 에드워드는 오랫동안 프랑스의 기엔느 지방을 다스렸는데, 성품과 용모가 뛰어난 사람이었다. 그런데 한번 리무쥬인으로부터 심한 모욕을 받자, 그들의 도시를 무력으로 함락시키고, 여자나 어린애를 가리지 않고 시민들을 무자비하게 살육했다. 살려달라고 발밑에 엎드려 울부짖어도 그의 분노를 막을 수가 없었다. (몽테뉴의 「방법과 결과」에서) 8)

덧붙이면, 이상의 여러 가지 설명의 방법들은 한 가지만으로 사용되지 않고 여러 가지를 섞어서 사용되는 경우가 많다.

---

8) 몽테뉴, 김형필 역, 『몽테뉴 수상록―마음을 움직이는 짧은 명상』, 창우사, 1997, 96면.

2. 논증

1) 논증이란 무엇인가

논증(arguement)은 논리적으로 증명한다는 뜻이다. 밝혀지지 않은 사실이나 문제에 대하여 자신의 의견을 밝히고 그 진실 여부를 증명하여, 독자로 하여금 그 증명한 바를 믿게 하고 나아가 그에 따라 행동하도록 하게 하는 진술 방식으로 설득을 목적으로 한다. 논증에는 ①사실에 관한 확인, ②어느 대상에 대한 의견, ③무엇인가에 대한 판단 등을 포함하고 있다. 이 세 가지를 ①사실 시인의 논증, ②의견 용납의 논증, ③ 판단승복의 논증이라고 한다.

또한, 논증의 의도와 효용에 따라 독자의 행동을 유발하는 행동논증, 어느 관념에 대해 고려하게 만드는 인식논증으로 나뉘기도 한다.

2) 논증의 요건

논증이 되기 위해서는 첫째, 필자의 주장을 담은 명제가 필요하다. 명제의 종류에는 진실 여부를 가리려는 사실명제, 가치판단과 관련된 가치명제, 주장이나 결정의 타당성을 내세우는 정책명제가 있다.

둘째, 명제의 진실성과 타당성을 입증하기 위해서는 논거가 필요한

데, 이 논거에는 공정성, 타당성, 객관성이 있어야 한다.

셋째, 이 논거들을 통하여 증명되는 자신의 주장, 즉 결론이 있어야 한다.

3) 논증의 방법

논증의 방법에는 크게 연역법과 귀납법이 있다. 먼저 연역법은 말하고자 하는 것(주장)을 먼저 제시하고 이를 토대로 주장에 대한 논거를 제시하여 주장을 증명해 나가는 방법이다. 즉, 모두에게 해당되는 일반적인 사실에서 특수한 개별적인 사실로 논증해 나가는 방법이다.

귀납법은 객관적이고 구체적인 사실로부터 일반적이고 보편적인 사실로 전개하는 방법이다. 즉, 근거를 먼저 제시하고 나중에 자신의 주장을 내세우는 방법으로 특수한 개별적 사실에서 일반적이고 보편적인 사실로 이끌어 내는 방법이다.

설득(persuasion)은 논리적 입증보다는 정서적 호소를 위주로 하여 상대방의 태도나 관점, 감정의 변화를 이끌어내는 기술양식이다. 설득은 이성적 접근보다도 감성적 심리적 접근과 호소가 더 유용할 때가 많다. 신문의 사설이나 상품 광고문이 설득의 대표적인 예이다. 설득이 비록 감정에 호소한다고 해서 전적으로 순수한 감정에만 호소하는 것이 아니라 그 특유의 논리와 추론을 가지고 있다.

효과적인 설득을 위해서는 합리적 이성에 바탕을 두고 논리적으로 타당한 근거를 먼저 제시한 후 감정적으로 호소한다. 찬반논란의 의

견에 대해서 상대의견에 대해서 어떤 입장을 취할 것인지를 결정한
다. 즉, 상대의견의 맹점을 공격하며 자신의 의견의 타당성을 부각시
킬 것인가, 아니면 상대주장의 타당성을 부분적으로 인정하면서 자신
의 의견의 강점을 부각시킬 것인가의 태도를 결정해서 효과적인 방법
을 취한다.

아리스토텔레스는 『수사학』에서 설득의 수단으로 에토스, 파토스,
로고스의 세 가지를 구분한 바 있다. 에토스는 화자의 성격을 뜻하고,
파토스는 청중의 심리적 경향·욕구·정서 등을 뜻하며, 로고스는 담
론(텍스트)의 논증, 논거의 방식들이다. 한 마디로 믿을 만한 사람이
믿을 만한 메시지를 통해 수신자의 공감을 얻을 수 있어야 설득이 된
다는 말이다. 에토스(Ethos)는 화자와 화자가 전하는 메시지의 신뢰성,
즉 화자의 인격과 신뢰감을 의미한다. 파토스(Pathos)는 청중을 설득하
기 위해 사용하는 감정적인 소구, 즉 정서적 호소와 공감을 의미한다.
로고스(Logos)는 논리적이고 이성적으로 화자의 주장을 실증하는 소구
방법. 즉, 논리적 뒷받침을 의미한다.

4) 논증문의 실제

당대문학의 특성을 나타내는 문예사조는 언제나 그 이전 문예사조
에 대한 반발과 반동으로 시작된다. 예컨대 중세의 신본주의적 고전
주의가 오래 지속되어 여러 가지 폐해들이 나타나자 인본주의적 르네
상스가 일어났고, 르네상스가 극에 달해 차츰 심각한 문제들이 발생
하자 거기에 반발해 다시 고전주의가 등장했다. 신고전주의가 초기의

신선함을 상실하자 낭만주의가 나타났으며, 낭만주의가 꽃을 피우다가 너무 과도하게 흐르자 거기에 대한 반동으로 사실주의와 자연주의가 대두하게 됐다. 그러다가 19세기의 사조인 사실주의와 자연주의가 더 이상 복합적인 현대 상황에 맞지 않는다고 느낀 사람들이 여기저기에서 모여 소위 모더니즘이라는 사조를 창출하기에 이르렀다. 그러나 한때는 신선했던 모더니즘이 점점 문화귀족주의로 경직되어 가자, 거기에 반발해 탈근대 또는 탈현대 사조라고 불리는 포스트모더니즘이 등장했다. (김성곤의 「문학사로 본 주요 문예사조」의 서문에서)9)

예문은 말하고자 하는 주장을 먼저 제시하고, 구체적 논거를 통해서 주장을 증명해 나가는 연역법을 사용하고 있다. 즉, 필자는 문예사조는 언제나 그 이전 문예사조에 대한 반발과 반동으로 시작된다고 주장한다. 그리고 구체적 논거로서 고전주의에 대한 반발로 인본주의적 르네상스가 일어났고, 이에 대한 반발로 신고전주의가 등장했으며, 신고전주의에 대한 반발로 낭만주의가, 낭만주의에 대한 반발로 사실주의와 자연주의가 대두됐고, 이것이 복합적 현대 상황에 맞지 않는다고 느끼자 모더니즘이 창출되었으며, 모더니즘의 문화귀족주의에 반발하여 포스트모더니즘이 등장했다고 자신의 주장을 증명해 나갔다.

---

9) 김성곤, 『사유의 열쇠』, 산처럼, 2006, 14면.

3. 묘사

1) 묘사란 무엇인가

묘사란, 대상을 모양, 색깔, 향기, 감촉, 소리, 맛 등 오감을 동원하여 감각적으로 그려내는 기술 방법이다. 설명적 묘사는 어떤 대상에 관한 정보나 지식의 전달에 목표가 있지만 문학에서 자주 사용되는 암시적 묘사는 대상에서 받은 인상을 전달하고자 하는 데 목표가 있다. 묘사는 대상에 대한 인상을 실감 있고, 생생하기 전달하기 위해서 시각, 청각, 촉감, 후각, 미각 등의 오감을 환기함으로써 감각적으로 그려내는 기술방법인 것이다.

묘사는 독자의 감각에 호소한다. 그것은 독자들에게 정서적 반응을 일으키게 하며, 인물과 배경을 사실적이고 믿을 만한 것으로 만들어 준다.

2) 묘사의 요건

묘사의 요건은 첫째, 묘사의 초점이 두드러져야 한다. 즉, 어떤 대상을 묘사할 때에 필자의 의도 곧 소주제가 두드러질 수 있도록 중점적인 기술이 되어야 한다. 둘째, 구체적인 실감을 불러일으킬 수 있도록 생생하고 현실감이 나야 한다. 그러기 위해서는 사물에 대한 예리한 관찰력과 감각을 길러야 한다. 특히, 언어적 표현감각을 길러야 한다. 셋째, 어느 지점 어느 각도에서 묘사하고 있는지를 알 수 있도록 관점이 분명한 묘사가 되어야 한다. 동일한 대상이라도 어느 위치, 어느 각도에서 묘사하느냐에 따라 그 모습이 달라진다.

묘사는 간결성, 구체적 선택, 정확성, 그리고 상징적 호소 등이 핵심이며, 관찰자의 시점과 동기화를 설정하여 독자의 정서적 반응, 뚜렷한 인상을 야기하도록 유도하여야 한다.

묘사의 기능은 일반적으로 인물과 장소의 인상을 깊게 하는 것, 즉 독자의 상상 속에 그들의 실재를 재생시키는 것, 등장인물의 정서적인 상태를 비추어 주는 것이다. 묘사를 할 때는 행동이나 장면, 혹은 심리를 정확하고도 간결하게 묘사하는 것이 중요하다.

사물을 남과 달리 보는 눈, 즉 참신한 시각이 좋은 묘사문을 낳는다. 또한, 묘사하고자 하는 의도에 맞는 어조를 지녀야 필자가 느낀 만큼의 인상이 효과적으로 표현되어 독자의 머릿속에 생생히 재생된다.

3) 묘사문의 실제

어느 외국인의 산장을 그대로 떠다 놓은 듯이 멋진 양관(洋館). 외금강 역과 아울러 이 한국식 내금강 역은 산을 찾아오는 사람에게 무한 정다운 호대조(好對照)의 두 건물이다. 내(內)와 외(外)를 여실히 상징한 것이 더 좋았다. 십삼야월(十三夜月)의 달빛 차갑게 넘실거리는 역 광장에 나서니, 심산의 밤이라 과시(果是) 바람은 세찬데, 별안간 계간(溪澗)을 흐르는 물소리가 정신을 빼앗을 듯 소란해서 추위는 한층 뼈에 스민다. 장안사(長安寺)로 향하여 몇 걸음 걸어가며 고개를 드니, 산과 산들이 병풍처럼 사방에 우쭐 둘러선다. 기 쓰고 찾아온 바로 저 산이 아니었던가고 금세 어루만져보고 싶은 충동을 느끼며, 힘껏 호흡을 들이마시니, 어느덧 간장도 청수(淸水)에 씻기운 듯 맑아 온다. 청계를 끼고 물소리를 즐기며 걸어가기 10분쯤, 문득 발부리에 나타나는 단청된 다리는 이름부터 격에 어울려 함부로 건너기조차 외람된 문선교(問仙矯)! (정비석의 「산정무한(山情無限)에서)10)

저녁 해는 뉘엿뉘엿하다가 힘없이 기운다. 무렴(無廉)을 본 듯이 하늘은 벌겋고 인왕산 머리로 구불구불한 선은 선명하게도 그려 있다.

온 서울은 저녁연기와 안개와 더움에 잠겨 침침하고도 고요하다. 집집에서 저녁 밥상을 물리고 설거지를 하는 소리나 도란도란 하는 소리까지라도 들릴 만하게 고요하다.

전차, 자동차, 기차와 야시(夜市) 판에 "싸구려" 하는 군의 떠드는 소리며, 여러 공장에서는 풀려나오다가 주린 창자에 선술집의 막걸리 잔이나 마시고는 비틀걸음 하면서 게목듣기 싫은 목소리를 지르는 이야 없지도 않지만 왜 그런지 이렇게 고요하다.

전등불이 들어왔다. 천호 만호가 일시에 밝았다. 그래도 서로 오다 가다가 머리를 마주쳐도 모를 만큼 컴컴한 골목도 적지 않다. 그저 진고개나 종로께만 와 보고는 서울의 진상을 잘 모를 것이다. 초라한 초가집이나 납작한 기와집들이 없어지고 울긋불긋한 벽돌집들이 뾰족 뾰족 솟아나며 전기등들이 총총 늘이 켜 있으며 하이카라 비단치마나 양복자락이 거리거리에 나부끼니까 이제는 가난한 서울이 아니고 부유한 서울로만 아는 이도 있으리라. (이병기의 「여름 달」에서)11)

---

10) 정비석의 수필집 『비석과 금강산과의 대화』(1963.2)의 「자연기행」에 실려 있다.

11) <조선일보>, 1927년 6월 23일~24일자에 게재된 수필.

4. 서사

1) 서사란 무엇인가

서사(narration)는 서술이라고도 하며, 현실 또는 허구의 사건 및 상황들을 시간의 연속체들을 통해서 표현한 것이다. 소설뿐만 아니라 자서전, 회고록, 르포타지, 수필 등 사건을 서술하는 모든 문장은 서사에 포함된다.

서사는 행동, 시간, 그리고 의미의 세 요소로 구성된다. 즉, 서사는 의미 있는 행동의 시간적 과정이라고 할 수 있다. 서사문의 구성은 발단, 분규, 절정, 대단원 등의 단계로 나눌 수 있다.

2) 서사의 요건

서사의 필수불가결한 두 가지 요건은 이야기의 내용(사건들의 시간적 연속체)과 이야기하는 역할, 즉 화자이다. 즉, 서사는 사건이라는 내용과 서술하는 행위에 의해서 성립한다. 서술이란 전달내용으로서의 이야기가 화자로부터 독자로 이전되는 소통의 과정을 가리킨다. 따라서 서사에는 어떤 화자(1인칭, 3인칭 등)가 사건을 어떤 위치와 각도(위에서, 주변에서, 중심부에서, 정면에서, 유동적인 위치에서 등)에서 바라보느냐의 시점의 문제가 있다. 여기서 바라본다는 것은 단순히 물리적이고 시각적인 문제가 아니라 일정한 대상에 대한 화자의 감각, 인식, 관념 따위를 포괄하는 추상적 개념이다.

그리고 서사가 성립되기 위해서는 최소한 두 개 이상의 사건이 필요하다. 즉, 어떤 한 사건이나 상황의 필수전제나 당연한 귀결이 아닌 최소한 두 개의 현실 또는 허구의 사건들을 하나의 시간의 연속체로 표현한 것이 서사다.

그런데 현대문학에 와서 사건의 서술 순서는 시간적 순서보다는 내적 인과관계에 의한 서술이 선호되며, 의도적으로 순서를 흐트러뜨리는 시간착오기법(아나크로니)도 빈번하게 사용된다. 뿐만 아니라 실제 사건의 지속시간(스토리시간)과 작품 속에 서술된 시간(플롯시간)은 일치하지 않는다. 이밖에 서술의 빈도에도 다양한 변화가 있다.

수필에서 서사 위주의 수필을 서사수필이라고 부른다.

3) 서사문의 실제

내가 잘 아는 친구가 인도여행을 갔는데 거리에서 파는 금속공예품이 마음에 들어 흥정을 시작했다고 한다. 가게 주인이 빤히 쳐다보더니 천 루피를 달라고 하더라는 것이다. 우리 돈으로 치면 사만 원 정도인데 인도에서 천 루피면 굉장히 큰 돈이다. 사람 봐서 그렇게 부른 것이다.

그래서 친구가 백 루피만 하자고 십분의 일로 깎자 백오십 루피만 달라고 하더라는 것이다. 그래서 다시 칠십 루피만 하자느니 어쩌느니 하면서 한참 옥신각신하다가 그냥 나오려니까 주인은 할 수 없이 가져가라고 했다. 천 루피짜리를 칠십 루피에 산 것이다. 얼마나 기뻤겠는가.

그런데 값을 지불하고 나오려고 하니까 주인이 뒤에서 '아 유 해피?' 하고 묻더라는 것이다. 당신 행복하냐고, 그렇게 싼 값에 물건을 사서 정말로 행복하냐고, 이 말을 듣고 친구는 머리를 한 대 얻어맞은 것 같더라고 했다. 그건 행복하고는 상관이 없는 일이다. 그건 행복이 될 수 없다. 그러면서 동시에 이렇게 얘기하더라는 것이다.

'당신이 행복하다면 나도 행복하다. 그러나 당신이 행복하지 않다면 그것은 내 문제가 아니라 당신의 문제다.'

그래서 그 친구가 거기서 행복에 대해 큰 교훈을 얻었다는 그런 얘기를 들었다. (법정의 「적게 가져야 더 많이 얻는다」에서)[12]

한 점 혈육도 남기지 못한 어떤 젊은 과부가 남편의 삼년상도 치르기 전에 개가할 의향을 가지고 하루는 약간 소중한 물건만 대강 추려서 한 보퉁이 싸 이고 집을 나섰다.

얼마쯤 걸어가다가 이 과부는 어떤 산모퉁 고지에 이르자 마주 바라보이는 건너 산 공동묘지로 저도 모르게 눈이 쏠렸다. 우뚝 걸음을 세우고 바라보았다. 거기엔 고인의 무덤이 있는 곳이었다. 올송졸송 공지(空地)가 없이 돌아 붙은 그 무덤들 가운데서 이 과부는 어느 것이 남편의 무덤일까를 일심으로 찾기에 바빴다.

아직 잔디 풀이 완전히 무덤을 덮지 못한 하나의 새 무덤, 분명히 그것이 남편의 무덤인 것을 알게 되자 이 과부는 소스라쳐 놀랐다. (계용묵의 「개가(改嫁)」에서)

---

12) 법정, 류시화 엮음, 『산에는 꽃이 피네』, 동쪽나라, 1998, 164~165면.

제6장 퇴고

기술이 끝난 뒤 글을 소리 내어 읽어 보면서 고치고 마무리를 하는 활동을 퇴고[13]라고 한다. 이 퇴고과정을 통해 처음 의도한 주제와 실제 작성된 원고 사이의 차이를 발견하여, 그것을 보완하고 수정함으로써 최초의 주제를 일관되고 명확하게 하여 글을 마무리 짓는다.

퇴고는 내용과 형식 양면에서 시행되어야 한다. 내용면에서의 퇴고는 자신의 생각이 제대로 담겨 있는가, 그 내용이 평범하지 않은가, 내용의 표현에 지나침이 없는가, 내용이 독자에게 공감을 줄 수 있는가, 주제의 부각과 사상 감정의 통일이 되어 있는가 등이다.

---

13) AD 800년께 당나라 시인 가도(賈島)가 노새를 타고 가다가 시 한 수를 지었다. 그것은 「이응 유거(幽居)에 제(題)함」이라는 시였다. 그 가운데 "새는 연못가의 보금자리에 잠들었는데, 스님은 달빛 어린 사립문 살며시 미네(鳥宿池邊樹 僧推月下門)"라는 시구가 들어 있었는데, 가도는 이 중에서 '밀 퇴(推)'자가 마음에 들지 않아 '두드릴 고(敲)'로 고칠까 어쩔까 하다가 고을의 경윤의 선두와 부딪치는 불상사가 벌어지고 말았다. 자초지종을 말하니, 경윤은 '두드릴 고(敲)'가 낫다고 했다. 그는 당송 8대 문장가의 한 명인 한퇴지였다. 그후 두 사람은 오래도록 시우(詩友)가 되었다.

형식면에서의 퇴고는 어구가 적절하게 사용되었는가, 문장의 탈락이나 군더더기가 없는가, 맞춤법이나 구두점이 정확하게 사용되었는가, 어렵고 까다로운 표현은 없는가, 문장의 단락과 수미가 잘 연결되었는가 등이다.

1. 퇴고의 원칙

1) 부가의 원칙 : 빠뜨린 부분을 첨가 보완하면서 표현을 상세하게 한다.
2) 삭제의 원칙 : 불필요한 부분을 삭제하면서 표현을 긴장시킨다.
3) 구성의 원칙 : 문장의 구성을 변경하여 주제 발전의 부분적 양상을 고쳐 나간다.

2. 퇴고의 절차

1) 전체의 검토

(1) 표현하고자 했던 내용이 충분히 표현되었는가, 주제는 의도한 대로 확실히 드러났는가, 좀 더 정확한 주제문을 나타낼 수는 없는가.

(2) 요점이 잘 드러나고 있는가, 주제 이외의 다른 부분이 오히려 강조되어 있지는 않은가, 의도했던 바와 달리 해석될 수 있는 부분은 없는가.

(3) 세부 항목들이 주제와 연관되고 조화되어 있는가, 중심 줄거리와 어긋나는 항목은 들어가 있지는 않은가, 까다롭거나 모호한 항목이 들어가 있지는 않은가.

2) 부분의 검토

(1) 논점이나 단락이 하나의 주제 아래서 유기적으로 통일되어 있는가, 강조는 적절한가, 각 부분의 비율은 적절한가.

(2) 부분과 부분의 관계는 논리적으로 명료한가, 한 화제에서 다른 화제로 옮아갈 때 그 전화(轉化)가 명확하게 제시되었는가.

3) 문절의 검토

각각의 문절은 내용을 정확히 나타내고 있는가, 주절과 종속의 관계는 적절한가.

4) 단어 및 용어의 검토

(1) 단어는 정확히 사용되고 있는가, 잘못 이해된 용어는 없는가.

(2) 독자가 이해하기 힘든 용어는 없는가.

(3) 잘못 쓴 글자나 빠진 글자는 없는가.

5) 최종 종합 검토

(1) 적어도 서너 번 정도 낭독을 하면서 어색한 곳이 없는가, 오독

의 가능성은 없는가를 살펴본다.

(2) 맞춤법이 잘못된 곳은 없는가, 부호가 잘못 사용된 곳은 없는가를 살펴본다.

(3) 처음부터 끝까지 다시 한 번 읽어본 후, 그 글이 발표된 이후 후회할 부분은 없는가를 살핀다.

(4) 가능하면 다른 사람에게 읽게 하여 충고를 듣는다.

3. 퇴고시의 문장 평가 기준

1) 평이하게 쓰였는가.

2) 가치 있는 주제를 담고 있는가.

3) 주제에 의한 통일이 이루어져 있는가.

4) 구체적이며 설득력 있는 소재들로 이루어져 있는가.

5) 논리적이고 효과적으로 구성되어 있는가.

6) 단락 상호간의 연결이 긴밀히 잘 되어 있는가.

7) 내용을 정확히 전달하고 있으며 표현이 풍부한 문장으로 쓰여졌는가.

8) 정확하고 구체적이며 명확한 용어를 사용했는가.

9) 맞춤법과 격식이 바른가.

10) 독창성이 있는가.

제7장 글의 제목 · 서두 · 결말

1. 글의 제목

제목은 그 글을 읽느냐의 여부를 결정짓는 데 매우 중요한 요소이다. 전달이나 설득을 위주로 하는 글에서는 주제나 중심사상으로 제목을 삼는다. 표현을 위주로 하는 문예문에서는 구체적인 글의 소재로 제목을 삼는 경우가 많고, 주제를 직접적으로 노출시키기보다는 상징적 암시적으로 드러낸다.

1) 바람직한 제목

(1) 주제나 목적을 암시해 주며, 내용까지 압축하는 제목.
(2) 함축적이면서도 상징적인 제목.
(3) 인상적이고 매력 있는 제목.

(4) 새롭고 시대적 흐름에 맞는 제목.

(5) 추상적인 것보다는 구체적인 제목.

(6) 어렵기보다는 쉬운 제목.

(7) 읽고 싶은 호기심을 느끼게 하는 제목.

2) 제목의 유형

(1) 형태적 측면에서의 제목

① 이상의 「권태」, 법정의 「무소유」, 서정범의 「나비 이야기」, 박경리의 「거리의 악사」, 최재서의 「문학과 인생」처럼 명사나 명사구의 형태를 취한 것,

② 최재천의 「우리 몸에도 시계가 있다」, 최신해의 「지식은 배고프다」, 전혜린의 「그리고 아무 말도 하지 않았다」, 홍윤기의 「나는 부두노동자였다」, 송명희의 「나이가 음악을 듣는다」와 같은 서술형,

③ 이어령의 「하나의 나뭇잎이 흔들릴 때」, 김유정의 「밤이 조금만 짧았더라면」, 이효석의 「낙엽을 태우면서」와 같은 생략된 어구 등이 있다.

제목은 개인에 따라서도 명사형이 많은 경우, 서술형이 많은 경우가 있을 수 있지만 그보다는 시대적 유행에 따라 달라지는 측면이 강하다.

(2) 내용적 측면에서의 제목

나도향의 「그믐달」, 윤오영의 「까치」처럼 소재가 제목이 된 경우가
있는가 하면 주제가 제목이 된 경우도 있다. 즉, 이양하의 「나무의 위
의」, 이상의 「권태」, 조지훈의 「지조론」 등이 그것이다. 김진섭의 「주
부송」, 조지훈의 「돌의 미학」은 소재와 주제가 연결된 것이다. 비교나
대조가 제목이 된 경우도 있다. 이어령의 「폭포와 분수」, 노수민의
「여우 같은 남자, 곰 같은 여자」 같은 것이 그 예이다.

정주환(鄭周煥)은 「현대수필 창작입문」에서 제목을 붙이는 유형을
다음과 같이 제시하고 있다.

① 주제를 집약한 것 : 「아버지」, 「손수건의 사상」

② 화제(토픽)를 나타낸 것 : 「애인」, 「자유부인」

③ 중심 인물을 가리킨 것 : 「상록수」, 「바다와 노인」

④ 본문 중의 중요한 사항을 나타낸 것 : 「태백산맥」, 「사랑했으므
로 행복하였네라」

⑤ 인상적인 것을 나타낸 것 : 「너는 눈부시지만 나는 눈물겹다」,
「압구정동엔 비상구가 없다」

⑥ 상징적인 것 : 「주홍 글씨」, 「감자」

⑦ 글의 줄거리 또는 인물명을 나타낸 것 : 「늙은 창녀의 노래」,
「낙엽을 태우면서」

⑧ 내용의 일부 또는 전체를 나타낸 것 : 「내인이면 늦으리」, 「누
구를 위하여 종은 울리나」

⑨ 분위기를 나타낸 것 : 「달빛 고요」

⑩ 문장의 목적을 나타낸 것 : 「한국의 영혼」, 「우리 문화 산책」, 「이집트 기행」

2. 글의 서두

안톤 체홉이 "대부분의 작가가 소설에서 실패하는 것은 서두와 결말에서 기인된다"라고 했듯이 글의 성패 여부는 서두에서 결정된다고 하여도 과언이 아니다. 지루한 서두는 처음부터 그 글을 읽고 싶은 의욕을 앗아가 버리듯이 한 편의 글에서 서두는 그만큼 중요하다. 서두는 제목과 함께 사람으로 치면 첫인상과 같은 것이다.

바람직하지 못한 서두는 글의 과제에 대해서 불평을 늘어놓을 때, 사전에 나오는 정의에 의존함으로써 글의 깊이에 대해서 기대감을 저버릴 때, 상식에 불과한 인생론이나 익지 않은 사상을 제시할 때, 개인의 변명을 늘어놓음으로써 글에 대한 신뢰를 저버릴 때 등이다.

글의 서두는 대체로 몇 가지 유형으로 시작된다.

1) 문장 표제의 풀이에서 시작한다. 이런 문장은 첫머리만 읽고도 이미 그 문장의 대강을 짐작할 수 있으므로 글을 읽는 데 부담이 없고 친근감을 가지게 된다.

'냉면'이라는 말에 '평양'이 붙어서 '평양냉면'이라야 비로소 어울리는 격에 맞는 말이 되듯이 냉면은 평양에 있어 대표적인 음식이다. 언제부터 이 냉면이 평양에 들어왔으며 언제부터 냉면이 평안도 사람의 입에 가장 많이 기호에 맞는 음식물이 되었는지는 나 같은 무식쟁이에게는 알 수도 없고 또 알려고도 아니한다. (김남천[14]의 「냉면」[15]의 서두)

2) 어떤 상태를 나타내는 것으로부터 시작한다. 어떤 환경이나 동작 상태를 설명하거나 묘사함으로써 독자를 그 서두에서부터 문장의 무대 속으로 끌어들이는 방법이다.

지난 사월 춘천에 가려고 하다가 못 가고 말았다. 나는 성심여자대학에 가보고 싶었다. 그 학교에 어느 가을 학기, 매주 한 번씩 출강한 일이 있다. 힘 드는 출강을 한 학기 하게 된 것은, 주 수녀님과 김 수녀님이 내 집에 오신 것에 대한 예의도 있었지만 나에게는 사연이 있었다. (피천득의 「인연」의 서두)

3) 인용으로부터 시작한다. 권위 있는 학설이나 주장을 인용함으로써 문장 전체에 대해서 권위와 신뢰감을 갖고자 할 때 사용한다.

프로이트는 "인간 존재 그 자체가 불안의 유일한 바탕"이라고 하면서 죽음의 불안에 관해서 이야기 한 바 있다. 그는 인간이 죽음과 화해하지 못할 때, 자신의 죽음을 받아들이지 못할 때, 죽음은 불안이

---

14) 김남천(金南天, 1911~1953) 카프동인으로 김기진의 문학대중화론을 비판 볼셰비키적 대중화를 주장하였다. 장편소설에 『대하』(1939), 중편소설에 『경영』(1940), 『맥』(1941) 등이 있다.

15) <조선일보>, 1938.5.29.

된다고 했다. 한데 우리들은 이에 덧붙여서 다음과 같이 말해야 한다. '죽음이 불안인 동안, 삶 또한, 내내 불안일 수밖에 없다.' (김열규의 「죽음은 삶과 함께 자란다」의 서두)16)

마태복음 제 14장을 보면 예수님이 물 위를 걷는 기적을 행하시는 장면이 나온다. 실제로 과연 사람이 물 위를 걸을 수 있을까? 현대물리학의 이론에 의하면 불가능한 일이다. 체중도 훨씬 적고 무게를 분산시킬 수 있도록 다리도 여럿 있다면 모를까 70~80킬로그램의 하중을 단 두 다리에 둔 채 물 위에 떠 있기를 기대하기는 어렵다. (최재천의 「종교가 왜 과학과 씨름하는가」의 서두)17)

4) 시간의 제시에서 시작한다. 서두에서 시간성을 한정하는 것도 독자에게 강한 인상을 주며 이해를 돕는다.

까마득한 기억 너머, 단발머리 소녀시절인 중학교 2학년 때쯤이었을까. 당시 공무원이셨던 아버지의 직장을 따라 나는 전북 부안에서 중학교를 다니고 있었다. 그곳은 시인 신석정의 고향이었다. 그곳이 어디쯤이었는지 지금은 정확히 기억할 수 없지만 나는 친구들과 그의 생가(生家)라고 하는 집에 직접 찾아가 보기도 했고, 신석정 시인의 둘째 따님으로부터 영어를 배우기도 했으니, 학급문고에서 신석정의 시집 『슬픈 목가』를 발견할 수 있었던 것은 그리 큰 우연은 아니었다. (송명희의 「내 마음속의 애장서」의 서두)18)

---

16) 김열규, 『메멘토 모리, 죽음을 기억하라』, 궁리, 2001, 59면.
17) 최재천, 『생명이 있는 것은 다 아름답다』, 효형출판, 2001, 50면.
18) 송명희, 『나는 이런 남자가 좋다』, 152면.

5) 공간의 제시에서 시작한다. 서두에서 공간을 명확하게 지시해줌으로써 글 전체의 이해를 도우며 독자를 끌어들이는 매력적이 요인이 될 수 있다.

1994년 가을, 서대문 네거리에는 화강암으로 치장된 건물 한 채가 준공되었다. 동양극장(東洋劇場) 자리에 세운 <문화일보> 사옥으로 10층 정도 높이의 건물이다. 산뜻한 건물이 솟아오르니, 신촌으로 넘어가는 고가도로가 세워진 후로 자동차 통과 도로 정도의 구실밖에 못하던 서대문 길에 새로운 활기가 감도는 듯하다. 이 건물의 규모와 용도를 궁금해 하며 공사장을 눈여겨 살펴보곤 했다. 흔들리는 버스 창문에 이마를 찧어가며 고개를 기울여 건물의 층수를 세어보려 애를 쓴 적도 여러 번 있다.

이곳에 깊은 관심을 갖는 이유는 동양극장 앞이 내가 태어나고 자라난 고향이기 때문이다. 그곳을 떠난 지 40년이 넘었으나, 지금도 그 시절과 그 거리의 풍경이 그립기만 하다. 동양극장 건너편 언덕 위에 경교장과 담을 사이에 두고 우리 집이었다. (오경자의 「동양극장」에서)

6) 의문형이나 열거로서 서두를 열어 화제에 대한 강한 관심을 환기한다.

우리는 일반적으로 첫 번째를 중요시하는 경향이 있다. 사람은 첫 인상이 중요하고, 첫 잔은 비상이라도 마셔야 되며, 첫사랑의 상처는 평생 잊지 못한다고 말한다. 그리하여 우리는 첫 번째 시작을 절반이 라고까지 말한다.

그러나 첫사랑은 이루어지는 것보다 실패하는 것이 오히려 좋다는 말도 있다. 그렇다면 첫사랑의 쓴 잔을 평생 동안 마시고 사는 것이 좋다는 말인가? 그것도 아니라면 첫사랑보다는 두 번째 세 번째 사랑이 더욱 중요하다는 말인가? (황필호[19]의 「모든 사랑은 첫사랑이다」에서)

냄새만큼 생생한 기억도 드물다. 약을 달이는 냄새는 어머니를 생각나게 하고, 쑥과 망초의 후덥지근한 냄새 속에는 타들어가는 고향의 들판이 있다. 여치와 산딸기를 찾아 가시덤불을 헤치고, 게와 동자개와 그리고 모래무지 같은 것을 좇아 질펀히 흐르는 강을 헤매었다. 물고기의 비린내와 온몸에 감겨오던 저 미끈거리는 녹색말의 냄새, 놓쳐버린 어린 날의 나의 강은 언제나 그런 냄새와 함께 꿈꾸듯 기억 속에 유유히 흘러가고 있다.

아직도 돌아갈 수 없는 나의 고향, 유년의 꿈속에서도 저 지겹도록 기나긴 신작로가 펼쳐져 있고, 몽롱한 의식 속으로 꽃가루처럼 날리던 벌 떼의 웅웅거림. 그리고 칠월의 폭양 아래 하얗게 피어 있던 찔레꽃의 진한 향기, 그 향기가 언제나 나를 멀미나게 하던 것을. (손광성의 「냄새의 향수」에서)

바람직한 서두는 쉬운 말로 짧고 인상적이며 매력적으로 시작하며 추상적인 용어를 피하는 것이 좋다.

옛날에 한 어린 아가씨가 흰 가마를 타고 시집을 갔다. 흰 가마는 신랑이 죽고 없을 때 타는 가마다. 약혼을 한 후 결혼식을 올리기 전에 신랑이 죽은 것이다. 과부 살이를 하러 흰 가마를 타고 가는 것이다. 시집에 가서는 보지도 못한 남편의 무덤에 가서 밤낮으로 흐느껴

---

19) 황필호(1937~) 철학자, 동국대 교수 역임, 『문학철학산책』(96), 『문학철학산책』(96), 『석가와 예수의 대화』(00), 『종교철학에세이』, 『한국철학수필평론』(03) 등의 저서가 있다.

울었다. 그래야만 열녀가 된다.

아씨가 흐느껴 울고 있는 밤중에 신기하게 무덤이 갈라지더니 아씨가 무덤 속으로 들어가는 것이었다. 친정에서 함께 따라온 하녀가 이 광경을 보고 달려가 아씨의 저고리 섶을 잡고 늘어졌다. 옷섶이 세모꼴로 찢어지며 아씨는 무덤 속 깊숙이 빠져 들어갔다. 이윽고 갈라진 무덤이 합쳐졌다. 아씨를 잃은 하녀의 손에는 세모꼴로 찢어진 저고리 섶만이 남았다. 그런데 신기하게도 이 찢어진 저고리 섶이 흰 나비가 되어 하늘로 올라가는 것이었다. (서정범20)의 「나비 이야기」에서)

3. 글의 결말

서두와 마찬가지로 문장을 마무리 짓는 결말 역시 중요하다. 글 전체의 결론을 제시하고 앞에 든 내용을 총결산하는 중요한 부분으로, 서두 못지않게 중요하며, 어떤 의미에서 글의 인상이나 기억이 오래가는 부분은 결말인 경우가 많다.

1) 결말의 요령

(1) 요약하고 통괄한다.
(2) 독자의 동조를 이끌어낸다.

---

20) 서정범(1926~), 국어학자, 수필가, 경희대 교수 역임, 『한국특수어연구』, 『놓친 열차는 아름답다』, 『겨울 무지개』 등의 저서가 있다.

(3) 여운을 남긴다.

(4) 요약·반성한다.

(5) 긴장을 고조시킨다.

2) 결말의 실제

마침 부탁해 놓은 차가 왔기에 소녀와 작별하고 자동차에 올랐다. 가매못 옆을 지나가면서 나는 어릴 때 상두가(喪頭歌)를 구슬피 불러서 길켠에 선 사람들을 울리던 그 넉살 좋은 사나이와 농악꾼에 유달리도 꽹과리를 잘 치고 춤 잘 추던 사람을 생각하며, 그들이야말로 예술가인지도 모른다고 생각했다. 거리의 악사―멀리 맑은 공기를 흔들며 노파가 부르던 노랫소리가 들려오는 듯했다. (박경리의 「거리의 악사」의 결말)

박경리의 「거리의 악사」는 직업적 작가로서 우연히 경험하게 된 삶의 현장에서 만난 사람들, 즉 장판 파는 할머니야말로 진정한 예술가인지 모른다는 깨달음을 "멀리 맑은 공기를 흔들며 노파가 부르던 노랫소리가 들여오는 듯했다."와 같은 여운을 남기는 결말을 통해서 암시하고 있다.

그렇다. 이러한 나무들에게는 한때의 요염을 자랑하는 꽃이 바랄 수 없는 높고 깊은 품위가 있고, 우리 사람에는 도저히 찾아볼 수 없는 점잖고 너그럽고 거룩하기까지 한 범할 수 없는 위의(威儀)가 있다. 하찮은 명리(名利)가 가슴을 죄고 세상 훼예포폄(毁譽褒貶)에 마음 흔들리는 우리 사람은 이러한 나무 옆에 서면 참말 비소(卑小)하고 보잘것없는 존재다. 이제 장미의 계절도 가고 연순(年順)의 노령(老齡)도 머지않았으니, 많지 않은 여념을 한 뜰에 이러한 나무를 모아놓고 벗 삼아 지낼 수 있다면, 거기서 더 큰 정복은 없을 것 같다. (이양하의 「나무의 위의」의 결말)

이양하의 「나무의 위의(威儀)」에서는 나무에서 느껴지는 군자와도 같은 위의와 인자한 미덕을 따르고자 하는 작가의 생각이 작품의 결말에서 집약되고 있다.

현대인은 너무 약다. 전체를 위하여 약은 것이 아니라 자기중심, 자기 본위로만 약다. 백년대계를 위하여 영리한 것이 아니라 당장 눈앞의 일, 코앞의 일에만 아름아름하는 고식지계(姑息之計)에 현명하다. 염결(廉潔)에 밝은 것이 아니라 극단의 이기주의에 밝다. 이것은 실상은 현명한 것이 아니요. 우매하기 짝이 없는 일이다. 제 꾀에 제가 빠져서 속아 넘어갈 현명이라고나 할까. 우리 현대인도 '딸깍발이'의 정신을 좀 배우자.
첫째, 그 의기를 배울 것이요. 둘째, 그 강직을 배우자. 그 지나치게 청렴한 미덕은 오히려 분간을 하여 가며 배워야 할 것이다. (이희승의 「딸깍발이」의 결말)

궁핍한 삶 속에서도 자기 의지와 지조를 지키면서 인간의 도리를 다했던 옛날 지식인의 참된 선비정신을 배워야 한다는 데 대한 독자들의 동조를 결말에서 이끌어내고 있다.

여자는 왜 그리 남자를 믿지 못하는 것일까. 여자를 대하자면 남자는 구두 소리에 까지도 세심한 주의를 가져야 점잖다는 대우를 받게 되는 것이라면, 이건 이성에 대한 모욕이 아닐까를 생각하며, 나는 그 다음으로 그 구두 징을 뽑아 버렸거니와 살아가노라면 별(別)한 데까지 다 신경을 써가며 살아야 되는 것이 사람임을 알았다. (계용묵의 「구두」의 결말)

계용묵의 서사수필 「구두」의 결말은 에피소드로 전개된 전체 내용을 통괄하며 주제를 드러내고 있다.

제8장 수필의 문체

1. 문체란 무엇인가

　문학에서의 문체란 작가가 언어를 사용하는 태도이다. 가령, 두 작가가 동일한 대상을 묘사하거나 서술하더라도 서로 다른 작품이 나올 수밖에 없다. 왜냐하면 두 사람은 개성이나 인격이 다르고 생활 감정이 다르기 때문이다. 또한, 그들의 언어는 복잡성, 리듬, 문장 길이, 미묘함, 유머, 구체성, 그리고 이미지와 은유의 수 및 종류 등의 면에 있어서 서로 다르기 때문이다. 각 작품에서 서로 다른 성질의 것들을 독특하게 배합한 것이 문체이다.

　로버트 스탠톤은 문체에 대한 안목을 높이려면 여러 작가들의 작품을 읽어야 하며, 독자가 문체에 대해서 민감하게 되는 최대의 이유는 그것을 즐긴다는 점에 있다고 했다. 즉, 독자는 문체가 창조해내는 인물의 행동과 광경과 생각의 허상을 즐기고, 작가가 보여주는 언어의 기교에 감탄하지만 동시에 문체는 작품의 목적과 상관이 있을 수 있다고 했다. 결국 문체는 작품의 주제에 적합하게 선택된다는 것이다.21)

머리(J. M. Murry)는 문체를 첫째, 작가의 특이성으로서의 문체, 둘째, 표현기법으로서의 문체, 셋째, 보편적 의미내용이 작가의 독특한 개성적 표현을 통해서 결실되어 구현될 경우에 있어서의 문체라는 세 가지 의미로 분석했다. 그리고 문체라는 용어가 혼란을 일으키는 것은 이 세 가지의 의미를 함께 사용하는 데서 기인한다고 지적하였다.

머리는 세 번째의 문체가 절대적인 의미로서의 문체라 하였고, 이는 "개성과 보편성의 완전한 결합"이며, 문학작품의 최종적인 목표라고 했다. 작가의 특이성으로서의 문체는 당연히 그 작가의 독특한 사물을 느끼는 방법, 생각하는 방법에 밀착해서 요구되는 표현의 형태로서 그 자체가 평가기준이 되지는 않는다. 예를 들면 이광수나 김동인의 문장에는 어떤 유의 특색 또는 버릇이 있어서 많은 독자에게 느껴지는 것이 있으나 그것 자체가 평가기준이 되지는 않는다. 독특하다고 하는 것은 그것 자체가 결코 가치 있는 것이 아니고, 또 이상한 것이라 해서 결코 배척해야 할 것도 아니다. 물론 기이함을 자랑하는 문체는 분명 사도로서 배척해야 하는 것이다.

또한, 일견 기이하게 생각되는 것에 대해서도 비평가는 일단 겸허하게 몸을 굽히지 않으면 안 된다. 요컨대 작가의 표현상의 버릇과 같은 것을 표현하기 위해 사용된 경우의 문체는 그 내용을 이루고 있

---

21) Robert Stanton, *An Introduction to Fiction*, 박덕은 편역, 『소설의 이론』, 새문사, 1989, 52면.

는 작가의 느끼는 방법, 생각하는 방법과 관련지어 고찰해야 하는 것
으로 그 자체를 독립시켜 논하는 것은 위험한 것이다.

표현기법으로서의 문체마저도 내용을 떠나서 그 가부를 논하는 것
은 안 된다. 문법에 맞든가 수사학적 훈련을 받았다고 하는 것은 문
학에 있어서 평가기준이 되지 않는다. 문학작품에 있어서는 그 내용
을 이루는 작가의 느끼거나 생각한 것과 그 표현기법과를 별도로 갈
라서 고찰할 수는 없다는 것이다. 또한, 기법적이라는 의미는 일반적
으로 나쁜 뜻을 갖기 쉽다. 다분히 빈약한 내용임에도 불구하고 표현
만의 완벽성이나 미문적 장식을 노린 것은 마음에 감동을 주지 않으
나 내용에 맞게 고심하고 연구하여 잘 나타낸 표현은 그것이 아무리
기법적으로 보인다 해도 내적 필연성이 있는 것으로 높이 평가해 마
땅하다.

요컨대, 문체란 작가의 감정적·지적 체험의 핵심에 밀착되어 있는
것으로 작가가 인생으로부터 직접적인 감명을 받는 영감의 힘이 쇠해
졌을 때에는 그가 아무리 노력해도 그 문체는 단순한 기교와 장식이
돼버리는 것이다.

끝으로, 절대적 의미로서의 문체란 문학작품의 마지막 가치를 결정
하는 의미를 지니고 있다. 이는 풍격(風格)이라 할 수 있는 것으로 결
국 독특한 성질을 지니면서 거기에 보편적 가치를 나타내고 있는 문
장이다. 이는 실로 문예 일반에 걸친 본질을 이루는 것으로서 보편
적·개념적 형식에서 사상(事象)을 표현하고자 하는 철학적·과학적
방법에 대하여 개성적·구체적 형식에서 사상을 표현하고자 하는 예

술적 방법을 의미하는 것이다. 머리는 그 절대적 의미의 문체, 즉, 풍격으로서의 문체를 중심으로 하여 이 문체의 내부구조 그리고 이 문체의 창조과정 등을 문제로 하여 문체의 심리를 구체적으로 진행해 나간다.22)

바흐친은 소설의 스타일학을 연구하는 데 있어 가장 기본적인 임무로 언어와 스타일의 특수한 이미지의 연구, 이런 이미지의 구성, 이런 이미지의 유형, 소설 전체 안에서 언어의 이미지의 결합, 언어와 목소리의 전이와 전환, 그리고 그것들의 대화적 상호관련성을 들고 있다. 그에 의하면 소설은 어느 다른 장르보다도 언어에 대해 매우 민감하게 반응을 보이는, 언어 사용에 있어서 가장 자의식이 강한 장르이다. 시가 구심력이 강한 장르라고 한다면 소설은 원심력이 강한 장르이다. 그는 이어성과 대화성, 다성성, 상호텍스트성이야말로 소설의 대표적인 특징이라고 보았다.23)

수필에서의 문체도 작가의 언어사용기법을 말한다. 즉, 작가가 사용하는 언어의 리듬, 문장의 길이, 뉘앙스, 해학성, 그리고 일련의 이미지와 은유 등의 복합적 특성들이 모여 개성적 문체가 형성된다. 작가의 개성으로서의 문체란 그가 체험이나 인식을 느끼고, 조작하는 방법을 독자에게 드러내 주는 것이다.

---

22) J.M. 머리, 최창록 역, 『문체론강의』, 현대문학, 1992, 171~180면.
23) 김욱동, 『대화적 상상력』, 문학과지성사, 1988, 226~233면.

2. 문체의 유형

시프리(Shipley)는 문체를 작가, 시대, 전달매체, 주제, 지리적 위치, 청중, 목적의식 등 7가지 관점에서 나눌 수 있다고 하였다. 그리고 작가를 기준으로 한 문체의 예로 밀턴 식, 단테 식, 호머 식, 칼라일 식 등을 들었다.

조남현은 산문의 문체로서 간결체, 화려체, 강건체, 우유체, 만연체, 건조체 등의 분류는 정설로 굳어졌으며24), 우리 소설에서는 어휘를 광범위하게 끌어오면서 만연체와 우유체를 섞어 쓴 염상섭 식, 매우 제한된 어휘를 쓰면서 간결체와 우유체를 혼합한 황순원 식, 관념어와 논설체를 거리낌 없이 쓴 최인훈 식, 토속어를 풍부하게 구사하며 비판과 해학을 혼합한 이문구 식을 들 수 있고, 시대적으로는 고전소설의 잔재가 남아 있는 개화기의 문체, 한국어의 자원이 풍부했던 1920, 1930년대 문체, 외래어와 번역투가 많은 1950, 1960년대 문체, 일상어와 소설어가 거의 비슷해진 1970, 1980년대 문체 등으로도 나누어 볼 수 있다고 했다.25)

구인환은 이광수의 평이하고 계몽적인 설명체의 문장, 김동인의 박력있고 남성적인 긴축체, 염상섭의 만연한 난삽체, 이효석의 서정적 시적 문체, 이태준의 부드러운 우아체, 박태원의 만연체, 김동리의 논리적 문체, 황순원의 감정적 톤의 간결체, 박경수의 유연하고도 구수

---

24) 조남현, 『소설신론』, 서울대출판부, 2004, 317면.
25) 위의 책, 323~324면.

한 문체, 김유정의 토속적·해학적인 1인칭 독백체, 최상규의 짤막한 간결체, 이호철의 흐름의 가락이 담긴 문체, 이문희의 요설체, 남정현의 풍자적 문체, 최인훈의 지적 소피스트케이션(궤변, sophistcation) 문체를 비롯하여 장용학, 강용준 등 독특한 소설문체를 개척한 작가들이 많다고 했다.26)

시프리는 전달매체라는 관점을 취하여 화려체, 은유체, 비문법적인 문체, 동어 반복적인 문체 등을 열거하였으며, 주제라는 관점에서 문체를 법적인 것, 역사적인 것, 과학적인 것, 철학적인 것, 희극적인 것, 비극적인 것, 애상적인 것, 계몽적인 것 등으로 나누어 보았다. 지리적 위치에 따른 문체의 유형으로 도시적인 것, 시골풍의 것, 법정식, 설교 식 외에 각 지명을 따온 것이 제시되었다.

끝으로, 시프리는 작가적 의도라는 기준에서 문체를 5가지로 분류했다. 첫째 감상적 문체, 둘째 풍자적 문체, 셋째 위무적(慰撫的)이거나 외교적인 문체, 넷째 장중하거나 고상하거나 위엄 있는 문체, 다섯째 지식전달을 목표로 한 문체가 그것이다.

조남현은 시프리의 작가적 의도라는 기준에서 분류된 다섯 가지의 문체 유형론에 의거하여 감상적 문체를 잘 구사했던 작가로서 최서해, 이효석을 들었으며, 풍자적 문체를 잘 구사한 작가로는 채만식, 한설야, 이문구, 성석제 등을 들었다. 위무적이거나 외교적인 문체를 잘 구사했던 작가로는 이광수를, 장중하거나 고상하거나 위엄이 있는 문체로는 이광수, 이기영, 이청준 등을, 지식전달을 목표로 한 문체는

---

26) 구인환, 『소설론』, 삼지원, 1996, 305~306면.

주로 사상소설이나 관념소설을 쓴 작가 최인훈, 이청준, 이문열, 최명희 등의 작품에서 쉽게 찾아볼 수 있다고 하였다.[27]

소설가 전상국은 『당신도 소설을 쓸 수 있다』에서 우리 작가들의 외형적 문체로서 다음과 같은 다양한 유형을 제시했다.[28]

* 강건하면서도 그 흐름이 유연한 문체
* 평이하면서도 담백한 설명조 문체
* 작가 주장의 피력과 설득에 역점을 둔 문체
* 절제된 어휘 구사로 남성적 박력을 드러내는 문체
* 미적 감각의 시적, 서정적 문체
* 간결하면서도 탄력 있는 문체
* 관념적 · 추상적 어휘구상의 현학적 문체
* 지적 포즈의 모던한 문체
* 소박 · 진술하여 질깃질깃 구수한 문체
* 어둡고 음산한 문체
* 우아하면서도 화사 · 현란한 문체
* 단문 중심의 호흡이 급박한 문체
* 사물관찰의 깊이와 밀도를 중시하는 묘사체 문체
* 건조하고 딱딱하나 이미지 전달이 인상적인 문체
* 풍자적인 요설과 유머 · 위트의 감칠맛 나는 문체
* 속어의 거침없는 구사에 의한 생동감 있는 문체
* 의지적인 어투의 다소 장황한 문체
* 난삽하나 지적 욕구 충족을 주는 난해 · 알쏭달쏭한 문체
* 미문의식에 의한 화려한 문체
* 감각적 · 관능적 문체

27) 조남현, 앞의 책, 323~324면.
28) 전상국, 『당신도 소설을 쓸 수 있다』, 문학사상사, 1991, 262~263면.

* 의식의 흐름, 혹은 내적 독백의 주관적 문체
* 전통적 운율을 가진 운문체, 혹은 만담조의 컬컬한 문체
* 대화중심의 구어체 문체
* 접속어·조사 절제의 간결·명쾌한 문체
* 띄어쓰기 등을 무시한 격식 깨기의 부정과 실험의 문체
* 주어 생략이 많은, 서술부 중심의 문체
* 방언과 조어(造語) 혹은 의성어·의태어 등 개인어 활용의 탐구적 문체
* 아이러니에 의한 감춤과 드러냄의 배배 꼬여 뒤틀린 문체

3. 수필의 문체

1) 문장의 길이(장단)에 따른 문체

(1) 간결체(簡潔體)

짧고 간결한 문체로 글의 흐름이 빠르다. 표현의 군더더기가 없고 내용이 분명하게 전달되므로 독자에게 선명한 인상을 준다.

(2) 만연체(蔓衍體)

말수가 많고, 구절이 길고, 문장의 흐름이 느린 문체로서 사색적인 내용을 담기에 적당하다. 주도면밀한 표현으로 독자를 설득하고 이해시키는 데 적합하지만 자칫 긴밀성이 약화되고 지루해져 독자에게 흐린 인상을 줄 수 있다.

2) 표현의 강유(剛柔)에 따른 문체

(1) 강건체(强健體)

웅혼(雄渾) 강직하며, 호방 도도한 힘이 넘쳐흐르는 남성적인 문체다. 독자의 감정을 끓어오르게 하는 격문이나 결의문을 쓸 때에 적합하다. 최남선의 「기미독립선언문」이 대표적인 예이다.

(2) 우유체(優柔體)

청초, 온화, 겸허한 아취가 풍기는 여성적인 문체다. 이지적인 내용을 담기에는 부적합하지만 섬세하고 우아한 감성을 요구하는 수필에서는 부드럽고 정적인 우유체를 선호한다.

3) 수식의 정도에 따른 문체

(1) 건조체(乾燥體)

꾸밈이 전혀 없이 뜻만의 직접적인 의사전달을 목적으로 하는 이지적인 문체다. 법조문, 논설문, 기사문 등.

(2) 화려체(華麗體)

화려한 수식과 미사여구를 총동원하여 쓴, 화려한 색채와 음악적인 리듬이 넘쳐흐르는 아름답고 감정적인 문체다. 꾸밈의 정도가 지나치면 속되기 쉽다.

4) 문장의 어조(tone)에 따른 문체

(1) 감상적 : 슬픔의 정조를 자아냄.

(2) 낭만적 : 서정적이며 이상적인 내용, 꿈과 동경, 전원적·이국적 정취.

(3) 비판적 : 어떤 사실이나 문제에 대해 문제점을 들어 비평함.

(4) 풍자적 : 어떤 사실을 슬며시 돌려 간접적으로 비판함.

(5) 해학적 : 악의 없는 익살이 나타남.

(6) 관조적 : 냉정하게 객관적으로 사물을 직시함.

(7) 사색적 : 사물의 이치를 따져 깊이 생각함.

(8) 사실적 : 있는 그대로를 충실하게 그리는 것.

(9) 회고적 : 옛일을 돌이켜 생각하는 것으로 추억, 또는 회고를 가리킴.

4. 수사법

문장의 수사법에는 세 가지 기본 원리가 있다. 강조의 원리, 비유의 원리, 변화의 원리이다.

표현 기법에는 다음의 원칙이 지켜져야 한다. 첫째, 참신한 표현, 즉 진부하고 상투적인 표현에서 벗어나 새롭고 창의적인 표현을 한다. 둘째, 명확한 의미의 강조, 즉 표현법의 사용은 글의 내용을 효과적으로 전달하기 위한 목적을 지니므로, 미사여구의 나열이나 우회적인 표현 등으로 의미 전달을 모호하게 해서는 안 된다. 셋째, 변화 있는 문장, 즉 효과적인 표현을 위해서는 형식적인 틀에 얽매인 표현보다도 표현의 변화를 꾀하여 생생한 느낌을 살릴 수 있어야 한다.

1) 강조의 원리 — 강조법

작가의 나타내고자 하는 사상이나 감정 중에서 어느 부분을 더욱 또렷하게 전달하며 강한 인상을 주려고 할 때 사용한다.

(1) 과장법 : 사물의 수량, 성질, 상태나 표현하려는 내용을 실제보다 크거나 작게, 많거나 적게, 멀거나 가깝게, 깊거나 얕게 과장하여 표현하는 방법. (예 : 천길 만길 낭떠러지/ 집 채 만한 바윗돌)

(2) 영탄법 : 감탄어를 사용하여 강한 의지나 고조된 감정을 표현하는 방법. (예 : 오오! 나의 순결한 진주여!/ 청춘! 얼마나 아름다운 말인가?)

(3) 반복법 : 같은 어구나 문장을 반복하여 문장에 변화를 주고 뜻을 강조하며 리듬을 고르게 표현하는 방법. (예 : 님은 갔습니다. 아아, 사랑하는 나의 님은 갔습니다./ 산에는 꽃 피네. 꽃이 피네. 갈 봄 여름 없이 꽃이 피네.)

(4) 점층법 : 사상, 감정, 사물을 짧고 작고 낮고 약한 것부터 시작해서 점점 길고 크고 높고 강한 것으로 점차 고조시키는 방법. (수신제가치국평천하)

(5) 점강법 : 내용의 범위와 규모가 점점 약하고 작게 표현하는 방

법.

(6) 연쇄법 : 앞 구절의 뒷부분을 뒷 구절의 앞부분이 다시 받아 이어달리기식으로 표현하는 방법으로 논리적 순차성이나 사물의 유기적 관계를 잘 반영하기 위해서 사용된다. (예 : 닭아 닭아 우지 마라. 네가 울면 날이 새고, 날이 새면 나 죽는다.)

(7) 비교법 : 서로 비교되는 둘 이상을 맞세워 표현한다. 차이로서 한쪽을 강조하는 방법. '~보다' '~만큼' 등의 표현이 주로 쓰인다. (예 : 너의 넋은 수녀보다도 더욱 외롭구나)

(8) 대조법 : 대립되는 의미, 또는 정도가 다른 단어나 어절을 사용하여 그 상태나 의미를 더욱 분명하게 하는 표현기법. (예 : 앉아서 주고 서서 받는다.)

(9) 미화법 : 아름다운 말로 바꾸어 표현하는 방법. (예 : 양상군자(梁上君子)(도둑)/ 집 없는 천사(거지))

(10) 열거법 : 내용상 관련이 있는 말들을 늘어놓는 방법. (예 : 쟁반에는 사과, 배, 귤, 감 같은 과일이 놓여 있었다.)

(11) 억양법 : 처음에 치켜 올렸다가 낮추거나, 처음에 낮췄다가 치켜 올리는 방법. (예 : 얼굴은 예쁜데 공부는 잘 하지 못한다./ 가진 것은 없지만 그는 법 없이도 살 사람이다.)

2) 비유의 원리 -비유법

추상적인 것을 구체적으로 나타내기 위해 어떤 형태를 구체적으로 설명하여 보임으로써 명확한 인상을 주려고 할 때 사용한다. 비유법은 표현하고자 하는 대상을 다른 대상에 빗대어 표현하는 방법이다.

(1) 직유법 : 'A는 B와 같다'라는 식으로 원관념과 보조관념을 직접 연결시키는 방법. '~같이' '~처럼' '~인 양' '~듯'과 같은 표현이 쓰인다. (예 : 세월은 화살처럼 빠르다./ 구름에 달 가듯이 가는 나그네)

(2) 은유법 : 'A는 B이다'라는 식으로 원관념과 보조관념을 매개물 없이 직접 연결하는 방법. (예 : 내 마음은 호수요/ 침묵은 금이다.)

(3) 상징법 : 원관념이 없이 보조관념만으로 사물을 표현하는 방법. (예 : 비둘기(평화의 상징)/ 빼앗긴 들(국토)에도 봄(광복)은 오는가)

(4) 의인법 : 사람이 아닌 동식물과 자연, 생물, 무생물, 추상적인 개념까지도 사람처럼 표현하는 방법. (예 : 산의 이마에 흰 눈이 쌓여 있다./ 돌담에 속삭이는 햇살)

(5) 활유법 : 생명이 없는 것을 생명이 있는 것처럼 표현하는 방법으로 사람처럼 표현하면 의인법, 그 밖의 생물로 표현하면 활유법이다. (예 : 으르렁거리는 파도/ 청산이 깃을 친다.)

(6) 풍유법 : 원관념을 표면화하지 않고 보조관념으로 말하고자 하는 내용을 간접적으로 표현한다. 주로 속담이나 격언을 사용하여 원관념을 나타내는 방법. (가마귀 싸우는 골에 백로야 가지 마라./ 우물 안의 개구리다.)

(7) 대유법

① 제유법 : 표현하고자 하는 사물의 일부분으로 전체를 대신하여 표현하는 방법. (예 : 빵 없이는 살아도 자유 없이는 살 수 없다./ 오

늘 저녁 오랜만에 약주나 한 잔 하자.)

　② 환유법 : 비슷하거나 관계가 있는 다른 사물로 바꾸어 표현하는 방법으로 환유는 대용하는 사물과 대용되는 사물 사이의 공간적 시간적 논리적 인접성, 대용하는 사물과 그것에 수반되는 특징과의 연계성, 고유명사와 일반 대상 간의 연계성에 의해 대상을 다른 대상으로 대용하는 수법이다. (예 : 펜은 칼보다 강하다. / 사랑을 위해서는 언제든 왕관을 버릴 각오가 되어 있다.)

　(8) 중의법 : 한 단어에 두 가지 뜻을 포함하여 표현하는 방법. (예 : 청산리 벽계수야 수이 감을 자랑마라.)

　(9) 의성법 : 의성어를 사용하여 표현하는 방법. (예 : 둥둥둥……. 북소리가 벌판으로 퍼져나간다)

　(10) 의태법 : 의태어를 사용하여 표현하는 방법. (예 : 새가 훨훨 날아간다./ 뒤뚱뒤뚱 걷는 모양이 오리 같다.)

3) 변화의 원리 －변화법

　문장에다 변화를 주어 독자의 주의를 환기시키고 단조로움이나 지루함을 없애려고 할 때 사용한다.

　(1) 도치법 : 문장의 서술 순서를 바꾸어 놓는 방법. (예 : 나는 아직 기다리고 있을 테요, 찬란한 슬픔의 봄을)

　(2) 설의법 : 의문문 형식으로 반어적인 표현으로써 독자를 납득시키는 방법. (예 : 어디 닭 우는 소리 들렸으랴)

(3) 문답법 : 묻고 답하는 형식으로 표현하는 방법. (예 : 사랑은 무엇인가? 그것은 말없이 주는 것이다.)

(4) 대구법 : 구절을 맞세워 표현하는 방법. (예 : 인생은 짧고 예술은 길다.)

(5) 인용법 : 다른 사람의 말을 인용하여 표현하는 방법. (예 : 손자는 "도망가는 것이 상책"이라고 했다.)

(6) 거례법 : 추상적 주장을 합리화하기 위해 예를 들어 표현하는 방법. (예 : 독일 국민처럼 우리도 남과 북이 서로를 이해해야 한다.)

(7) 반어법(irony) : 표면적 의미와 심층적 의미가 판이하게 다른 것. (예 : 얄밉게도 생겼구나.(예쁘다는 것의 반어)/ 잘 한다.(잘 못하는 것을 빈정거릴 때)

(8) 생략법 : 글의 간결성, 압축성, 긴밀성 등을 위해 서술의 일부나 대화에 있어서 일부를 생략하여 여운을 주어 표현효과를 높이는 방법. (예 : 그 처참한 광경이란……)

(9) 돈호법 : 이름을 불러 독자의 주의를 환기시키는 방법. (어머니, 당신은 그 먼 나라를 알으십니까?)

(10) 현재법 : 과거나 미래의 일을 현재 일어나고 있는 것처럼 표현하는 방법으로 소설이나 일기, 기행문 등에 많이 쓰인다.

(11) 역설법(paradox) : 표면적으로 불합리하거나 모순되지만 잘 음미해 보면 그 속에 진실을 담고 있는 표현 방법. (예 : 아는 것이 병이다./ 님은 갔지마는 나는 님을 보내지 아니하였습니다.)

(12) 명령법 : 문장을 명령형으로 나타내어 고조된 감정을 표현하는

방법. (예 : 해야 솟아라, 해야 솟아라)

(13) 비약법 : 문장의 순서나 방향을 바꾸어서 시간적 흐름이나 공간적 질서를 무시하고 건너뛰어 새로운 국면으로 전개시키는 방법.

제3부

수필비평론

제1장 비평의 방법론

비평은 판단, 가치, 분석, 감상, 비교 등의 내용을 포함한다. 비평은 크게 이론비평(theoretical criticism)과 실천비평(practical criticism)으로 나눌 수 있다.

이론비평이란 비평의 기초원리를 다루는 비평이다. 즉, 문학의 일반원리를 탐구해서 이론적 체계를 설정하는 것이다. 문학이란 무엇이고, 왜 문학을 하고, 어떤 기능과 효용을 갖는가 하는 문제를 원론적 차원에서 탐구하는 것을 말한다. 아리스토텔레스의 『시학』, 유협의 『문심조룡』, 루카치의 『소설의 이론』, 이광수의 「문학이란 하오」 등이 여기에 속한다.

실천비평은 구체적인 작가와 작품에 대해 시도한 실제비평을 뜻한다. 비평가는 이론적인 바탕 위에서 구체적인 작가와 작품을 대상으로 해석과 평가를 하게 되는데, 흔히 작가론·작품론 등이 여기에 속한다. 루카치의 「톨스토이와 리얼리즘문제」, 존즈의 「햄릿과 오이

디푸스」, 바르트의 「로브그리에에 관한 계산서」, 김동인의 『춘원연구』가 대표적인 실천비평의 예이다.

에이브럼즈(M.H. Abrams)에 의하면 한 작품을 어디에 비중을 두고 비평하느냐에 따라서 네 갈래로 분류된다.

    ① 모방론 : 작품이 취급하고 있는 대상(세계)과의 상관관계
    ② 효용론 : 작품이 독자에게 미치는 영향관계
    ③ 표현론 : 창작의 주체인 작가와 작품과의 관계
    ④ 객관론 : 작품 자체로서의 존재 양식의 문제

1. 역사주의 비평

한 작품을 역사적 사건으로 취급하는 데에서 문학 연구의 역사적 방법은 시작된다. 모든 작품은 확실히 반복될 수 없는 독특한 역사적 사건이다. 이른바 역사적 일회성을 지닌다. 그리고 그것이 역사적 사건이 될 수 있는 가장 중요한 이유는 그것이 사람에 의해서, 사람에 관하여, 사람을 위하여, 의지적으로 조성된 사건이라는 것이다.

문학의 기원, 특히 한 장르의 발생, 변천에 대한 관심은 역사주의 비평가의 최대 관심사이다. 근대적 역사주의 비평은 19세기에 확정되었다. 쌩뜨 뵈브(Saint-Beuve)와 테느(H. Taine)는 역사적 방법의 이론적 체계와 실제응용을 눈부시게 보여준 선구자들이다. 이들은 당대의

시대사조인 실증주의에 영향을 받아 문학과 여타 과학과의 결합을 시도하였다.

이 방법론은 첫째, 자연과학과 정신과학의 등식, 둘째, 삶과 작품의 등식관계에 의해 어떤 작가의 작품도 그 작품을 쓴 인물에 대한 지식이 없이는, 또 이 인물이 등장하게 된 배경으로서의 삶과 그를 둘러싼 환경에 대한 지식이 없이는 이해될 수 없다는 입장이다. 쌩뜨 뵈브는 작가를 완전히 알아야 작품을 설명할 수 있다고 하여, 마치 자연과학자들이 동식물을 유와 종으로 나누어 분류하듯이 작가들의 정신세계를 유형별로 분류한다. 그는 전기적 방법에 의거하여 작가의 개인적 역사를 재구성하는 것이야말로 문학작품을 분석하는 첩경임을 주장하였다. 그의 비평태도를 이름 하여 '그 나무의 열매'로 요약한다. 그는 문학비평은 작가의 출신성분이나 교육 정도, 취미, 동시대의 사회 환경 등을 면밀히 검토하여 그 결과로 만들어진 작가의 초상화로 작품분석의 준거를 삼는 것이다.

테느는 그의 『영문학사』에서 철학·역사·문학에 자연과학적 방법을 접맥시키려는 태도를 나타냈다. 그는 모든 현상은 인과의 필연적인 법칙을 따르기 마련이며, 인간의 정신도 출생지와 시대와 환경에 의해서 결정된다는 실증주의적 입장을 나타냈다. 종족·환경·시대는 유전적이고 환경상의 결정론을 나타내는바 이 비평의 요점은 문학작품을 주로 그 작가의 생애와 시대 또는 작중인물들의 생애와 시대의 반영으로서 살펴보는 것이다.

역사주의자들은 다음과 같은 것을 문학연구의 중심과제로 삼는다.

1) 원본의 확정 : 현대어본과 구철자본, 각종 이본들을 검토하여 텍스트를 확정한다. (원전비평)

2) 언어의 역사성 : 음운, 어휘, 구문에 관해 고증하고 주석을 가한다. (주석비평)

3) 작가연구 : 역사주의자들이 가장 관심을 두는 분야로, 작가에 관한 수집 가능한 자료를 총망라하여 포괄적인 연대기를 작성하고, 평전을 구성한다.(작가론)

4) 작가의 영향 : 독자나 동료작가 및 후배작가에 끼친 영향을 검토한다.

5) 문학사적 문제 : 작가의 문학사적 위치를 평가한다.

6) 문학 특유의 관습

역사주의 비평은 20세기 초엽까지 문학연구의 주도적 위치를 차지해왔으나 1930년대에 이르러 형식주의와 마르크스주의의 강력한 도전에 직면하게 된다. 즉, 형식주의자들로부터는 작품 자체에 대한 지나친 경시에 대해, 마르크스주의자들로부터는 박물학적 몰가치주의와 동시대 문학에 대한 소극적 태도에 대해서 비판을 받았다.

가령, 『서유견문』의 작가인 유길준에 관한 생애 자료를 수집하여 연대기를 작성하고, 『서유견문』의 텍스트를 확정하고, 현대어와 다른 음운, 어휘, 구문에 대해서 고증하고 주석을 단다든가, 『서유견문』이 근대수필에 끼친 영향이나 문학사적 위치를 평가하는 비평작업이 역사주의 비평에서 주로 수행해야 할 과업이다.

2. 형식주의 비평

아리스토텔레스에 의하면 문학 비평은 결국 전체와 부분의 특수한 조직적 관계를 문학에서 찾는다는 것이다. 이 전체는 그것의 외부에 존재하는 것과 필연적 관계를 맺지 않고 있는 독자적인 것으로 보아야 비로소 '의미 있는 전체'가 된다. 전체라는 개념은 그 구성 부분들의 존재를 인정하는 데서 성립된다.

아리스토텔레스의 『시학』에 기초한 형식주의는 18세기 말 칸트(I. Kant)와 19세기의 콜리지(S.T. Coleridge)로 이어지는데, 이들은 '심미적 자율성과 이른바 무목적의 합목적성' 및 '예술가의 상상력'을 강조함으로써 형식주의에 이론적 토대를 제공하였다.

형식주의가 비평의 방법론으로 뚜렷이 자리 잡은 것은 1920년대로서 T. S. 엘리엇(Eliot)에 의해서다. 그는 「전통과 개인적 재능」에서 문학사는 최종적으로 확정된 것이 아니며, 새로운 작품의 출현에 따라 항구적으로 제정되고 있으며, 예술가의 체험은 그의 작품 속에 최종적으로 응집되며, 작가가 아니라 작품 그 자체가 중요하다고 보았다. 그리고 예술가의 정서와 개성은 그 자체에 있어서 중요하지 않으며 예술작품 속으로 사라진다고 하였다.

I. A. 리챠즈(Richards)는 『문예비평의 원리』에서 형식주의 비평에 사용되는 어휘나 언어에 엄밀성을 강조하여 이 방법의 과학성을 부각시켰다. 그는 문학작품에 있어서 시어의 의미 · 어조 · 감정 · 의

도를 구별하는 의미에 대한 이론을 발전시켰으며, 시적 언어의 애매성(ambiguity)을 강조하였다.

형식주의 비평가들은 무엇보다도 작품 자체를 중시하며, 역사주의자들의 작품 밖의 것들에 대한 중시, 작품의 의도나 계획을 작품 자체의 의미나 가치와 동일시하는 경향에 대해서 '의도상의 오류'라고 비판한다. 그들은 부분들의 독특한 조직으로서의 단일한 전체적 형상을 문학연구의 가장 중심적 대상으로 보고, 그 형상의 근원, 생성과정, 효용 등은 제 2차적 내지 비문학적 주제가 된다고 믿는다. 전체를 구성한 부분들을 세밀히 알고자 함에서 형식주의 비평가는 자연히 분석적이 된다. 작품이라는 전체는 대단히 복잡한 조직체임을 믿는 까닭에 분석은 매우 다기하며 무궁무진할 수 있다. 분석과 더불어 유사한 부분들의 비교와 대조 역시 무한한 문제를 낳는다. 형식주의가 분석적임은 타고난 운명이다.

형식주의의 주요한 방법론은 다음과 같다.

1) 문학작품의 음성적 조직
2) 시의 말씨와 문체
3) 비유
4) 의미의 형식적 조직
5) 극적 상황
6) 복합성과 통일성

아리스토텔레스, 칸트, 코울리지의 넓은 의미의 형식주의 문학관
은 현대에 이르러 리챠즈, 엘리어트, 파운드 등의 이론과 실제비평에
서 계승되었고, 그 후 주로 미국에서 뉴크리티시즘(New-Criticism)의
급진적 형식주의를 낳았다. 러시아의 빅토르 쉬클로프스키의 '낯설게
하기(defamiliarization)' 개념은 텍스트를 여러 가지 기교의 집합으로 간
주하는 형식주의 비평의 선언이다. 미국에서 활발하게 일었던 신비
평의 뿌리는 러시아 형식주의이고, 엘리엇(T. S. Eliot)과 브룩스
(Cleanth Brooks) 등이 주도적 인물이었으며, 이들은 전 세계의 문학비
평가들에게 커다란 영향을 끼쳤다. 형식주의 비평가들은 작품 속의
구성, 언어, 상징 등에 대해 많은 관심을 갖고, 서정시를 분석하여
큰 성공을 거두었으나 서사적 장르에서는 그들의 지나치게 정치한
언어분석의 방법론적 한계로 인해 별다른 성과를 거두지 못하였다.
　가령, 형식주의 비평의 방법으로 이상의 수필에 나타난 언어 구성,
감각적인 문체와 이미지, 상징, 낯설게 하기 등에 대한 형식적 분석을
시도할 수 있다.

3. 사회·윤리주의 비평

　문학이 개인의 사상과 감정의 표현이라는 정의 못지않게 문학은
사회의 표현이라는 정의 또한 동서양에 널리 퍼져 있다. 문학을 사
회·문화적 배경과 관련하여 설명하려는 시도는 테느, 마르크스, 엥겔

스의 문예관에서 비롯되었다.

테느는 역사주의 비평가였으나, 사회·윤리적 비평의 형성에도 크게 기여하였다. 이 사실은 역사주의 비평과 사회·윤리적 비평 사이의 거리가 그만큼 가깝다는 것을 시사한다. 문학을 독립된 완성품으로서가 아니라 하나의 과정으로 보는 점, 문학을 시대상이라는 콘텍스트 속에 놓고 보지 않으면 무의미하다고 보는 점에서 역사주의와 사회·윤리주의의 관점은 일치한다. 그러나 사회·윤리적 비평은 역사주의 비평에서 그렇게도 중요시하고 있는 소위 문학의 근원적 요소들, 즉 작품의 제작 연대, 작가의 전기, 언어의 변천, 전달의 방식 등에 대하여 별로 관심을 갖지 않는다. 문학의 장르, 관습, 전통에 대해서도 큰 중요성을 부여하지 않는다.

문학의 사회적 역할, 현실 생활과의 관계야말로 사회·윤리비평의 주관심사이다. 제1 차적으로는 문학과 사회, 정치, 경제 등과의 관계에 유의하지만, 윤리, 문화와의 관계에도 유의한다. 또한, 사회·윤리주의 비평가는 문학의 효용에 대해서도 관심을 갖는다.

사회·윤리주의 비평가는 문학을 사회현상의 하나로 보고, 사회현상을 다루는 사회학적 방법론으로 다룬다. 또한, 문학은 사회 윤리와 이념의 창도 내지 옹호자가 되어야 한다는 당위적론인 입장에서 이념 연구, 즉 윤리적 비평을 한다. 문학은 사회를 변화시키고 발전시킬 만한 중요한 사상적인 힘을 갖고 있어야 좋은 작품이라고 볼 수 있다는 것이 이들의 관점이다. "그 동안 철학자들은 세계를 해석하려고만 했다. 하지만 중요한 것은 세계를 변화시키는 것이다."라고 말한 마르크스의 논리가 적용된 것이다. 사회 비평은 이념적이며 상호적이다.

사회·윤리비평의 주도적인 비평가는 루카치(George Lukács), 골드망 (L. Goldman), 프랑크푸르트학파의 에스카르피(Escarpit), 아놀드 하우저 (A. Hauser)이다. 한국에서는 백낙청, 염무웅 등이 있다. 르웬탈은 사회학적 연구방법으로 다음과 같은 네 가지를 제시했다.

1) 문학과 사회제도
2) 작가의 사회적 위치
3) 문학적 소재로서의 사회적 여러 양상
4) 문학의 전달과 공급

사회·윤리적 방법론에는 다음과 같은 것들이 있다.

1) 사상적 내용의 우위
2) 윤리적 발언으로서의 문학
3) 문화적 전통 속의 문학
4) 앙가쥬망으로서의 문학비평

이광수의 수필에 대한 사상적 내용, 즉, 그의 「민족개조론」 등이 식민치하의 민족적 상황에 대해서 어떤 의미를 갖는가를 사회·윤리적 비평으로 비평할 수 있다.

4. 심리주의 비평

심리학적 원리에 비추어 문학적 과정을 고찰하는 방법이다. 다시 말해, 작가의 창작, 작품의 내용, 독자의 수용을 심리학적 측면에서 연구하고 비평하는 방법을 말한다. 따라서 심리학의 기초공부가 선행되어야 한다.

심리학을 문학연구에 응용하는 일은 비평의 여러 유파에서 행하여지고 있다. 역사주의 비평에서는 특히 작가 연구에 크게 이용하고 있고, 작품을 작가의 전기를 구성키 위한 가장 중요한 정보원으로 해석하는 방법을 특히 정신분석학에서 빌려 오고 있다.

심리주의 비평은 프로이트와 융, 그리고 라캉의 정신분석이론을 받아들임으로써 정신분석비평으로 발전하며, 현대비평의 주요한 방법론으로 자리하게 된다.

심리주의 비평의 영역은 작가심리학, 작품심리학, 독자심리학 등으로 나눌 수 있다.

먼저 작가심리학은 창작의 주체인 작가에 대한 심리학적 고찰이라는 의미에서 창작심리학이라고도 한다. 문학작품은 작가의 창작심리에 직접, 간접으로 영향을 받아 창조된 고도의 정신적 산물이다. 따라서 비평가는 작가를 다룰 때 작품을 작가의 반영과 투사로 간주하고, 창작과정 자체를 해명하기 위해 직접 정신분석학의 방법을 응용한다. 작가의 체험과 개성이 그의 문체, 주제의 선택, 인물묘사를 어떻게 진행시키는가를 고찰한다. 그리고 무엇이 작가로 하여금 그러한 특정

작품을 창조하도록 자극하였으며, 그 원인이 무엇인가를 설명한다. 궁극적으로는 삶과 현실이 어떻게 예술로 표현되었는가 하는 다양한 양상을 재구성하려고 한다. 이러한 점에서 심리주의 비평은 역사주의 비평과 같은 입장에 선다.

문학작품은 '말의 덩어리'이며, 작가가 작품을 만들어 내면 그것은 작가의 것이면서 동시에 사회적 공유물이 된다는 것이 작품심리학의 기본 개념이다. 따라서 심리주의 비평가는 작가의 생애와 창작품 사이의 상관관계를 무시하고 문학작품에 등장하는 인물들을 작품의 문맥 안에서 정신분석적 방법으로 탐구한다. 이때 심리주의 비평은 어떤 외부 조건 없이 분석 대상 작품을 주어진 실체의 모든 것으로 간주한다는 점에서 형식주의 비평과 같은 입장에 선다. 작품심리학 역시 기본적으로는 프로이트(Freud)의 관점을 취한다. 심리주의 비평가는 이미지나 상징을 취급할 때 심리학의 이론, 특히 정신분석학의 이론을 응용한다.

독자심리학에서 작품이란 그것이 읽혀지기 전에는 진정한 의미에서 존재한다고 볼 수 없다. 작품에 담긴 의미를 풀이하고, 가치를 평가하고 미적인 쾌락을 향유하는 것도 독자이다. 심리주의 비평가는 작품이 독자에게 주는 영향을 심리학적 관점에서 고찰하고, 작품을 통해서 얻는 독자의 체험이 어떤 방식으로 작품과 일치하고, 작가의 의도와 관련되는지를 분석한다. 이런 의미에서 심리주의 비평은 사회윤리적 비평이나 독자반응 비평과도 관련이 깊다. 심리주의 비평가는 작품의 정신적 요소와 미학적 요소를 찾아내고 독자는 이를 향유한다. 독자는 작품의 주제나 내용에서뿐만 아니라 형식에서도 즐거움을 찾는다. 그러나 독자는 문학에서 이러한 쾌감의 만족만을 추구하지는 않는다. 독자는 문학작품을 통하여 자신도 합리적으로 설명할 수 없는, 어떤 신비스러운 매력에 끌리기도 한다. 심리주의 비평은 이러한 독자의 심리상태를 구명한다는 점에서 신화비평과 일맥상통한다.

문학작품이 인간의 행위와 심리를 대상으로 하는 고도의 정신적 산물이면서 미학적 형식을 갖춘 언어 예술이란 점에서 심리주의 비평은 이의 분석과 해명에 유용하고 합리적인 방법으로서 독자적인 영역을 확보하고 있다. 특히, 복잡한 구성의 작품이나 작가의 심리, 전기 고찰에 유효한 방법이다. 역사주의, 형식주의, 사회윤리주의, 신화원형, 수용미학, 구조주의 비평 등 각 방법이 나름대로 특징을 갖고 있으나, 심리학적 접근을 상보적으로 활용함으로써 방법론상의 확대발전을 도모할 수 있다.

심리주의 비평이 독자적인 영역을 확보한 유용한 기법임에는 틀림이 없지만 문학비평과 정신분석학은 밀접한 관련성에도 불구하고 그 지향하는 바는 다르다. 정신분석학이 인간의 정신병, 신경증 등의 진단과 치료를 목적으로 하는 데 비해, 문학비평은 작품의 올바른 이해와 평가를 목적으로 하기 때문에, 이를 오도할 경우 문학비평과 정신분석학의 본말이 전도될 우려도 있다. 따라서 심리주의 비평에서는 작품심리와 작가심리를 혼동하는 의도상적 오류, 감정상의 오류에 빠지지 않도록 유의해야 할 것이다.

수필가의 창작심리, 작품의 심리, 독자의 심리를 분석할 때 심리주의 비평은 다양하게 응용할 수 있다.

5. 신화·원형 비평

문학연구의 여러 방법을 다 포함하면서도 문학을 단일한 근원으로 환원시키는 일을 해내겠다고 나선 것이 신화비평이다. 신화비평은 19세기 말과 20세기 초에 케임브리지 대학을 중심으로 한 인류학파의 괄목할 만한 연구 성과에서 자극받아 일어났다. 대표적 인물은 『황금의 가지』의 저자로 유명한 제임스 프레이저였다.

프레이저는 세계 각처의 신화, 설화, 전설들을 집대성하여 신화를 구성하는 힘이 동서고금의 인간의 공통된 기능이라는 생각을 했다. 그리고 초개인적 사회와 우주와의 의미 있는 대화를 위한 형식적 행위, 즉 제의가 말(이야기)의 형태를 취한 것이 곧 신화라고 보았으며, 세계의 주요 신화들이 단순히 우연이라고 보아 넘길 수 없을 만큼 공통요소를 가지고 있다는 사실도 그는 발견했다.

프로이트의 심리학, 특히 『토템과 타부』에서 보여준 민속신앙의 기원에 관한 그의 연구도 현대 신화학에 영향을 미쳤다. 융의 분석심리학, 특히 그의 '원형무의식(archetypal unconscious)'의 이론은 여타 신화학자들의 이론을 크게 보완하고 뒷받침하였다. 한편 독일의 철학자인 에른스트 카씨러(Cassirer)는 사람의 언어생활의 상징성에 절대적인 중요성을 부여하고, 그 상징성으로 말미암아 생기는 사람의 신화 창조의 능력을 강조하였다. 즉, 외부 세계를 인식함에 있어 언어를 벗어날 수 없는 인간은 신화를 창조할 수밖에 없다는 것이다.

노스롭 프라이(N. Frye)는 신화비평이 진정한 비평일 뿐 아니라, 문학비평을 하나의 지식의 체계, 즉 인문과학으로 승격시켜 놓았다. 프라이는 『비평의 해부』에서 봄의 미토스-희극, 여름의 미토스-로망스, 가을의 미토스-비극, 겨울의 미토스-아이러니·풍자 등 사계절의 신화가 장르와 어떻게 대응하는가를 밝히고 있다.

신화비평(원형비평)은 문학작품 속에서 신화의 원형을 찾아내고, 이 원형들이 어떻게 재현되고 재창조되어 있는가를 살피는 방법이다. 원형이란 문학과 인생에서 끊임없이 반복되는 기본적 상황, 인물, 혹은 이미지를 지칭한다. 신화비평가는 문학작품과 신화와의 관계를 매우 중시하며, 신화는 모든 문학작품의 원천을 이룬다고 보았다. 나아가 신화는 언제나 그 원형을 유지하며 문학작품에 재현된다고 믿고, 문학 속의 원형을 밝히는 일이 바로 비평의 중요한 과제이다. 신화비평은 신화소(神話素)의 추출 못지않게 문학 장르의 기원과 변천을 탐구하는 데에도 관심을 기울인다.

하지만 신화비평은 원형이나 신화소 또는 문학의 근본원리를 추구함에 있어 하나의 예견성이나 동일성에 빠질 위험이 있다. 즉, 문학작품에서 반복하여 재현되는 기본적인 신화유형을 강조함으로써 개별적이고 개성적인 문학작품들을 하나의 단일한 작품으로 묶어버리는 위험성에 빠질 수가 있는 것이다. 또한, 작품의 예술성보다는 주제, 소재 등을 세밀하게 따짐으로써 문학비평을 분석적이거나 기술적인 데 그치게 할 우려가 있다. 실제로 프라이는 비평의 주된 기능을 가치평가에 두지 않았다.

수필에서 신화비평은 작품의 주제, 소재, 이미지의 원형적 요소를 발견하는 데 집중하게 된다. 필자의 「생명과 사랑에 관한 사색 - 최홍식의 수필세계」가 융의 무의식의 이론을 원용한 신화·원형비평의 예에 속한다고 볼 수 있다.

6. 구조주의 비평

일반적으로, 문학작품은 작가의 창작 생활의 산물이며 작가의 근본적인 자아의 표현이다. 또한, 텍스트는 독자가 그 속에 들어가서 작가의 사상 및 감정과 정신적 또는 인간적으로 교감하는 장소이다. 그러나 구조주의자들은 작가는 '죽었으며' 문학적 언술에는 진실이라는 기능이 없다고 주장하였다. 구조주의 비평은 1950년대 프랑스를 중심으로 소쉬르의 언어학, 신화(원형)비평, 레비스트로스의 구조주의 등의 영향으로 형성되었다.

구조주의 비평은 페르디낭 드 소쉬르(Ferdinand de Saussure)가 『일반언어학 강의(Cours de linguisique géneralé)』(1916)에서 개발한 모델에 입각한 분석방법과 용어를 문학작품에 적용하여 분석하는 비평을 가리킨다. 구조주의 비평가들은 러시아의 로만 야콥슨(Roman Jakobson)을 제외하고는 대부분 프랑스 파리에 본부를 두고 있다.

이들의 비평양식은 문화인류학자 클로드 레비스트로스(Claude Lévi
-Strauss)가 1950년대에 창시한 프랑스 구조주의의 일부이다. 레비스
트로스는 소쉬르의 구조언어학의 모델을 따라 신화체계, 친족관계, 음
식요리법과 같은 문화현상을 분석하였다. 구조주의는 어떤 문화현
상·활동·문학을 포함한 모든 산물을 내적 상호작용의 독자적이고
자결적(自決的)인 구조로 이루어진 하나의 사회제도 또는 기호체계(記號
體系)로 본다.

구조주의 비평은 문학을, 제1급 체계인 언어를 그 매체로 사용하고
그 자체도 언어이론의 모델로 분석될 수 있는 제2급 체계로 보았다.
대부분의 구조주의 비평가들은 단일한 문학작품이나 서로 관련되는
몇 개의 작품들에 음소(音素)와 형태소적인 조직층위의 구별이라든가
또는 연합관계와 통합관계의 구별 등 언어학적 개념을 적용하여 분석
한다.

일부의 구조주의 비평가들은 문학작품의 구조를 통사론(統辭論)을
모델로 분석한다. 명사, 동사, 형용사들이 합쳐져서 하나의 문장을 이
루듯 하나의 문학작품 속의 구문을 그러한 기능으로 파악하는 것이
다. 또 어떤 구조주의자들은 언어학적 모델을 좀더 심도 있게 적용하
여, 개별 작품에서 어떤 주어진 문학형태를 쓰고 읽는 능력 있는 작
가와 독자들이 무의식적으로 습득하는 문학적 관례들과 결합규칙들로
이루어진 기저체계를 구성하기 위한 근거를 찾으려고 한다. 이들의
궁극적인 목표는 묵시적 문법, 즉 사회적 기호제도로서의 문학의 체
계적 법칙과 규약, 곧 부호를 명시적(明示的)으로 드러내는 데 있다.

구조주의는 예민한 문학의 영역 속에 활력과 객관성을 불어넣을 것이라는 기대 때문에 문학 비평가들로부터 관심의 대상이 되어왔다. 하지만 파롤을 랑그에 종속시킴으로써 그들은 실제 텍스트들의 특수성을 무시했으며, 실제 연구의 대상—체계—을 따로 분리해 내기 위해 실제 작품과 작가를 괄호로 묶어 버리기 때문에 텍스트는 물론 작가도 없어지게 된다.

구조주의 한계는 첫째, 하나의 방법론에 머물고 있다는 점. 둘째, 지나치게 비역사적이라는 점. 셋째, 반 휴머니스트라는 비난을 받기 쉽다는 점. 넷째, 기본구조가 추상적이어서 문학의 질을 형성하고 있는 특수한 요소들을 소홀히 하기 쉽다는 점 등이다.

이밖에 탈구조주의 비평, 독자중심 비평, 문화연구, 페미니즘, 탈식민주의, 생태주의 등 다양한 비평의 방법론을 수필의 비평과 연구에 응용할 수 있을 것이다. 아직 국문학 연구에서 수필연구는 시작단계에 놓여져 있으며, 수필비평도 역사주의 비평이나 사회윤리 비평의 단계를 크게 벗어나지 못하고 있는 상황이다.

제2장 수필비평의 실제

1. 수필, 무엇을 쓸 것인가

1) 글의 주제와 제재

모든 글에는 주제가 있다(또는 있어야 한다). 아무리 생각나는 대로, 붓 가는 대로 쓴다는 수필이라지만 수필에도 수필가가 글을 쓴 의도, 글의 중심생각은 있기 마련이다. 주제는 사랑이나 그리움과 같은 인간의 감정일 때도 있고, 일본 대중문화 개방에 따른 찬반양론의 주장일 때도 있으며, 김정일이나 양창순과 같은 정신과 의사가 다루는 인간의 정신적 갈등해결에 관한 지식, 또한, 최근 관심이 증대된 건강에 대한 정보를 제공하는 것일 수도 있다.

그리고 제재란 주제를 뒷받침해 주는 대표적 소재를 가리키는데, 주제가 추상적 관념이라면 제재란 그 추상적 개념을 구체화시켜 주는 물질적 요소라고 할 수 있다. 주제는 글 전체를 통일시켜주는 원리이며, 제재는 주제를 구체적이고 살아있는 것으로 만들어내는 효과적 보조수단이라고 할 수 있다. 글을 쓸 때에 주제에 알맞은 제재를 모을 수도 있고, 흥미로운 소재로부터 주제를 발견할 수도 있다.

수필의 주제는 '작고 쉬우며 재미있는' 것을 선택해야 한다. 여기서 작다는 것은 너무 거창하고 범위가 넓은 주제는 내용이 공소해져 글을 피상적 추상적으로 만들기 쉽기 때문에 좁고 선명하고 한정적인 주제를 선택해야 한다는 의미이다. 쉽다는 뜻은 필자가 관심을 갖고 잘 알고 있고 그래서 그 주제라면 충분히 잘 다룰 수 있다는 것을 의미한다. 필자 자신이 충분히 잘 알 수 있는 주제라야 독자를 설득하거나 감동시킬 수 있다. 재미있다는 것은 독자에게 관심과 흥미를 불러일으킬 수 있는 주제를 말한다. 글쓰기도 어디까지나 커뮤니케이션이기 때문에 필자와 독자가 함께 관심사를 나눌 수 있는 흥미롭고 참신한 주제가 필요한 것이다.

2) 제재는 어디에서 구하는가

무엇보다도 풍부하고 다양한 소재라야 다채롭고 풍요로운 글이 될 수 있는데, 그러면 제재를 어디에서 구할 것인가? 먼저 작가의 체험, 관찰, 독서, 생각한 내용 같은 데서 소재를 찾는다. 즉, 작가를 둘러싸고 있는 모든 환경이 글의 재료가 된다. 가정, 사회, 자연과 같은 외적 객관적 환경, 기억, 기분, 고독, 불안과 같은 심리적 내적 현상도 소재가 될 수 있다.

재료를 수집하기 위해서 우선 자신의 기억 창고에서 직접 체험을 더듬어 본다. 관찰과 조사·면담과 질문 같은 발로 뛰는 취재활동도 필요하다. 그리고 독서를 통한 간접체험과 사색의 세계로 영역을 넓혀 나간다. 글을 전문적으로 쓰는 사람이라면 항상 메모하고 스크랩을 함으로써 '쓸거리'를 축적해 두는 것이 좋다. 요즘은 인터넷에 들어가면 많은 자료들을 구할 수가 있어 글을 쓸 때에 많은 도움을 받을 수 있다.

3) 체험의 독특성

그러면 근래에 잘 팔리고 있는, 즉 독자들이 관심을 크게 가지고 있는 수필집을 중심으로 독자들이 흥미를 가지고 있는 제제가 무엇인가 이야기해 보도록 하자.

요즘 잘 팔리는 수필집 가운데에 문학을 본업으로 삼고 있는 진짜 수필가의 책은 거의 없다. 즉, 직업적 수필가의 글은 잘 팔리지 않는다. 왜 그러한가? 그것은 그들이 글을 잘 못 써서라기보다는 직업적 수필가들이 다루는 주제와 제재가 독자들의 흥미와 관심을 유발시키지 못하기 때문일 것이다. 대체로 사람들은 그들의 체험과 기억에 의존하여 글을 쓴다. 하지만 그들의 체험이라는 것이 독자들의 관심을 끌만한 새로움을 갖지 못한다면 누가 시간과 돈을 낭비하면서 굳이 책을 사서 읽을 것인가. 체험은 체험이로되 보통사람이 체험할 수 없는 그만의 독특한 체험, 독자들이 관심을 가질만한 체험이라야 글의 제재로서 가치가 있다. 가령, KAL기 폭파범 김현희의 『이제 여자가 되고 싶어요』란 책은 출판되자마자 일약 베스트셀러가 되었고, 일본어로도 번역되었다. 그녀가 글을 잘 썼기 때문이라고 생각하는가? 결코 아니다. 그것은 그녀가 보통사람들은 절대 할 수 없는 독특한 체험을 한 미모의 주인공이기 때문이다. 그녀의 삶은 그 자체로 독자들의 궁금증을 자아낸다. 어떤 면에서 현대에는 책이 잘 팔리기 위해서는 세기의 스캔들이 있어야 한다.

최근에 박서언의 『천년의 겨울을 건너온 여자』라는 수필집이 대대적인 광고하에 널리 팔리고 있다. 한 여성시인의 파란만장한 삶에 대한 대중들의 관심이 이 책을 팔리게 하는 요소라고 본다. 어떤 의미에서 본다면 글 자체보다는 경험의 독특성과 그 독특한 경험에 대한 솔직한 자기노출이 잘 팔리는 책을 만든다.

필자는 현대인의 독서취향을 노출증과 관음증이라는 말로 설명하곤 한다. 자신의 모든 것을 숨김없이 밝힐 수 있는 노출증적 과감성이 있어야 책이 팔린다. 가령, 독일에서 활동하고 있는 닥종이 인형작가 김영희의 『아이를 잘 만드는 여자』와 같은 책이 많이 팔린 이유는 그녀가 글을 잘 써서도, 그녀가 인형작가로 유명해서도 아니다. 오히려 그녀는 책을 썼기 때문에 인형작가로서도 유명해졌다. 그러면 무엇이 책을 팔리게 만들었는가? 그것은 그녀가 벽안의 독일남성, 게다가 14세나 연하의 남성과 재혼하여 같이 살고 있다는 사실에 대한 호기심, 남의 사생활을 엿보고자 하는 관음증적 독서취향이 그를 베스트셀러 작가로 만들었다.

이것은 결국 제재의 독특성이 글을 잘 쓰느냐 못 쓰냐 하는 사실보다 더 중요하다는 것을 말해준다. 글이야 요즘 같은 시대에 출판사에서 사람을 두고 윤문 또는 대필을 해주고 있는 실정이 아닌가?

4) 글의 쾌락은 문체에서 나온다

흔히 우리는 문학의 효용으로 로마의 시인 호라티우스가 그의 제자 피소스에게 보낸 편지에서 말한 '즐겁고도 유익한', 즉 쾌락과 교훈을 든다. 사실 좋은 글은 이 두 가지 조건이 모두 충족되어야 이상적이다.

그런데 글의 쾌락이 내용상의 쾌락이 되면 통속적인(저속한) 글이 되고 말 것이다. 글의 진짜 쾌락은 문체의 개성과 아름다움에서 나와야 한다. 글을 읽는 맛을 느끼게 해주는 유려한 문체, 독자를 끌어들이는 매혹적인 문체, 개성적인 문체를 가질 수 있도록 문체를 갈고 닦아야 한다. 이것은 오랜 훈련에서 나오며, 어떤 면에서는 글을 쓰는 사람 자신의 삶의 향기나 인격에서 풍겨 나오는 것이라고도 볼 수 있다. 그래서 프랑스의 비평가 뷔퐁은 말하기를 "문체는 사람이다"라고 했다. 정말 글을 읽을 때마다 문체는 사람이라는 뷔퐁의 말에 공감하지 않을 수 없다.

남의 글을 직업적으로 읽는 필자 같은 사람은 그 사람과 몇 시간 대화를 나누는 것보다 그 사람이 쓴 글 한 편을 읽는 것이 더 그 사람에 대한 정확한 정보를 얻을 수 있다고 생각한다. 그 사람의 성격, 지식의 정도 이런 것들이 글에서 다 배어 나오기 때문이다. 사람은 자신의 입으로는 항시 자신을 주관적으로 과대평가하기 마련이다. 또는 자신이 이상적으로 생각하는 자아와 현실 속의 실제 자아를 혼동하기 때문에 항시 자신을 미화하고 좋게 말하기 일쑤이다. 누가 자기 자신에 대한 험담을 남 앞에서 늘어놓겠는가? 따라서 어떤 사람 자신에 대해 말하는 정보를 듣고서는 그 사람에 대한 판단을 그르칠 우려가 많다. 하지만 글에서는 과장이 있다고 하더라도 그 속에 진짜 얼굴이 드러나기 마련이다. 가령, 어떤 사람이 글에서 아주 유식하게 많은 지식을 늘어놓았다고 해서 그 사람을 진짜 유식한 사람으로 보지는 않는다. '아! 이 사람 현학 취미가 있군', 또는 '지식에 대해서 무슨 콤플렉스가 있나' 하기 마련인 것이다. 왜냐하면 아무리 많은 지식을 늘어놓는다고 하더라도 그것이 통일되어 있지 않으면 금방 무식한 진면목이 드러나기 마련이니까.

5) 유익한 글

그러면 '유익한' 즉 '교훈'이라고 하는 것은 무엇을 말하는가? 교훈이라고 하니까 고리타분한 개똥철학이나 독자에 대한 설교와 훈계, 상식적인 도덕률을 늘어놓으라는 뜻이 아니다. 사람들이 제일 싫어하는 것이 남으로부터 설교를 듣는 것이다. 아이들조차도 부모나 선생님의 잔소리 듣는 일을 제일 싫어한다. 그러면 수필에서의 교훈이란 무엇일까? 필자는 그것이 정보라고 생각한다. 사람들은 즐거움, 즉 쾌락에 빠져 글을 읽으면서도 글을 다 읽고 났을 때에 뭔가 머리 속에 남아 있기를 원한다. 자신이 모르던 어떤 새로운 정보를 얻기를 원하는 것이다. 통속적인 영화 한편을 보고 나서도 재미는 있지만 남는 게 없다는 말을 하지 않는가. 사람은 그만큼 글을 읽고 나서 본전을 생각한다. 글을 재미있게 읽고 나서 뭔가 남는 것, 그것이 유익한 정보라고 생각하는데, 요즘은 책에 관한 정보를 다양하게 얻을 수 있으므로 처음부터 뭔가 얻을 수 있는 책을 선택하는 일이 독자에게 필요하다. 책에 관한 정보는 신문이나 서평지의 서평란이나 신간안내 기사 같은 것이 도움을 줄 수 있을 것이다. 하지만 광고나 베스트셀러 순위는 반드시 좋은 책임을 입증하는 지표가 되지는 않는다는 것을 명심하자.

6) 문화적 교양

근래 몇 년 사이 우리는 유홍준의 『나의 문화유산답사기』 시리즈가 1백만 부 이상이 팔렸으며, 최근에는 『나의 북한문화유산답사기』까지 나온 것을 알고 있다. 이 책은 여행지에서 어디를 갔을 때에 어떤 문화재를 어떻게 감상해야 할 것인가에 대한 정보를 준다. 90년대 이후 우리는 국민소득 만불 시대가 됨으로써(IMF로 5천 6백 불 시대로 급락했지만), 즉 문화수준이 향상됨으로써 먹고 마시고 노는 여행에서 벗어나 문화적 체험을 할 수 있기를 바라는 단계에 접어들었을 때에 이 책이 나왔고, 많이 팔렸다. 만약 이 책이 나라 전체가 궁핍하던 60년대에 나왔다고 한다면 그때에도 정말 독자들의 관심을 끌었을까?

이 책에서 유홍준은 문화재에 대한 정보, 그 감상법을 미술사학과 교수답게, 잘 해설해주고 있다. 건축양식에 대한 안목, 그 건물의 역사적 유래, 또는 그 문화재와 관련된 문학작품이나 일화의 소개, 무엇보다도 문화재에 대한 미적 안목을 이 책은 갖게 한다. 이와 같은 여러 요소들을 이 책은 정교하게 편집하고 있다. 그 정교한 편집기술은 이 책을 읽는 즐거움을 느끼게 하며, 문화재의 감상능력에 대한 정보와 안목의 제시는 이 책에서 유익함을 얻었다는 충족감을 느끼게 한다. 필자가 몇 해 전에 전남의 대흥사와 다산초당을 들렀을 때, 사람들이 몇 차례나 여기가 유홍준의 「나의 문화유산답사기」에 나오는 장소라고 말하는 것을 들었다. 그들의 표정 속에는 나도 그 유명한 책을 읽었다는 자부심이 나타나 있었다. 그리고 유홍준과 똑같이 느끼기 위해 애쓰는 모습도 볼 수 있었다.

7) 초월적 세계에 대한 동경과 전생 신드롬

류시화는 최근 최고의 베스트셀러 작가이다. 시집 『그대가 곁에 있어도 나는 외롭다』, 『외눈박이 물고기의 사랑』, 잠언시집 『지금 알고 있는 걸 그 때도 알았더라면』, 산문집 『하늘 호수로 떠난 여행』, 번역서 『마음을 열어주는 101가지 이야기』 등 모두다 베스트셀러에 올라 있다. 동시에 몇 권의 책이 베스트셀러에 올라 있고 수년 동안 계속 팔리는 책을 쓰는 저자는 최근에 류시화뿐이다.

그의 수필집 『하늘 호수로 떠난 여행』을 살펴보면 인도로 떠난 여행에서 얻은 체험을 기록하고 있는데, 우리는 '인도' 하면 이 복잡다단한 물질적 현대문명을 떠나 뭔가 정신적 자유로움과 초월적 세계가 존재하는 신비로운 땅으로 생각한다. 바로 그 점을 이 책은 이용하고 있다. 이 책을 읽음으로써 독자들은 정신적 자유로움과 초월적 세계를 간접적으로나마 체험한 듯한 착각을 갖게 된다.

그리고 이 책 가운데서 「나비와 성자」, 「전생에 나는 인도에서 살았다」와 같은 글은 환생이나 전생과 같은 우리가 궁금하게 여기는 문제에 대해서 적고 있다. 인력거 운전사 샤부가 올드 델리에서 류시화에게 이렇게 말한다. "우리 인도인들은 대부분 자신의 전생을 기억하지요. 그리고 전생의 만남들도 기억해요. 당신은 분명히 전생에 여기에서 살았어요. 그래서 이곳에 오게 된 거구요."라고. 그 때만 하더라도 그는 이 말을 주의 깊게 듣지 않았는데, 어느 순간 알지도 못하는 힌두어를 알게 되고, 거리의 풍경과 모든 것들이 익숙하다는 느낌을 받게 되고, 어떤 성을(전생에 너무도 익숙했던) 돌면서 그가 전생에 사랑하던 여인의 이름인 '미라'가 떠오르고, 그녀의 모습까지 생생히 떠오르는 신비체험에 빠져든다.

이 책은 사람들이 평소 인도에 대해서 얻고 싶은 것들을 제공해줌과 동시에 최근 세기말을 맞아서 부쩍 관심이 증대된 전생과 같은 문제들에 대한 궁금증을 환기시킨다. 최근 우리나라는 세기말적 징후로서 전생 신드롬이라고 할만한 현상이 넓게 퍼져 있다. 전생과 관련된 수많은 책과 영화 드라마 같은 것이 전생에 대한 뚜렷한 해답도 없이 복제되고, 전생을 연구하는 학술단체까지 생겼다. 그렇다고 해서 이 책이 전생에 대한 어떤 해답을 던져주는 것은 아니다. 류시화는 그런 것에 대해서 대답을 할만한 성자나 종교적 수련을 쌓은 사람이 아니기에……. 다만 이 책은 대중들의 관심사를 적절히 환기시키며, 유려한 문체가 독자를 신비한 인도의 세계로 이끌고 간다. 뚜렷하게 얻은 것은 없지만 글을 읽는 동안 마약에 중독되듯이 독자들은 매혹을 느끼면서 책을 읽게 된다.

현실과 미래에 대한 불확실성에 휩싸인 현대인은 정신적으로 공허하다. 기성종교가 제대로 역할을 다하지 못하는 상황에서 정신적 안주처를 발견하지 못한 현대인들은 유사종교의 유혹에 빠져들기도 하고, 전생과 같은 퇴행적 세계로 도피함으로써 정신적 공허감을 보상받고자 한다. 류시화의 책은 초월적 명상적 세계에 대한 적당한 환기를 통해서 독자를 매료시킨다. 그는 마치 라즈니쉬가 인도의 신비라는 상품으로 미국의 공허한 정신세계를 파고들었던 것처럼 세기말의 공허해진 한국인의 정신적 공황상태를 잘 파악하여 그의 글의 제재로 삼았고, 그 전략은 적중했다. 한마디로 그에게는 시대가 무엇을 요구하는가를 정확하게 읽는 힘이 있다

8) 정신과적 지식에 대한 정보

　문필가를 겸한 정신과 의사의 제1대가 최신해 박사(청량리 정신과 병원)라면, 제2대가 이시형 박사, 그리고 제3대가 김정일, 양창순, 이나미 등이라고 할 수 있다. 이들은 요사이 정신과 의사가 본업인지 글쟁이가 본업인지 모를 만큼 낙양의 지가를 올리고 있다. 이들이 사로잡는 독자층을 어떻게 직업적 수필가들이 따라잡을 수 있겠는가?

　김정일의 책을 보면 "인생은 고해다. 이 말은 예나 지금이나 우리에게 설득력 있게 다가온다. 그렇다면 지금까지 위대한 정신적 스승들은 무엇을 했길래 이 세상을 고해로 내버려 둔 것일까?"라고 반문한다. 즉, 성자들은 인생이 고해라는 사실만을 알려주었을 뿐, 고해를 벗어나기 위해서 욕망을 가진 보통사람이 실천할 수 있는 보통의 방법을 제시하지 못했던 것이다. 즉, 욕망을 버려야 한다, 마음이 가난해야 한다, 모든 것은 마음먹기 마련이다(일체유심조)와 같은 방법을 강조했지만 그것은 욕망을 가진 보통사람이 실천하기 어려운 방법이 아닌가? 그리고 석가, 예수 등을 대부로 삼는 종교는 천국과 지옥과 같은 것으로 인간을 협박하여 돈을 거두어들이기에 급급해 하지 않았는지 반성해볼 일이다.

　어떤 의미에서 현대는 끝없이 욕망을 자극하는 환경에 둘러싸여 예전에 비하여 더욱 욕망에 대한 갈등에 시달린다. 그리고 상대적 빈곤감과 박탈감에 더욱 불행을 느낀다. 옛날에는 기와집에서 쌀밥에 고깃국을 먹으면, 소위 '등 따시고 배부르면' 그만이었다. 그러나 요즘 그것을 행복으로 여기는 사람이 어디 있겠는가? 물론 IMF시대가 돼서 노숙자가 생기고, 등 따시고 배부른 기본적 욕구마저 해결되지 않는 사람들도 많아졌다. 하지만 아직도 많은 사람들은 기초적 욕구의 충족을 행복이라고 여기지 않는다.

끊임없이 욕망을 자극하는 이 시대는 그 자체가 고해다. 물신주의에 사로잡힌 현대인들은 물질적 풍요 속에 놓여 있으면서도 더 큰 물질적 욕망에 사로잡힌 나머지 행복감을 느낄 수 없다. 최근에 영국의 로버트 우스터 교수는 흥미로운 연구보고서를 발표했는데, '소득이 낮은 저개발국 국민일수록 행복도가 높다'는 것이다. 즉, 세계에서 가장 가난한 방글라데시가 행복도에서 1위이며, 세계에서 가장 부자인 미국은 46위라는 웃지 못 할 통계는 인간의 진정한 행복은 물질에 있지 않고 마음에 있음을 보여준다.

김정일은 심리학을 "깨달음을 도와주는 학문"이라고 했다. 흔히 깨달음이란 불교에서 자아완성을 의미하는데, 정신과 의사들은 분석심리학의 지식을 원용하여 인간의 일상생활에서 직면하는 갈등에 대한 구체적 해결책을 제시한다. 무엇보다도 그들의 가장 큰 강점은 구체적이라는 점이다. 종교처럼 무턱대고 욕망을 버리라고 말하면 설득력이 없다. 어떤 의미에서 정신과 의사들은 종교가 주는 추상적 깨달음보다 피부에 와 닿는 지혜를 제공한다. 더욱이 보통사람이 실천할 수 있는 방법을 통해 자기 자신에 대해서 깨달을 수 있는 정보를 제공한다고 볼 수 있다. 그들의 책은 구체적 사례를 들어 구체적 해결책을 제시해주기 때문에 독자에게 구체적으로 도움을 주는 것이다.

양창순은 『표현하는 여자가 아름답다』란 책의 '천사표의 속앓이'란 소제목에서 천사표로 불리는 여성들의 내적 갈등에 대해 속으로 분노가 생기고 자신을 억압하여 신경증이 생길 수 있으므로 감정을 표현하는 것이 바람직하다는 충고를 한다. 또한, '외모 콤플렉스'에 대해서는 자신에 대한 사랑으로 이를 극복해 나가라고 처방한다. 김정일은 『아하! 프로이트1』에서 '주부들이 남편 아닌 이성을 찾는 이유'를 남편에게서 찾을 수 없는 낭만적 감정, 또는 권태 때문이라는 진단을 내린다. 또한, '남자들이 정력제를 찾는 이유'에 대해서는 육체적 오르가슴 만능의 사고방식을 꼬집는다. 정신과 의사들은 정말 인생에서 필요한 궁금증과 갈등에 대해서 구체적 해결책을 제시해준다. 그들은 종교의 수행과는 다른 방법으로 갈등 속에 놓여진 인간의 정신을 구원하여 평화로운 안정의 세계로 유도한다. 그것은 심리학이란 지식의 힘이다.

9) 나는 상품가치가 있는가

지금껏 살아온 나의 체험과 지식 가운데서 남에게 쾌락과 교훈을 줄 수 있는 자신 있는 상품가치가 무엇인가 찾아야 한다. 그것을 위해서 열심히 자신을 갈고 닦는 태도가 필요하다. 즉, 직접체험과 간접체험을 늘려야 한다. 항시 견문을 넓혀 자기를 계발하고 자아를 확대하는 사람이라야 좋은 글을 쓸 수 있다. 자신의 가치를 극대화하는 사람이 인생에서도 글쓰기에서도 성공한다. 현대는 정보화시대이다. 자신의 체험을 유익하고 흥미로운 정보로 만들 수 있는 글쓰기의 재능이 있다면 수필가로 성공할 수 있을 것이다. (『수필문학』 105호(1999년 3월))

2. 수필문학의 허구성

1) 수필에 관한 오해

일찍이 김진섭이 수필을 붓 가는 대로 써지는 글로서 무형식을 형식적 특징으로 하는 문학이라고 칭했듯이 수필은 '붓 가는 대로 생각나는 대로 쓰는 글'이라고 정의된다. 이것은 수필의 내용상에 그 어떠한 제한이 없이 자유로운 글이라는 의미일 것이다. 또한, '무형식의 형식'을 수필문학의 한 특성으로 규정한다는 점에서 볼 때에, 내용면에서나 형식면에서 수필만큼 자유로운 문학 장르가 있을까 생각된다. 실제로 수필은 다루는 제재에서 어떤 것이라도 모두 수용할 수 있으며, 형식에서도 무형식을 형식적 특징으로 삼을 만큼 특별한 형식적 구속이 없는 자유로운 산문문학이라고 할 수 있다. 따라서 수필의 자유와 구속을 논의하는 것 자체가 어쩌면 무의미하다는 생각마저 든다.

하지만 수필에도 구속이 있다. 소설은 실제 있었던 일이 아니라 있을 법한 이야기, 지어내고 꾸며낸 이야기, 즉 허구의 세계를 창조한다는 점에서 픽션(fiction)이라고 칭한다. 허구야말로 소설의 고유한 변별성이며, 핵심적인 특수성으로 지적되지만 희곡은 물론이며, 심지어 서정장르인 시까지도 허구성이 용인된다. 그런데 유독 수필만큼은 유일하게 허구성이 용납되지 않는 장르라는 보편적 인식이 있어 왔다.

그런데 수필은 정말 허구성이 용납되지 않는, 철저히 체험된 세계만을 그려내는 장르인 것일까? 앞에서 수필은 제재에서 아무런 구속이 없는 무제한의 내용을 수용할 수 있다고 했는데, 그 무제한이라는 개념 속에는 반드시 체험된 사실만을 다루어야 한다는 단서가 붙어 있는 것일까? 이에 대한 대답은 한마디로 '아니다'.

수필은 모든 다른 문학 장르가 그렇듯이 체험된 세계를 기초로 한다. 하지만 체험된 세계만을 기술해야 한다는 한계에 사로잡힐 필요는 없다. 수필도 체험의 토대 위에 작가의 지적 사색과 상상력이 빚어낸 새로운 세계를 창조해야만 그것이 문학적으로 가치가 있는 작품으로 승화될 수 있다. 그런데도 수필은 체험된 세계만을 다루어야 한다는 잘못된 고정관념과 오해가 있어 왔다. 이로 인해서 아직도 많은 사람들이 개인의 신변잡기적 사적 체험만을 제재로 다룸으로써 수필의 문학적 품격을 떨어뜨리고 있다.

비록 과거에 수필문학이 허구성을 용납하지 않았다고 하더라도 오늘날의 수필은 허구성을 용납하는 방향으로 변화하고 있으며, 그 변화는 수필문학의 새로운 지평과 가능성을 열어줄 것이다. 소설은 그 장르적 본질을 허구에서 찾으며, 그 명칭마저 픽션이라고 칭하고 있음에도 오늘날의 소설이 허구에 의존해온 전통으로부터 벗어나 전기나 보고서, 즉 논픽션까지를 소설장르에 포괄하고 있다. 특히, 포스트모더니즘의 대두 이후에 허구적 이야기로서의 소설의 본질은 크게 퇴색되어 버렸다. 소위 뉴저널리즘이라고 불리는 새로운 소설은 허구적 구성과 허구적 인물의 설정을 배제하고, 작가의 도덕적 비전과 기자의 경험적 시각을 결합한 새로운 소설 경향을 보여준다.

이처럼 문학과 예술은 기존의 보편성을 뛰어넘는 새로움을 끊임없이 추구해 왔으며 변화해 왔다. 그리고 이러한 변화가 문학과 예술의 새로움과 발전을 주도해왔다는 것은 주지의 사실이다. 과거의 질서, 과거의 관념, 과거의 형식을 전복하고 파괴하는 곳에서 예술의 새로움과 발전은 추구된다. 새로움을 추구하고 앞으로 나아가기 위해서 과거는 반드시 파괴되고 전복되어져야 한다. 따라서 수필이 허구성을 용납하지 않는 역사와 전통을 가져왔다고 하더라도 그 사실에 지나치게 얽매일 필요는 없다. 그리고 그것을 수필의 고유성 파괴나 상실로 해석하고, 수필 자체의 존립을 위태롭게 만드는 현상이라고 지레 거부반응과 반발을 보일 필요는 없다.

실제로 수필의 내레이터와 작가는 일치한다. 그렇다고 하여 수필이 작가가 체험한 사실만을, 경험적 자아만을 표현하는 문학일 필요는 없다. 아니, 우리는 이 체험이라는 말을 외적 체험과 직접 체험이라는 한정된 의미로 해석한 나머지 그 동안 수필은 경험된 세계만을 그리는 문학이라는 잘못된 고정관념에 빠져 왔던 것이다.

수필도 허구성을 필요로 하고 허구적 자아를 표현할 수 있다. 무릇 모든 문학과 예술이 허구적 양식과 허구를 창조하는 작가의 상상력을 필요로 하듯이 수필도 허구성과 작가의 상상력을 필요로 한다.

2) 모더니즘 수필의 필요성

모더니즘 문학의 가장 대표격인 심리주의 소설은 인간의 진실은 인간의 외면세계에 있는 것이 아니라 내면세계, 즉 잠재된 무의식의 세계 속에 더 큰 진실이 존재한다고 믿었다. 따라서 그들은 리얼리즘 소설이 그때까지 구축해 왔던 이론을 전복하며, 베르그송의 시간관, 프로이트의 정신분석학, 윌리암 제임스의 의식의 심리학 등의 영향과 이론을 토대로 하여 그때까지 빙산의 일각과도 같던 외적 세계와 의식의 세계만을 다루던 태도를 벗어나 물 속에 잠긴 잠재된 인간심리, 즉 무의식이라는 더 큰 진실의 세계를 그리는 데 기울어져 갔다. 심리주의 소설은 의식의 흐름, 내적 독백, 자동기술과 같은 기법을 즐겨 사용하는데, 이것은 단순히 기법상의 문제가 아니라 모더니스트들의 인생관과 소설관에서 필연적으로 요청되는 양식이라고 할 수 있다.

19세기 후반 상징주의 시와 인상파 화가에게서 비롯된 모더니즘은 소설문학에서는 1910년대의 제임스 조이스의 『율리시즈』, 프루스트의 『잃어버린 시간을 찾아서』에서부터 시작된다. 유진 런(E.Lunn)에 의하면 모더니즘은 첫째, 미학적 자의식과 자기반영성을 중시하며 창작하는 과정 자체를 탐구한다. 둘째, 베르그송의 주관적 시간철학의 영향으로 과거 현재 미래로 진행하는 서술적 시간구조가 약화되는 대신에 시간적 동시성, 병치 또는 몽타주를 즐겨 사용한다. 셋째, 패러독스, 모호성, 불확실성을 특징으로 한다. 넷째, 개성, 통합적 주체의 붕괴와 비인간화를 특징으로 한다.

수필이란 문학 장르가 아직껏 체험된 세계만을 다룬다는 고정관념에 빠져 있다면, 이는 시나 소설 장르가 모더니즘의 시대를 지나 포스트모더니즘의 물결 속에 놓여져 있는데도 수필만이 유독 모더니즘의 전 단계인 리얼리즘의 단계에 지체되어 있다는 의미로 해석할 수 있을 것이다.

우리나라의 모더니즘 문학은 이미 1930년대부터 시작되었다. 소설의 경우에 이상의 「날개」나 박태원의 「천변풍경」과 같은 작품들에 의해서 시도되어졌다. 그리고 1980년대 후반부터 포스트모더니즘이라는 새로운 물결 속에 놓여져 있다. 하지만 유독 수필만이 리얼리즘의 세계에 머물고 있으며, 허구성을 용납하지 않고, 모더니즘 수필로 변화하는 데만도 수필가와 수필 이론가들로부터 거센 저항을 받고 있는 실정이다. 이것이 바로 수필문학의 한계이다. 이제 수필장르도 인간의 내면세계를 상상적으로 그려내는 모더니즘적 경향의 작품이 많이 나와야 한다. 그리고 이 과정에서 작가의 상상력과 허구성이 요청된다. 새로운 밀레니엄을 목전에 둔 지금, 수필은 거듭 태어남으로써 시나 소설과 동일한 위상으로 장르적 위치를 끌어올려야 할 것이다. 그리고 이 과정에서 과감한 변신을 두려워하지 말아야 할 것이다.

3) 내용적 허구성과 양식적 허구성

나는 수필의 허구성은 내용적인 측면과 양식적인 두 측면으로 나누어서 생각할 수 있다고 본다.

내용적인 측면에서의 수필의 허구성은 내용의 환상성이라고 할 수 있다. 사실성 위에 환상적 요소가 부가됨으로써 수필세계는 더욱 풍부해진다. 즉, 경험적 자아를 넘어서는 허구적 내적 자아의 표현이 그것이다. 인간의 자아는 외적 세계와 관계를 맺으며 다른 한편으로 나의 마음, 즉 내적 세계와 관계를 맺도록 되어 있다. 심리학에서 외적 세계와 관계를 맺는 인격을 외적 인격이라고 부르며 내적 세계와 관계를 맺는 인격은 내적 인격이라고 부른다. 내적 인격은 인간의 마음 속에 존재한다. 그리고 내적 인격은 인간의 무의식에 눈을 돌리게 만든다.

프로이트에 의하면 무의식이란 의식으로부터 억압된 것, 망각된 것, 미처 의식되지 못한 심리적 내용, 선천적으로 가지고 있지만 의식에 의해서 인식되지 못한 채 정신작용에 영향을 미치는 것들이다. 칼 융은 무의식이란 우리가 가지고 있으면서 아직 모르고 있는 우리 정신의 모든 것이라고 정의했다. 즉, 무의식이란 우리가 알고 있는 것 너머에 존재하는 정신세계이다. 자아가 무의식의 내용을 파악하고 그것을 의식화하고자 하면 할수록 무의식은 그의 창조적인 암시를 더욱 활발히 내보내게 된다. 어찌 보면 문학은 자아로 하여금 무의식의 세계에 눈을 돌리게 하며, 그 깊은 층으로 인간을 유도함으로써 창조성을 발휘하는 예술이라고 할 수 있다.

수필의 환상적 요소란 수필가가 체험한 경험적 자아의 표현이 아니라 잠재된 욕구와 무의식적 욕망에 대한 표현이며, 미답의 정신영역에 대한 탐구이다. 문학은 바로 내적 무의식적 꿈을 언어를 통해서 드러냄으로써 창조성을 발휘하는 예술이다. 그리고 언어로 드러낸다는 것은 무의식을 의식화하는 과정이기도 하다. 수필이 사실성을 떠나 허구적이고 환상적인 세계로 지평을 넓힌다는 것은 인간의 내적 자아, 무의식적인 측면을 드러내고 표현한다는 의미이다. 우리는 이러한 수필을 모더니즘 수필이라고 명명해도 좋을 것이다. 무턱대고 가공의 사실을 창조한다는 의미가 아니라 문학적 상상력을 통해서 인간의 잠재의식, 무의식, 미답의 정신영역을 드러냄으로써 사실성을 넘어서는 인간의 내적 진실을 표현한다는 의미이다.

박양근의 「재혼여행」이란 수필은 환상성과 사실성을 절묘하게 결합시킨 수필의 적절한 예를 보여준다.

　　1) 토함산 중턱에서 내려다 본 들판에는 3월 초순의 춘설답지 않게 넉넉한 눈발이 펼쳐져 있었다.
　　(중략)
　　요즈음 젊은이들은 괌이나 사이판으로 신혼여행을 떠난다는데 명색이 중년의 재출발이면 제주도가 걸맞지 않을까 하는 유혹이 없지도 않았다. 그러나 잔칫상은커녕 청첩장도 돌리지 못한 만남이니 주책을 부릴 수가 없는 형편이다. 독신자가 수두룩한 세태에 여복이 빠징코 구슬처럼 꽉 터져버렸다고 호들갑을 떨어도 머리 가마가 덤으로 달린 팔자에 어쩔 수 없단다 하는 그런 변명으로 돌려쳐야 할 입장이 아닌가. 며칠을 견준 끝에 가깝고 조용한 곳에서 주말을 보내기로 의논한 것이 경주에 오게 된 연유이다.
　　이곳저곳을 둘러보니 경주는 우리 같은 재혼부부에게 더 없이 어울리는 곳이다. 발길이 닫는 곳마다 암자가 있어서 어디든지 과거의 아픔을 담아내어 정화수와 함께 불전에 바칠 수가 있다.
　　(중략)

나의 첫 결혼 시절을 되돌아본다. 마치 장기 복무한 군대생활같이 여겨진다. 첫 몇 해는 뭔지도 모르고 하루하루를 보낸 것 같고, 첫아이가 태어난 후로는 이류 희극배우가 조금은 재미있게 연기하듯 한달씩을 지낸 것 같고, 다음의 긴 세월 동안은 기름이 잘 칠해진 기계처럼 돌았던 것 같다.

어느 때부터인가 이게 아닌데 하는 푸념이 생겨나기 시작했다. 몇 해를 미적미적하다가 올 2월에 그 여자와는 그만 살아야 하는 생각이 불현듯 떠올랐다. 결코 파내지 않기로 작정했던 땅 속에서 뼈마저 삭아버린 공터를 발견한 후 나는 옛 아내에게서 도망을 쳤다. 단조로운 일상에 싫증나 버린 고참 하사관이 이유 없는 탈영을 하듯.

(중략)

2) 그래, 분수에도 없는 꿈에서 깨자. 나 혼자 생각한 재혼여행의 몽상에서 깨어날 시간이 되었다. 열일곱 해를 거슬러 신혼여행을 떠난 바로 그 날, 그 주말에 해운대로 함께 왔던 그 여인과 1박2일의 나들이를 떠났던 현실로 되돌아와야지.

(후략) (박양근의 「재혼여행」에서)

「재혼여행」은 수필가 자신과 일치하는 화자가 경주로 재혼여행을 떠나 자신의 첫 번째 결혼과 첫 아내를 되돌아보는 내용으로 되어 있다. 독자는 수필가 박양근이 영락없이 재혼을 한 것으로 알고 글을 읽어나간다. 그런데 커피숍에서 커피를 마시는 재혼한 아내가 첫 아내를 너무도 닮았음을 시사하는 대목에 와서는 고개를 조금씩 갸우뚱거린다. 이어서 6년째 새 차로 바꾸지 못한 채 헌차를 끌고 다니며, 폐차할 때까지 끌고 다니겠다고 다짐하는 화자가 결코 첫 아내와 이혼할 사람이 아니라는 확신을 독자는 갖게 된다. 그리고 작품은 2)부분에 와서 문득 현실로 돌아오며 끝이 난다. 즉, 작품의 발단에서 결말에 이르기까지의 '재혼여행' 이야기는 한낱 환상이고 허구였음이 마지막에 가서야 드러난다. 작품의 전체 20개의 단락 가운데 18개 단락이 환상부분이고, 마지막 2개 단락이 현실부분이다. 환상에서 시작하여 현실로 돌아옴으로써 작품은 끝이 나고 있다. 그렇다고 이 작품이 리얼리티가 없다고 말할 수는 없다. 18개 단락의 환상부분이 직접 체험한 세계가 아니기 때문에 진실성이 결여되었는가? 아니다. 오히려 이 작품은 열일곱 해 동안 결혼생활을 한 사십대 남성의 이혼에 대한 욕구와 재혼에의 꿈을 드러내는 한편, 자신의 결혼생활에 대한 반성을 통하여 중년의 권태를 극복하고 현실과의 조화를 도모하여 나가는 과정을 진실하게 보여준다.

환상과 상상의 세계가 체험된 것이 아니기 때문에 진실성이 결여되었다고 말할 수는 없다. 오히려 이 작품은 인간의 의식의 뒷면에 감추어진 무의식적인 욕망을 드러냄으로써 인간의 복잡다단한 심리적 진실을 드러내고 있다. 또한, 현실세계의 도덕관으로부터 억압된 이혼에 대한 욕구를 문학을 통한 대상작용을 통해 실현하고, 이러한 대리실현을 통해서 자아는 보다 원만한 자기실현을 이룰 수 있다. 따라서 무의식은 피해야 할 위험한 충동이 아니라 심리적 균형에 이르는 길이고, 창조적인 에너지이다. 문학은 바로 어둠 속에 잠긴 무의식을 의식화시킴으로써 창조성을 실현시킨다.

작가의 상상력은 수필의 허구적 진실을 창조하기 위해 필연적으로 요청되는 필수불가결의 요소라고 할 수 있다. 그런 의미에서 오늘날의 수필은 허구적 성격과 상상력을 더욱 요청받고 있다고 할 수 있다. 그리고 이를 통해서 수필은 문학으로서 더욱 풍부해지고 세련될 수 있을 것이다.

수필의 양식적 측면에서의 허구성이란 다름 아닌 소설기법을 차용한 허구적 구성을 말한다. 즉, 수필 중에 행동, 시간, 구성, 구어적 문체와 같은 소설적 요소를 적극 차용하는 서사적 수필이 있는데, 그런 예를 라대곤의 수필에서 쉽게 찾아볼 수 있다.

> 1) 희고 깨끗한 Y셔츠에 색상이 좋은 넥타이를 단정하게 매고 다니는 사람들을 보면 부럽기도 하고 그 정갈함에 내 기분까지 상쾌해지곤 한다.
> (중략)
> 언젠가 나는 넥타이로 큰 망신을 한 번 당한 적이 있다. 어느 해 겨울이던가. 수은주가 영하 10도 쯤에 걸쳐 있었다.
>
> 2) 서울에 있는 꽤나 큼직한 호텔에서 간담회를 한다고 연락이 왔다. 주최측도 만만치 않았고 나도 빠질 수 없는 자리였다. 물론 전날 밤 출발하기 전까지만 해도 이번만은 꼭 넥타이를 매고 정장을 하고 가야겠다고 생각하고 있었다.
> 하지만 막상 아침에 출발을 해야 할 때는 밖에 휘몰아치는 진눈깨비를 보면서 추위 때문이라는 핑계가 생겨났다. 그래서 편한 쪽으로 생각이 옮아지고 있었다. 이 추위에 누가 정장을 하지 않았다고 탓하겠느냐는 마음으로 벽에 걸려 있는 때 묻은 양털 점퍼를 걸치고 나갔던 것이다. 점퍼를 벗을 때를 생각해서 속에 넥타이라도 매었으면 좋았으련만, 누가 이 추위에 웃옷을 벗을 일까지를 짐작이나 했겠는가. 그래서 내복 위에 그냥 걸친 양털 점퍼가 화근이 되고 말았다. 버스를 타고 가는 동안만은 그래도 마음이 편했다.
> (중략)

세상에 이렇게 시원하고 맛이 있을까 나는 염치도 없이 서너 잔을 거푸 마셔 버렸다. 아마 주위 사람들은 내 미친 것 같은 행동을 비웃었으리라.

갑자기 두 다리가 후들거리기 시작했다. 그냥 얼음물이 아니었나 보다. 나는 갑자기 올라오는 취기로 몸을 비틀거리고 있었다.

3) 그 후 나는 두 번 다시 그런 실수를 하지 않으려고 노력하면서도 웬일인지 마음뿐이지 잘 되지를 않고 있다.

내가 편한 게 좋기도 하겠지만 사람들 속에 살아가면서 나 혼자 편하자고 다른 사람들에게 꼴불견으로 보이지 않기 위해서 나이 먹어가며 더욱 더 노력해 보자고 마음을 다져본다. (라대곤의 「어떤 실수」에서)

라대곤의 「어떤 실수」는 마치 한편의 콩트와도 같은 소설적 장치를 사용하고 있다. 즉, 넥타이를 매기 싫어하는 화자가 겨울철에 난방이 잘된 호텔에 양털점퍼를 입고 갔다가 더워서 혼이 난 실수담을 마치 한 편의 콩트처럼 흥미롭게 서술하고 있다. 살아 움직이는 인물이 있고, 일정한 시간과 공간 위에서 펼쳐지는 사건과 인물의 생동감 넘치는 행동이 수필을 읽는 흥미를 배가시켜준다. 이 작품은 체험의 사실성, 즉 경험적 자아를 표현하고 있지만 허구적 구성을 통해서 흥미를 확대시킨 예이다.

그리고 이 수필은 시간적인 면에서 과거 현재 미래와 같은 순행적 서술시간을 보여주는 것이 아니라 현재에서 과거 다시 현재로 돌아오는 환상적(環狀的) 구성을 보여준다. 즉 1)과 3)은 현재의 시간이며, 과거적 시간인 2)가 1)과 3) 사이에 삽입되어 있다. 즉, 2)에서 제라르 쥬

네트가 말한 시간의 변조(anachrony)가 일어난다. 현대의 영화나 소설은 플래시 백(flashback)과 플래시 포워드(flashforwad)), 쥬네트의 용어를 빌어보면 소급제시(analepsis)와 사전제시(prolepsis)와 같은 자유로운 시간변조를 통해서 심미적 효과와 흥미를 유발시킨다. 물론 수필은 소설이나 영화처럼 빈번하게 시간을 변조시킬 필요는 없다. 길이면에서 짧기 때문에 시간은 변조되지만 비교적 단순한 변조가 일어나는 셈이다.

환상적 구성이나 시간의 변조, 또는 허구적 사건 서술은 소설이나 영화에서는 일반화된 것이지만 수필문학에서는 다소 생소한 것이다. 전혀 낯선 것은 아니지만 그렇다고 결코 보편적인 것도 아니다. 아무튼 수필은 내용적 측면에서나 양식적 측면에서도 소설적 허구적 요소를 적극 수용함으로써 수필장르의 심미적 효과와 흥미가 배가되리라는 것은 분명하다. (『수필과 비평』 42호(1999년 7 · 8월호))

3. IT시대의 한국수필

1) 들어가는 말

'IT시대의 한국수필'이란 주제에서 느낀 소감을 피력하는 것으로 논의를 시작하고자 한다.

IT란 소프트웨어와 전자통신산업을 합쳐서 부르는 말로서 'Information Technology', 번역하자면 정보화 기술의 첫 글자를 따서 만든 신조어이다. 이의 관련분야는 소프트웨어, 인터넷, 반도체, 통신 등의 첨단 테크놀로지이다. 따라서 'IT시대의 한국수필'이란 본 심포지엄의 주제는 첨단 정보화 테크놀로지를 어떻게 수필에 받아들여 수필의 발전을 도모할 것인가라는 의미로 받아들일 수 있다.

한편 'IT시대'란 첨단 테크놀로지와 관계가 있다기보다는 단지 '현대 또는 당대'를 지칭하는 개념 정도로 소박하게 이해되기도 한다. 즉, 오늘날 수필문학계가 안고 있는 고민을 드러내며, 어떻게 수필문학의 활로를 찾아야할 것인가라는 전망을 한번 모색해 보라는 의미로 받아들여지기도 한다. 시 장르나 소설 장르와도 달리 유독 수필가들 사이에만 돌려 읽는 수필이란 장르의 활로를 모색하고자 하는 수필가들의 고민을 'IT시대의 한국수필'이란 주제에서 동시에 읽게 된다. 어떤 것이 이번 심포지엄의 진짜 의도인가를 고민하다가 이 둘은 서로 상관이 있는 문제이며, 따라서 본고는 이 둘을 아우르는 양 측면을 모두 수용하면서 논의를 전개시키는 것이 좋겠다는 결론을 내리게 되었다.

참고로 필자는 문학평론이 본업으로서 대학에서는 한국현대소설을 강의하며 소설분야의 논문을 주로 쓰고 있지만 이미 두 권의 에세이집을 발간했으며, 그 동안 수필 이론 및 평론에 관한 글을 다수 발표해 왔다. 따라서 이 글은 아웃사이더로서의 객관적 시선과 함께 인사이더로서의 고민을 공유하고 있다는 점을 밝혀두고자 한다.

2) IT시대를 수용하는 태도의 문제

먼저 IT란 첨단 정보화 테크놀로지를 수용하는 태도의 문제에 대해서 먼저 말해보고자 한다. 정보화 사회는 무엇보다도 매체의 혁신이라는 관점에서 접근할 수 있다. 본고는 기본적으로 문학이 정보화 사회로의 변화에 대해 위기감을 표출하기보다는 정보화 사회가 갖는 매체의 혁신을 적극 수용하여 긍정적으로 활용해야 한다는 전제가 깔려 있다. 사실 우리가 정보화 사회로의 변화에 찬성하든 않든 정보화 사회는 이미 도래했으며, 그 물결을 거스를 수는 없다.

글쓰기의 환경이 펜과 원고지에서 키보드와 컴퓨터로 전환된 지는 벌써 오래 전의 일이다. 이제 활자매체를 넘어서서 전자적 글쓰기, 멀티미디어와 디지털이라는 다양한 매체를 활용함으로써 정보화 시대에 문학이 어떻게 적응할 수 있을 것인가, 문학이 타 장르와의 경쟁에서 어떻게 생존할 수 있을 것인가, 나아가 활자매체의 문학을 외면하는 독자들을 멀티미디어와 디지털 표현매체를 활용한 문학의 세계로 끌어들일 것인가가 과제로 남겨져 있을 뿐이다. 정보화 사회로의 혁명적 변화 속에서 문학이 주변화되지 않고, 멀티미디어 또는 IT와 배타적 관계가 되지 않기 위해서는 문학 내부에서 그러한 변화를 주도해야 한다. 그런 의미에서 한국수필가협회의 이번 세미나 주제는 수필가들이 시대변화를 적극적으로 수용하고자 한다는 점에서 매우 고무적이다.

실로 정보화 사회에서 느끼는 문학계의 위기감은 소설과 시 등 문학 전반에 널리 퍼져 있다. 기존 문학계의 위기감의 하나는 전자적 글쓰기나 새로운 매체를 자유자재로 다룰 수 없는 데서 오는 생경함과 불편함이며, 소외감이다. 다른 하나는 다른 멀티미디어와의 경쟁에서 활자매체인 문학이 살아남을 수 있을 것인가에 대한 본질적인 위기감이다. 이에 대한 대답은 한마디로 전자적 글쓰기와 멀티미디어를 적극 활용하는 방식으로 위기에 대처해야 한다는 것이다. 즉, 매체의 혁신이라는 정보화 사회로의 변화 속에서 활자매체와 종이책이 주변화 되지 않고, 멀티미디어와 경쟁적 배타적 관계가 되지 않기 위해서는 문학계에서 매체의 혁신을 주체적 적극적으로 수용해야만 한다.

테크놀로지는 예술과 마찬가지로 인간의 상상력을 고도로 발휘하는 것이다. 예술은 상징적인 용어로 의미를 표현하기 위해서 경험을 미적으로 배열하는 것이며, 새로운 인식틀과 물질적 형태로 자연을 ― 시공의 속성들을 ― 재배열하는 것이다. 예술은 그 자체가 목적이다. 즉, 그 가치가 내재적인 것이다. 테크놀로지는 효율적인 수단이라는 논리 안에서 인간의 경험을 도구적으로 질서화하고, 자연을 통어

하여 실질적 이익을 얻기 위해 그 힘을 사용한다. 그러나 예술과 테크놀로지는 장벽으로 서로 분리된 영역은 아니다. 예술은 그 자신의 목적을 위해 테크네를 이용한다. 테크네 역시 문화와 사회구조 사이에 사다리를 놓고, 그 과정 속에서 양자 모두를 변형시키는 예술의 한 형태이다.[1]

다니엘 벨(Daniel Bell)이 말했듯이 테크놀로지도 예술과 마찬가지로 인간의 상상력을 고도로 발휘하며, 특히 예술과 테크놀로지는 장벽으로 서로 분리된 영역이 아니며, 예술이 그 자신의 목적을 위해 테크네를 이용한다는 메시지는 정보화 사회로 급속하게 사회가 재편되는 시점에서 예술가들이 경청할 만한 발언이라고 하지 않을 수 없다.

이제 문학은 테크놀로지의 변화라는 주변 환경의 변화로 인해서 문학 이외의 매체들과 진정한 공존을 생각해야 할 단계에 이르렀다. 그것은 단순한 혼합이 아니라 패러다임 자체의 변화를 요구할 만큼의 혁명적 변화이다.

3) IT 테크놀로지의 활용방안

IT시대의 기술은 이미 출판형태와 도서관의 패러다임을 바꾸며 우리의 삶의 패러다임마저 바꾸고 있다. 20세기를 아날로그 시대라고

---

1) Daniel Bell, The Winding Passage─Essays and Sociological Journeys, 서규환 역, 『정보화 사회와 문화의 미래』, 디자인하우스, 1996, 57~58면.

한다면 21세기는 디지털시대이다. 세계는 경이적이고 예측 불가능한 속도로 디지털 패러다임으로 변화하고 있다. 이미 전자책이 다양하게 나와 있고, 전자전문도서관도 개관되어 있을 뿐만 아니라 기존 도서관도 전자도서관 기능을 동시에 갖추어 나가고 있다.

그 가능성을 몇 방향에서 생각해 보기로 한다. 첫째, 종이책으로 출판하던 것에서 벗어나 e-book으로 전자출판을 하는 경우를 생각해 볼 수 있다. 둘째, 오디오 북, MP3를 통해서 눈으로 읽는 것이 아니라 귀로 듣는 수필의 시대를 생각해 볼 수 있다. 셋째, 지금까지 문학은 활자매체였지만 멀티미디어를 적극 활용한 멀티수필의 가능성을 생각해 볼 수 있다. 넷째, 하이퍼텍스트로서의 수필은 인터넷상에 수필을 올림으로써 작가와 독자가 쌍방향의 커뮤니케이션을 가능하게 함으로써 N세대를 수필의 독자로 확보할 수 있다. 이상의 4가지 방향에서 IT시대의 한국수필의 가능성을 말해보고자 한다.

(1) e-book으로 출판된 수필집

이미 전자출판의 시대는 열렸다. 기존 출판사에서 전자출판기능을 겸하고 있는 출판사가 늘어나고 있으며, 출판사 <현대시>나 <다층>은 전자시집을 전문적으로 출판하고 있다. 전자출판은 간편한 한 장의 CD롬 속에 많은 양을 수록할 수 있을 뿐만 아니라 문학이 음악, 사진 등과 만남으로써 그야말로 멀티미디어의 세계를 구현하기도 한다. 전자출판은 멀티미디어 시대를 살아가는 현대인, 특히 컴퓨터를 통해서 세계와 접촉하기를 원하며, 단조로운 종이책을 기피하고 다양한 감각적 만족을 충족하길 원하는 N세대들에게 즐겁게 문학과의 접촉을 가능하게 해준다는 점에서 새롭게 독자를 흡수할 수 있는 가능성을 제공한다고 하겠다.

하지만 아무리 전자책이 널리 퍼진다고 하더라도 종이책은 특별한 환경(interface)이 없이도 언제 어디서든 휴대가 가능하다는 점에서 공존하게 될 것이다. 과도기적 형태로 종이책이 공존하는 것이 아니라 영원히 전자책과 종이책은 공존할 것이다. 따라서 종이책보다 전자책이 문학에 더 유리하며 우월하다는 평가는 쉽게 단언할 수 없다. 현재 종이시집에 CD롬이 부록으로 첨가된 형태의 출판을 시중에서 볼 수 있다.

(2) 오디오 북, MP3로 듣는 수필

현재 시 장르에서는 시낭송 테이프, 시에다가 곡을 붙여 노래로 만든 'Book-CD' 『아무도 슬프지 않도록』(현대문학북스, 2000), 낭송 CD와 종이시집이 동시에 발간된 경우 등을 시중에서 찾아볼 수 있다. 이런 것들은 문학이 오로지 읽는 장르에서 동시에 귀로 들을 수도 있는 장르로 전환될 수 있는 가능성을 예고한다. 또한, 인터넷상에서 MP3로 다운받아서 듣는 음악이 있듯이 앞으로는 인터넷의 수필사이트에서 취향대로 다운받아 휴대하고 다니며 또는 운전 중에 듣는 수필의 가능성도 고려할 수 있다. 특히, 수필은 길이면에서 짧고, 내용면에서도 간단히 들을 수 있는 것들이 많기 때문에 시와 함께 오디오 북의 가능성은 매우 밝다고 하겠다. 이때 음악과 결합된 방식의 편집은 필수적이라고 하겠다.

(3) 멀티수필

멀티미디어 시대, 정보화 사회의 도도한 물결은 문학의 표현방식에도 변화를 요구하고 있다. 백남준의 비디오아트가 비디오와 텔레비전이라는 현대의 새로운 매체환경에서 탄생되었듯이 멀티포엠은 그 구체적인 한 결과물이라고 할 수 있다. 멀티포엠 아티스트인 장경기 시인은 "멀티미디어 시대에 자연발생적인 탄생을 예상해 볼 수 있는 시의 형태, 곧 영상, 소리, 문자 등 모든 가능한 표현매체들이 한데 어우러져 빚어내는 시, 멀티매체 환경 속에서, 일찍이 시가 있어온 이래 지속되어온 시의 본질을 존중하고 계승하는 멀티적인 표현형태"[2]라고 정의하고 있다. 그는 계속해서 "시가 창작 매체면에서나 표현 방법면에서나 복합적인 형태를 취하게 되는 경향은 멀티정보 사회 속에서의 자연스런 자기변신이라고 할 수 있다. 그런 면에서 멀티포엠은 사이버공간과 실제공간이 혼재된 세계 속을 살아가는 현대인, 다중감각이 체질화되어가는 현대인을 향해서 피워 올린 신예술장르인 셈이다"[3]라고 그 스스로 제작한 멀티포엠 『화언(畵言)』에서 말한 바 있다.

이와 마찬가지로 수필도 멀티미디어를 활용한 멀티수필을 제작할 수 있다. 즉, 동영상, 소리, 문자 등 모든 가능한 표현매체들이 한데

---

2) 장경기, 「멀티포엠의 가능성」, 『현대시』 97년 7월호.
3) 장경기, 「장경기 멀티포엠집 畵言」, 『현대시』 98년 10월호.

어우러져 빚어내는 멀티수필을 상상하는 일을 어렵지 않은 일이다. 매체환경의 변화를 기존의 장르에 혼합시킨 멀티수필은 활자매체만을 사용한 단조로운 책으로부터 멀어지고 문학으로부터 멀어지는 독자를 끌어들일 수 있는 유용한 방안이 되리라고 생각한다. 멀티수필의 제작을 위해서는 시각과 청각 이미지를 충분히 활용한 글쓰기가 이루어지는 것이 바람직할 것이다.

(4) 하이퍼수필

최근 여고생 귀여니가 쓴 인터넷소설 『그놈은 멋있었다』가 온라인을 벗어나 오프라인에서 12만 부가 팔리고, 인터넷소설이 영화로 성공한 『엽기적인 그녀』, 『동갑내기 과외하기』가 각각 500만 명의 관객을 동원했고, 인기리에 방영됐던 MBC의 미니시리즈 <옥탑방고양이>도 인터넷에 올렸던 이야기의 인기를 바탕으로 드라마를 제작하여 성공을 거둔 사례에 속한다. 이처럼 소설 장르가 인터넷이란 사이버공간을 매개체로 하여 독특한 영역을 여는 데 성공했듯이 수필이란 장르도 이를 응용할 수 있을 것이다. 문자매체로만 표현된 수필은 다만 인터넷상의 웹지나 문학사이트, 홈페이지에 올리는 단순한 방식과 작가와 독자가 쌍방향의 소통을 할 수 있는 하이퍼수필의 가능성을 두 측면에서 생각할 수 있다.

하이퍼텍스트로서의 문학은 그 동안 주로 소설장르에서, 즉 하이퍼픽션이라는 관점에서 논의되어 왔다. 그러나 시나 수필에서도 하이터텍스트의 가능성을 생각할 수 있으며, 이를 하이퍼포엠, 하이퍼에세이라고 부를 수 있을 것이다. 하이퍼에세이는 활자, 그래픽, 동영상, 소리 등의 멀티미디어가 결합되어 있는 멀티수필일 뿐만 아니라 비직선성과 상호작용성을 특징으로 한다. 하이퍼픽션처럼 여러 개의 텍스트, 즉 여러 개의 서사구조와 스토리라인을 제시하여 독자로 하여금 선택하여 읽을 수 있는 비직선성이 수필장르에서 어느 정도 가능할지는 의문이지만 전혀 불가능하다고도 생각되지 않는다.

진정한 하이퍼에세이는 작가와 독자가 네트워크상에서 상호소통할 수 있는, 즉 쌍방향의 커뮤니케이션이 가능한 수필이다. 하이퍼에세이는 네트워크상에서 작가와 독자의 상호작용과 공동창작을 통해 확산될 수 있으며, 여기서 종이책이나 멀티에세이가 가지고 있는 단선적 선형성은 무너진다. 하이퍼에세이는 작가와 독자의 경계가 무너진 쌍방향(interactive)의 에세이이며, 상호작용의 에세이이다.

따라서 앨빈 토플러가 말한 생산자와 소비자의 경계가 무너지며, 생산소비자(prosumer)의 개념이 적용된 에세이이다. 즉, 독자는 작가가 제공해주는 에세이를 읽기만 하는 일방적 수용자(소비자)가 아니라 작품의 창조자(생산자)로 참여가 가능하다. 하이퍼에세이의 가장 큰 장점은 작가와 독자의 경계가 무너지면서 독자가 작가와 소통할 수 있는 통로가 생겼다는 점이다. 그것은 이미 만들어진 에세이가 아니라 문학형식으로서의 에세이이며. 이미 만들어진 구조, 즉 닫히고 씌어진 텍스트를 단지 '읽는' 행위가 아니라 '다시 쓰는' 행위가 첨가됨으로써 읽기와 쓰기의 경계는 해체된다. 즉, 하이퍼텍스트로서의 에세이는 복수의 텍스트이며, 상호작용적인 텍스트이다.

이처럼 네트워크상에서 작가와 독자가 대화하고 소통할 수 있는 길(상호작용성, 쌍방향)이 열린 것은 바람직하다. 특히 요즘의 N세대는 이런 쌍방향의 소통을 좋아한다. 요즘 젊은층은 종이신문은 읽지 않고 인터넷신문만 보며, 그 소감을 그 즉시 인터넷에 댓글로 올리기도 한다. N세대는 일방적으로 수신하는 정보보다는 쌍방향으로 소통하기를 더 원하는 것이다. 독자가 단순히 읽기 행위를 넘어서서 다시쓰기 등의 참여행위, 첨가행위를 좋아하는 민주적(?) 시대가 된 것이다. 하이퍼에세이는 바로 이것이 가능한 에세이이다.

네트워크상에서 모든 독서행위가 이루어지는 하이퍼텍스트는 문학의 공급과 유통에 혁명적인 변화를 예고한다. 저자→편집자→출판인→인쇄인→공급인→소매인→독자라는 순서가 저자(발신자)↔쌍방향적 참여자(독자)로 축소되는 것이다.

4) 독자와의 상호소통 및 대화를 지향하는 대화적 수필

오늘날 작가들이 자칫 잊기 쉬운 문학의 본질 가운데 하나는 문학이 자기표현을 넘어서서 독자와의 소통을 지향한다는 본질이다. 나는 그 소통을 위하여 바흐친이 제안했던 대화성, 다성성이라는 개념을 수용하는 것이 매우 바람직하다는 점을 말하고 싶다.

대화라는 개념을 매우 확장된 개념으로 사용하고 있는 바흐친 (M.M.Bakhtin)에 의하면 대화는 '차이 있는 것들의 동시적 현존'에 중요한 의의가 있다. 대화적 관계는 이것이냐 저것이냐의 상호배타적 관계가 아니라 상호포용적 관계이다. 독백적인 단성적 소설은 여러 목소리나 의식들이 작가의 목적이나 의도에 엄격히 통제되어 작가가 의도하는 하나의 신념체계만이 존재할 따름이다. 하지만 다성적 소설은 대화적이며, 그 대화는 늘 현재적인 것이어서 최종적인 결론을 유보하는 열린 속성을 갖는다.4) 바흐친은 대화적인 다성적 소설을 독백적인 단성적 소설에 비하여 더 훌륭한 소설로 평가하고 있다.

수필이 사적인 자기고백적이고 독백적 문학이라는 것은 인정하지만 그렇다고 해서 수필에서 나타내고 있는 가치마저 바흐친적 의미에서 독백적인 것은 바람직하다고 할 수 없다. 문학은 근본적으로 작가의 독백의 표출이 아니라 독자와의 대화이며, 상호소통을 지향한다. 즉, 글쓰기는 자기표현을 넘어서서 타인과의 커뮤니케이션을 지향한다. 수필의 사적이고 자기고백적인 성격으로 말미암아 독백적인 단성적 성격의 문학으로 빠지기 쉽다는 점을 수필가들은 늘 경계해야 할 것이다. 수필이 편협한 자기고백의 문학, 사적 체험을 기술하는 문학에 머물러서는 문학성 높은 장르로 발전해 나갈 수 없다.

무릇 모든 문학이 독자와의 소통을 지향하고, 특히 수필이 삶의 여유에서 우러나오는 문학이라고 한다면 한 작품 속에서 표방하는 가치도 단성적인 가치에서 벗어나서 나와 다른 타자성을 포용하는 대화성을 나타내야 할 것이다. IT시대의 독자들이 쌍방향적 소통방식의 하이퍼텍스트를 선호한다는 것은 무슨 의미일까? 그것은 바로 문학적 의사소통으로서의 대화성이란 개념으로 이해할 수 있다. 현대의 독자

---

4) 김욱동, 『대화적 상상력』, 문학과 지성사, 1988, 230면.

들은 작가의 가치관을 일방적으로 받아들이기보다는 문학이라는 매개체를 통하여 작가와 소통하고 대화하고자 원하며, 필요에 따라서는 독자도 문학에 참여하기를 원하는 욕망이 결국 하이퍼텍스트를 만들어냈던 것이다. 그리고 이것은 단지 기술적인 문제만이 아니다. 즉, 그것은 문학적 의사소통으로서의 대화성이라고 할 수 있다. 대화는 두 사람의 대화자만 있다고 해서 성립하는 것이 아니라 한 쪽이 다른 한 쪽의 타자성을 인정하고 받아들일 의사가 있을 때에 성립한다. 우리 자신의 기대감이 남의 경험에 의해서 수정되고 확장될 때 비로소 진정한 대화가 성립하는 것이다. 타자성은 생산자(작가)와 수용자(독자) 간에, 또 과거의 텍스트와 현재의 수용자 간에서, 그리고 서로 다른 문화 간에서 여러 모로 발생한다.[5]

따라서 대화성이라는 것은 열린 개방성과 통한다. 오늘날 수필가는 자신의 일방적인 신념체계나 가치를 독자에게 주입하기보다는 독자와 대화하고 소통할 실마리를 던져놓는 수준에서만 자신의 가치를 드러내야 한다. 즉, 타인이나 다른 문화에 대하여 배타적인 태도를 벗어나 열린 태도가 필요하다. 또한, 직접적인 주장보다는 객관적인 보여주기 방식 등의 간접적인 방식에 의존하여 자신의 가치를 감추면서 드러내고, 독자와 대화를 적극적으로 시도하는 문학적 전략도 필요하다. (『한국수필』 125호(2003년 겨울호))

---

5) 한스 로베르트 야우스, 「문학적 의사소통의 대화론적 이해」, 여홍상 엮음, 『바흐친과 문학이론』, 문학과 지성사, 1997, 134면.

4. 서사수필의 규약

나는 이 글에서 구조시학에서 말하는 실제작가, 내포작가, 화자, 주인공, 그리고 이야기라는 개념을 가지고 수필문학, 특히 서사수필을 정의해보려고 한다. 실제작가니, 내포작가니, 화자니, 주인공이니, 이야기라고 하는 용어는 소설론에서 매우 친숙한 용어지만 수필론에서는 생소한 용어이다. 그렇지만 이 생소한 개념들은 수필 자체의 이론으로는 해명되지 않는 사실성과 허구성과 같은 수필의 논쟁거리를 명쾌하게 해결해 줄 수 있을 것으로 기대된다.

1) 실제작가와 내포작가의 관계

실제작가(author)는 알다시피 작품을 쓴 실제의 작가이다. 피천득, 김진섭, 이양하, 법정 등의 수필가가 바로 실제작가이며, 이는 텍스트의 밖에 존재한다. 내포작가(implied author)란 원래 웨인 부스(Wayne C. Booth)의 저서 『소설의 수사학(Rhetoric of Fiction)』에서 처음 만들어진 개념이다. 이는 이광수, 김동인, 이효석 등의 실제작가와 구별되는 개념으로, 작가의 진술 토대 위에 재구축된, 오직 텍스트 안에서만 존재 가능한 작가이다.

독자는 동일한 실제작가에 의해서 씌어진 여러 작품들을 비교하면서 서로 다른 내포작가의 존재를 느낄 수 있다. 가령, 기독교도인 김동리의 『사반의 십자가』와 「무녀도」, 그리고 「등신불」 등에서 드러나는 내포작가의 종교관은 서로 다르다. 이처럼 실제작가는 소설작품 속의 다양한 내포작가를 통하여 다양한 견해와 가치를 마음대로 설정할 수 있다. 설령, 작품 간에 표방하는 견해와 가치가 상치된다고 하더라도 무방하다. 그것이 허구적 장르로서 소설이 가진 속성이다. 따라서 내포작가의 가치관과 견해들이 실제작가의 가치관 또는 견해들과 반드시 일치할 필요는 없는 것이다.

하지만 수필의 경우에는 텍스트 밖에 위치하는 실제작가와 텍스트의 내부에 존재하는 내포작가는 동일성을 유지해야 한다. 아니, 실제작가와 구별되는 내포작가라는 개념을 따로 설정할 필요가 없다. 실제작가와 내포작가가 구별되는 소설과는 달리 수필에서 실제작가와 내포작가는 전혀 구분되지 않는다. 한 편의 수필에서 표현하고 있는 경험의 내용, 가치관과 견해들은 실제작가의 그것과 반드시 동일성을 유지해야 한다는 점에서 수필은 결코 허구적 장르가 아닌 것이다.

2) 실제작가와 화자의 관계

화자(narrator)는 내포작가와 서사물 사이를 연결해 주는 존재로서 서술된 사건에 참여하거나 혹은 그것들에 대하여 알고 있는 인물로 가정된다. 화자에 해당하는 등장인물이 작품 속에 극화되어 있지 않은 경우에도 화자는 여전히 텍스트의 안에 존재한다. 실제작가는 작품 외적 존재이지만 화자는 내포작가와 더불어 작품의 예술적 전달을 이루는 하나의 성분이다.

모든 서사문학에는 이야기가 있고, 이야기를 하는 사람이 있다. 이야기를 하는 사람, 즉 언술 행위의 주체가 바로 화자이다. 이야기를 하는 사람이 존재하지 않는다면 이야기는 성립할 수도, 전달될 수도 없다. 이처럼 화자는 이야기의 필수적 존재로서 이야기를 성립시키기 위한 기본요건이다. 또한, 이야기의 양상과 이야기의 본질이 결정되는 데 직접적인 영향을 행사하는 원천이기도 하다. 소설장르에서는 화자나 화자의 이야기 방식이 이야기의 심미적 양상을 좌우하기도 한다. 소설의 화자는 이야기 안에 존재할 수도 있고(일인칭), 이야기 밖에 존재할 수도 있다(삼인칭). 또한, 화자는 이야기에 직접적으로 관여할 수도 있고(일인칭 주인공 시점, 전지적 작가시점), 이야기와는 무관하게 관찰하고 보고하는 역할만을 맡을 수도 있다(일인칭관찰자시점, 삼인칭관찰자시점). 한편, 제라르 쥬네트는 이야기를 바라보는 인격적 주체를 초점화자라고 하여 이야기를 하는 화자의 존재를 보다 세분화했다. 즉, 삼인칭의 초점화자 서술은 제한적인 삼인칭의 전지적 서술이다.

이 모든 것이 작가들이 자신을 숨기고 이야기를 좀더 효과적으로 전달하기 위해 고안해낸 예술적 장치이다. 따라서 일인칭의 주인공 화자라고 하더라도 그 존재는 실제작가와 구별된다. 소설 속의 일인칭인 '나'는 결코 실제작가가 아닌 허구적 존재로서의 일인칭일 뿐이다.

이야기가 있는 서사수필에서 화자는 반드시 필요하다. 즉, 서사수필은 다른 문학적 서사물, 즉 소설, 서사시 등과 마찬가지로 사건과 인물을 가진 이야기라는 내용이 있고, 이야기를 전달하는 화자가 있다.

하지만 서사수필에서 이야기를 전달하는 사람, 즉 화자는 실제작가와 뚜렷이 구별되는 존재가 아니라는 점에서 소설과 구별된다. 실제작가와 화자의 관계에서 보면 서사수필은 자서전을 닮았다. 수필의 화자는 실제작가인 수필가 자신과 전혀 구분할 필요가 없는 동일존재라는 점은 시 장르에서 실제작가인 시인과 시적 화자가 구분되는 것과 비교된다.

실제작가와 화자가 일치하는 동일성이야말로 서사수필이 콩트나 소설과 구분되는 장르적 특징이라고 하겠다. 즉, 수필의 화자는 그가 전달하는 이야기가 그 자신의 이야기이든 그가 관찰한 타인의 이야기이든 이야기 전달자는 반드시 실제작가인 수필가 자신이다. 왜냐하면 그 이야기는 그가 꾸며낸 이야기가 아니라 그가 겪거나 듣거나 본, 실제로 일어났던 일을 전달하기 때문이다. 따라서 실제작가는 일인칭 주인공 서술의 형태를 취하거나 일인칭관찰자 서술의 형태를 취하거나 화자로서 이야기에 적극적이든 소극적이든 개입하고 있다. 그리고 수필은 일인칭의 서술만이 가능할 뿐 삼인칭의 서술은 존재하지 않는다.

결론적으로, 서사수필은 일인칭으로만 서술되며, 실제작가와 화자는 동일한 존재이다.

3) 실제작가와 주인공

피천득의 「인연」이라는 수필은 일본여성 아사꼬에 관한 이야기이다. 이 수필에서 언술하고 있는 내용의 주체, 즉 주인공(중심인물)은 피천득이 아니라 '아사꼬'라는 일본여성이며, '나'는 실제작가인 피천득이다. 그는 동시에 이야기 전달자, 즉 화자이기도 하다. 또한, 「유순이」라는 수필에서도 이야기의 중심인물은 간호사인 '유순이'이지만 '나'는 관찰자로서의 화자인 실제작가 피천득이다. 물론, 이 두 수필에서 '나'라는 일인칭은 주인공의 상대역으로서 이야기에 부분적으로 개입하고 있다. 하지만 그 이야기가 그리려고 하는 중심인물은 작가 자신이 아니라 어디까지나 아사코 또는 유순이라는 대상이다.

소설도 함께 쓰고 있는 수필가 라대곤의 서사수필 「놓았던 손을」은 고향 조카의 결혼식장에서 만난 한 인물과 얽힌 작가 자신의 추억담을 적고 있다. 즉, 결혼식장의 주례 선생으로 온 분은 다름 아닌 작가 자신의 중학교 시절의 은사이다. 그는 수학선생이었지만 국어과목까지 가르쳤던 분으로서 이야기는 국어시간에 '클로즈업'이라는 단어의 뜻풀이를 두고 벌어진 일화를 회상하고 있다. 이 작품에서 다루고 있는 이야기의 내용은 꾸며낸 허구가 아니라 작가 자신이 직접 체험한 것이다. 하지만 이야기의 중심인물은 작가 자신이 아니라 중학교 시절의 은사라고 할 수 있다. 그리고 작가인 '나'는 중심인물의 상대역으로서 이야기에 개입하고 있기 때문에 단순한 관찰자의 범위를 넘어선다. 이 작품에 대해 서사수필이란 명칭을 부여하는 까닭은 이 작품이 현재-과거-현재로 사건과 시간을 입체적으로 만드는 구조로 짜여져 있으며, 인물이라는 측면에서도 '나'와 '수학선생'이 등장함으로써 이야기에 서사적 박진감과 흥미를 유발하고 있기 때문이다. 이 작품은 콩트적 구성을 하고 있으며, 콩트집에 포함시켜도 무방한 작품이다. 하지만 작가는 수필집에 이 작품을 포함시켜 수필로 분류하고 있다. 아마도 그 까닭은 작가의 직접체험을 바탕으로 한 이야기이기 때문일 것이다.

한편 라대곤의 「어떤 실수」는 추운 겨울날씨에 난방이 잘된 호텔 모임에 내복 위에 곧바로 양털점퍼를 입고 갔다가 더위에 혼이 난 이야기이다. 이 작품에서 실제작가인 라대곤은 주인공이면서 동시에 화자이다. 말하자면 일인칭 주인공 시점의 실제작가가 직접 체험한 자신의 이야기인 것이다. 많은 경우 서사수필에서 이야기의 주인공은 작가 자신이다. 주인공이 화자 자신인 경우는 자서전의 서술과 마찬가지 형태라고 할 수 있다.

라대곤의 『한번만이라도』(1995)라는 수필집에 수록된 작품들은 대부분 서사수필로서 작가 자신이 주인공이든 다른 중심인물의 상대역이든 이야기 속에 직접 등장하고 이야기의 흐름에 관여한다. 그는 이 수필집에서 보다 생동감 있고 재미있는 수필을 만들기 위한 형식적 장치로써 이야기라는 형식적 구조를 도입했다.

결론적으로, 서사수필의 주인공과 화자는 반드시 일치할 필요도 그렇다고 반드시 상이할 필요도 없다.

4) 실제작가와 이야기

서사수필에서 전달하고 있는 이야기가 소설의 이야기와 다른 점은 반드시 그것이 실제로 일어난 이야기여야 한다는 것이다. 이것이 수필의 가장 큰 규약이다. 그것은 소설처럼 허구적 이야기일 수 없다. 즉, 수필은 소설처럼 이야기라는 양식을 차용할 수는 있지만 이야기 자체를 허구적으로 꾸며낼 수는 없다. 이 점에서 수필은 소설보다는 자서전을 닮았다고 할 수 있다. 하지만 자서전이 철저하게 작가 자신의 살아온 이야기인 데 반하여 수필의 이야기는 작가 자신의 이야기일 수도 있고, 그가 보거나 들은 다른 사람의 이야기일 수도 있다. 이 점에서 수필은 자서전과는 다른 길을 간다. 또한, 자서전이 삶의 전 과정을 담는 장편적 성격을 띠었다면 서사수필은 알다시피 길이 면에서 아주 짧은 이야기인 것이다.

그렇다면 서사수필은 실제작가와 주인공 사이에 유사성을 갖는 허구적 텍스트인 자전적 소설과는 어떻게 구별되는가? 한마디로 서사수필은 자전적 소설에서 부분적으로 허용하고 있는 허구성을 전혀 용납하지 않는다. 즉, 수필은 유사성조차도 용납하지 않는 지극히 사실적인 장르이다. 서사수필조차도 이 규약에서 예외일 수가 없다. 앞서 인용한 피천득과 라대곤의 수필도 이 규약을 엄격히 따르고 있다.

하지만 필자가 이미 논의한 바 있듯이[6] 박양근의 「재혼여행」이란 수필은 허구적인 상상력을 토대로 씌어지고 있다. 그러면 이 작품의

---

6) 송명희, 「수필문학의 허구성」, 『수필과 비평』, 1999년 7 · 8월호.

허구성을 사실적 장르인 수필에서 어떻게 용납할 수 있는가?

1) 토함산 중턱에서 내려다 본 들판에는 3월 초순의 춘설답지 않게 넉넉한 눈발이 펼쳐져 있었다.
(중략)
어느 때부터인가 이게 아닌데 하는 푸념이 생겨나기 시작했다. 몇 해를 미적미적하다가 올 2월에 그 여자와는 그만 살아야지 하는 생각이 불현듯 떠올랐다. 결코 파내지 않기로 작정했던 땅 속에서 뼈마저 삭아버린 공터를 발견한 후 나는 옛 아내에게서 도망을 쳤다. 단조로운 일상에 싫증나 버린 고참 하사관이 이유 없는 탈영을 하듯.
(중략)
2) 그래, 분수에도 없는 꿈에서 깨자. 나 혼자 생각한 재혼여행의 몽상에서 깨어날 시간이 되었다. 열일곱 해를 거슬러 신혼여행을 떠난 바로 그 날, 그 주말에 해운대로 함께 왔던 그 여인과 1박2일의 나들이를 떠났던 현실로 되돌아와야지.
(후략) (박양근의 「재혼여행」에서)

「재혼여행」은 화자가 경주로 재혼여행을 떠나 자신의 첫 번째 결혼과 첫 아내를 되돌아보는 상상을 하다가 현실로 되돌아오는 내용으로 되어 있다. 독자는 실제작가 박양근이 영락없이 재혼을 한 것으로 알고 글을 읽어나간다. 그런데 커피숍에서 커피를 마시는 재혼한 아내가 첫 아내를 너무도 닮았음을 시사하는 대목에 와서는 고개를 조금씩 갸우뚱거린다. 이어서 6년째 새 차로 바꾸지 못한 채 헌 차를 끌고 다니며, 폐차할 때까지 끌고 다니겠다고 다짐하는 일인칭의 화자가 결코 첫 아내와 이혼할 사람이 아니라는 확신을 갖게 된다. 그리고 작품은 마지막 부분인 2)에 와서 문득 꿈을 깨고 현실로 돌아오며 끝이 난다. 즉, 작품의 발단에서 결말에 이르기까지의 '재혼여행' 이야기는 한낱 환상이고 상상이었음이 마지막에 가서야 밝혀진다. 작품의 총 20개의 단락 가운데 18개 단락이 상상부분이고, 마지막 2개 단락이 현실부분이다. 상상에서 시작하여 현실로 돌아옴으로써 작품이 끝나는 독특한 구조를 가지고 있다.

이 작품에서 1~18단락은 액자소설의 안 이야기, 내부 액자에 해당되며, 19~20단락은 바깥이야기, 즉 외부액자에 해당된다. 이 작품의 이야기 구조는 도입액자가 생략된 채 내부액자로부터 이야기가 시작되며, 결말에 가서 외부액자로 끝나는 닫힌 액자구조로 되어 있다. 도입액자의 생략은 소위 러시아 형식주의자들이 말하는 '낯설게 하기'를 위한 기법적 장치라고 할 수 있다. 즉, 도입액자가 생략됨으로써 독자들은 18단락에 이르도록 작가가 이혼을 하고 재혼여행을 떠난 것이라는 확신을 계속 유지한다. 도입액자가 생략된 채 바로 내부액자로 들어가는 구조는 이처럼 작품의 긴장감을 고조시키는 데 매우 효과적인 트릭이며, 기교이다. 뿐만 아니라 이 작품은 환상에서 현실로 돌아오는 구조를 통해 사실성의 규약을 철저히 따르고 있다. 만약, 마지막 두 단락을 작품에서 삭제해버린다면 「재혼여행」은 사실성의 규약을 지키지 않은 허구이므로, 수필이 될 수 없다.

「재혼여행」은 겉으로 보기에 일인칭 서술로서 내부액자와 외부 액자 사이에 화자가 일치하는 듯이 보인다. 그렇다면 화자가 달라야 성립되는 액자구조의 법칙에서 벗어나고 있는가? 결코 그렇지 않다. 인용문 1)의 '나'와 인용문 2)의 '나'는 결코 동일한 존재가 아니다. 1)에서 재혼여행을 떠난 상상적 자아인 '나'는 잠재된 욕망, 즉 프로이트(S.Freud)식으로 말하자면 이드(id)로서의 '나'이다. 그리고 2)는 이드를 통제하는 이성적 자아, 즉 슈퍼에고(super ego)로서의 이성적 자아이다. 또한, 융(C.G.Jung)식으로 말하자면 내부액자는 그의 마음의 욕구를 따르는 내적 인격을 표현하고 있으며, 외부액자는 사회적 질서를 따르는 외적 인격, 즉 페르조나(persona)의 표현이다. 이처럼 같은 일인칭이지만 내부액자와 외부액자의 '나'는 동일한 자아가 아닌 것이다. 둘은 나라는 전체 안에서 가치의 갈등과 대립을 겪는다. 의식의 중심인 자아는 한편으로는 외적 세계에 적응하나 다른 한편으로는 내적 세계에 적응하려고[7] 한다. 그리고 나라는 전체는 내적 외적 인격의 균형과 조화를 통해서 건강성을 실현할 수 있다. 작중의 나는 재혼이란 판타지를 꿈꾸지만 마지막 단계에서 의식화를 이룸으로써 나란 인격 전체의 균형과 조화를 도모한다.

이 수필은 쾌락원리에 입각한 상상적 자아가 재혼을 꿈꾸지만 현실원리에 입각한 현실적 자아로 되돌아옴으로써 사실성을 회복한다. 따라서 이 작품이 사실성의 규약을 따르지 않았다고 말할 수는 없다. 또한, 작품의 20개 단락 가운데서 18개 단락이 상상을 다루고 있기 때문에 사실성을 토대로 한 진실성이 결여되었다고도 말할 수 없다. 이 작품은 열일곱 해 동안 결혼생활을 해온 사십대 남성의 이혼 및 재혼에 대한 욕망을 드러내는 한편, 자신의 결혼생활에 대한 반성을

---

7) 이부영, 『분석심리학』, 일조각, 1978, 65면.

통하여 중년의 권태를 극복하고 현실과의 조화를 도모하여 나가는 과정을 진실하게 보여준다. 그러니 환상과 상상의 세계가 현실세계에서 직접 체험한 것이 아니기 때문에 이 작품이 허구를 용납하지 않는 수필의 규약을 따르지 않았다고는 말할 수는 없다는 것이다. 오히려 작품은 인간의 의식의 뒷면에 감추어진 무의식적 욕망을 드러냄으로써 인간의 복잡다단한 심리적 진실을 드러내고 있다. 또한, 현실세계의 도덕관으로부터 억압된 이혼에 대한 욕망을 서사적 언어로 재현해 보임으로써 사회적 질서와 조화를 이루며 자아는 보다 원만한 자기실현을 이룰 수 있다. 따라서 무의식은 피해야 할 위험한 충동이 아니라 심리적 균형에 이르는 길이고, 창조적인 에너지이다. 문학은 바로 어둠 속에 잠긴 무의식을 의식화시킴으로써 창조성을 실현시킨다. 말하자면 이 작품은 인간의 무의식의 세계까지를 다룬 모더니즘 수필(또는 심리주의 수필)로 명명할 수 있을 것이다.

이와 유사한 예를 이미 다른 글에서 논의한 바 있는[8] 류시화의 수필에서 더 잘 확인할 수 있다.

동쪽 복도를 지나 아랍풍의 무늬가 새겨진 문을 빠져 나올 때였다. 한 무리의 인도인 관광객이 내 앞을 지나갔다. 그리고 그 사람들 틈에서 누군가 앞에 가는 한 여성의 이름을 소리쳐 불렀다.
"미라, 이다르 아이예(미라, 이리와 봐)!"
그 소리에 한 처녀가 고개를 돌렸다. 그 순간이었다. 어떤 계시와도 같은 울림이 나를 흔들었다. 아, 그렇다. 내가 전생에 사랑했던 여

---

8) 송명희, 「수필문학에서의 허구수용문제와 현대수필이 나아가야 할 방향」, 『동방문학』 32호, 2003년 4·5월호, 111~124면.

인의 이름은 미라였다. 이제 모든 것이 생각났다. 그녀의 얼굴까지도, 그리고 처음 그녀를 만났을 때의 그 표정과 웃는 모습까지도!

　내 마음은 소리쳐 그녀를 불렀다.

　"미라!"

　그 이름이 성의 복도에서 메아리치듯 울려 퍼졌다. 기둥들 사이에 선 아직도 그녀의 모습이 어른거렸다. 그녀를 만지기 위해 나는 손을 뻗었다. 그러나 그것은 불가능한 일이었다. 나는 현생 속에 존재하고 있었고, 그녀는 전생 속의 사람이었다. 우리 두 사람은 서로를 바라보고 있었지만 그녀와 나 사이엔 한 생이라는 뛰어넘을 수 없는 간격이 가로놓여 있었다. (「전생에 나는 인도에서 살았다」에서)

　인용한 수필은 류시화의 『하늘 호수로 떠난 여행』(1997)이라는 수필집에 수록된 「전생에 나는 인도에서 살았다」라는 수필의 한 대목이다. 이 작품에서 현실과 환상의 경계는 지극히 모호하다. 박양근의 「재혼여행」에서는 액자구조를 통하여 그 경계를 구분 짓고 있지만 이 작품에서는 그런 장치조차 사용하지 않고 있다. 현실의 화자인 일인칭의 내가 전생의 연인을 만난 환상적 사건은 기존의 사실성에 얽매인 수필에 대한 관념을 전복시킨다. 류시화는 현생이라는 시간과 전생이라는 환상적 시간을 병치시킴으로써 객관적 시간관념을 해체한다. 그의 시간관은 직선적인 것이 아니라 윤회를 토대로 한 순환적 시간관이다. 바로 여기서 환상적 내용과 시간구조가 가능해진다. 화자는 여행지인 인도에서 자신을 태웠던 자전거꾼으로부터 그가 전생에 인도에서 살았다는 말을 듣는다. 그 말을 처음에는 믿지 않았지만 어느 순간 거리의 풍경들이 예전에 와본 듯한 착각에 사로잡히며, 스치듯이 만났던 한 아름다운 인도여인이 전생의 연인이었던 듯한 기시감(既視感) 또는 기지감(既知感)을 불러일으킨다. 하지만 아무리 매혹적인 여인이 그의 마음을 끈다 해도 그의 남자로서의 욕망은 현생과 전생의 거리만큼이나 실현 불가능하다. 욕망의 실현불가능성은 현생과 전생의 극복할 수 없는 시간적 간극을 통해서 잘 표현되고 있다.

따라서 이 작품은 인간의 현실세계에서 충족할 수 없는 욕망의 결핍과 그 결핍을 언어로써 메우려는 무의식을 드러낸 수필로 해석해야 한다. 작가가 현실에서 직접 체험한 것은 인도의 길거리에서 '미라'라고 불리어지는 아름다운 여인을 스치듯 만난 일이다. 그리고 그 여인이 전생의 연인이었다고 믿는 것은 윤회라는 장치를 통하여 드러낸 그의 남성으로서의 강렬한 내적 욕망일 뿐이다. 그것이 정신병 환자의 착시나 환시가 되지 않기 위해서 전생이라는 윤회적 세계관이 필요해진다. 이 환상적인 삽화는 화자 스스로가 전생과 현생의 뛰어넘을 수 없는 거리를 철저히 인식하고 있고, 자신의 욕망을 현실 속에서 실현할 수 없다는 것을 뚜렷이 의식하고 있기 때문에 사실성이라는 수필의 규약을 완전히 벗어난 작품이라고는 볼 수 없다.

류시화가 보여준 꿈과 현실이 교묘히 편집된 수필은 사실적 세계에 얽매이는 수필도 얼마든지 자유로운 상상력의 세계를 개척할 수 있다는 가능성을 보여주고 있다. 그리고 인간의 복잡 미묘한 심리세계를 보여주는 데 이와 같은 기법이 매우 효과적이라는 사실도 알 수 있게 해준다. 수필장르가 시나 소설처럼 문학적으로 보다 세련성을 갖추기 위해서는 다른 장르로부터 다양한 기법적 장치를 적극적으로 받아들여 미적 세련성을 더해 가야 한다. 수필의 문학으로서의 전문성은 바로 그런 미적 세련성으로부터 나온다는 사실에 유연하게 대처해야 한다. (『수필학』 12호(2004년))

5. 근원적 세계에 대한 그리움과 소설적 기법
— 라대곤의 수필세계

1) 머리말

수필가 라대곤은 월간 『수필문학』으로 등단한 이후 월간 『문예사조』를 통해서 소설가로도 데뷔하여 『악연의 세월』이란 소설집까지 출간한, 재능 많고 성취욕이 강한 분이다. 수필과 소설이란 두 장르를 넘나드는 라대곤의 수필은 수필의 고백적 성격과 인생에 대한 성찰 위에 서사적 구성과 소설적 흥미가 부가됨으로써 수필을 읽는 재미를 한층 더해주고 있다. 즉, 그의 수필은 소설적 기법을 자유자재로 구사함으로써 수필의 평면성을 뛰어넘는 입체적 형식미와 표현기법을 보여주고 있다.

그의 첫 수필집 『한 번만이라도』는 일정하게 고른 수준이 유지되고 있다. 40편의 수필을 수록하고 있는 수필집 『한 번만이라도』는 과장 없이 한편 한편이 모두 주옥같이 빛나는 글로서 그의 문학에 대한 천부적 장인기질을 유감없이 보여주고 없다.

그러면 그의 수필이 보여주는 세계는 어떠한가?

그는 수필집의 머리말에서 다음과 같이 고백하고 있다.

나는 언제나 고향집 근처쯤에 내 자신이 머무르고 있는 진솔한 내 마음만을 동화적인 이야기 속에 펼쳐보려고 해보았습니다. 하지만 그건 내 바램일 뿐 세속에 젖다보니 생활이나 주변 이야기도 함께 쓰게 되었습니다. (「머리말」에서)

유년시절의 마음의 동화와 일상생활 속에서 겪게 되는 주변의 일상적 삶에 대한 진솔한 표현은 그의 수필의 핵심적 소재들이다. 유년시절의 마음의 동화가 과거적 삶의 표현이라면 일상생활의 주변 이야기는 현재적 삶에 대한 표현이다. 그러나 그의 첫 수필집 『한 번만이라도』는 현재보다는 과거에 더욱 경도되어 있음을 부인할 수 없다. 그것도 삼십 년 전의 먼 과거인 유년으로의 여행, 그것이 그의 수필 세계의 중요한 특성이다.

다 알다시피 수필문학은 체험의 사실성에 기초한 문학 장르이다. 그렇다면 이미 체험된 과거적 삶이 소재로써 다루어지는 것은 지극히 자연스럽다.

2) 유년과 고향, 그 아늑함의 세계

라대곤은 수필집의 머리말에서 고백했듯이 유년기에 겪었던 경험적 자아를 표현하고 싶은 강렬한 욕구가 글쓰기의 동인으로 작용했다. 경험적 자아에 대한 표현, 특히 유년시절로의 회귀는 모든 인간의 원초적이고 보편적 욕구라고 하겠다. 철없이 뛰어놀던 유년시절의 행복과 평화야말로 한 사람의 평생을 좌우하는 원형적 경험이라고 할 수 있다. 어떤 의미에서 그 사람의 '사람됨'은 어린 시절에 어떤 경험을 했느냐에 달려있다. 심리학에서도 인간의 성격은 6세 이전에 대부분이 형성된다고 하지 않던가.

그러면 그의 마음속에 유년은 과연 어떤 모습으로 자리 잡고 있을까. 수채화처럼 영롱하게 빛나는 유년의 풍경 속에는 맹감나무와 상수리나무로 뒤덮인 뒷동산, 미꾸라지를 잡던 개울가, 마을 앞 정자나무, 초가지붕의 고향집 모습도 떠오르고, 유난히 다정했던 어린 시절의 여자친구 순례의 모습도 새겨져 있고, 지금은 돌아가신 아버지의 모습도, 그 옛날 학창시절의 선생님의 모습도 자리 잡고 있다.

"나는 봄만 되면 어김없이 온 몸에 두드러기가 생긴다"로 시작되는 「알레르기 향수」는 순례네 과수원에서 복숭아 서리를 하다가 그녀 순례의 아버지에게 들켜서 흙 담 창고에 갇혔던 어린 시절의 죄의식과 관련되어 있다. 그 이후 수십 년의 세월이 흘렀건만 그 죄의식으로 인해 봄만 되면 라대곤은 '복숭아 알레르기'에 시달린다.

> 기나긴 세월 복숭아 솜털은 내 인생의 동반자처럼 그렇게도 지겹게 나를 흔들어 놓았다. 복숭아밭에 기어든 그 업보가 이리도 클 줄이야 누가 알았겠는가.
> 이 봄에도 복숭아꽃이 흐드러지게 피었다. 순례네 과수원의 허술한 창고며 사람 좋은 순례네 아버지의 검붉은 얼굴이 떠오르고 복숭아를 훔치려던 자식 편에 서서 순례네 아버지를 일갈하던 우리 아버지와 내가 고향을 떠나올 때 눈물을 감추던 순례의 모습이 그립다. 어떻게 하겠는가. 알레르기 속에서 피어나는 그 향수를 안고 이대로 한 생을 투덜대며 순하게 산다는 게 얼마나 즐거운 일인가. (「알레르기 향수」에서)

이 한 편의 수필은 유년과 고향에 대한 라대곤의 강렬한 향수를 유감없이 보여준다. 이 글에서는 여럿이서 남의 물건을 훔쳐다 먹는 옛날의 시골 풍속, 즉 '서리'를 해먹던 시골 악동들의 모습이 생생하게 떠오르는가 하면, 다른 애들에겐 쌀쌀했지만 그에게는 각별히 친절했던 순례에 대한 아련한 감정, 자식을 감싸던 아버지의 무조건적 사랑……. 그 수많은 사연들이 유년의 풍경화 속에서 실타래처럼 끝없이 풀려져 나온다. 복숭아 알레르기의 근원은 '복숭아 서리'를 하다가 붙잡혀서 혼이 났던 유년의 원형적 죄의식과 관련된 것으로 보인다. 하지만 글을 다 읽고 났을 때에 필자는 이 두드러기는 죄의식과 관련된 것이 아니라 다시는 돌아갈 수 없는 유년과 고향에 대한 향수 때문에 생긴 향수병의 일종이라고 생각하게 되었다. 복숭아 서리를 해먹던 그 고향으로, 수십 년 전의 유년의 기억 속으로 복잡한 도시 생활을 벗어나 회귀하고 싶은 원초적 욕망과 현실을 벗어날 수 없는 갈등 때문에 봄만 되면 계절병을 앓듯 온 몸에 두드러기가 돋는 것이라고…….

「내 가슴속의 수채화」는 "언제부턴가 내 마음속에 꼭 드는 수채화 한 폭쯤 간직했으면 하는 마음"을 통해서 고향에 강렬히 통합되고자 하는 현실적 자아의 욕망을 그림에 대한 그의 태도를 통해서 적절히 드러내고 있다. 그는 마음에 꼭 드는 그림을 하나 갖고 싶은 욕망를 가지고 있는데, 정작 자신이 갖고 싶은 그림이 어떤 그림인지를 모른다. 그러다가 엉뚱하게도 꿈속에서 그 자신이 그토록 갖고 싶어 하던 그림의 모습을 보게 되는데, 그 그림은 바로 고향의 풍경을 담고 있었다. 그가 갖고 싶은 그림이란 고향의 풍경을 담은, 결국은 그 자신의 고향에 대한 향수를 표현해주는 그림인 것이다.

바닷가의 잿빛 구름이 조금씩 밝게 보이더니 어느새 바위산이 고향집 짚벼눌로 바뀌어 가고 있었다.
초생달이 보이는가 싶더니 함박눈이 소록소록 쏟아지고 초가지붕 위로 실낱같이 피어오르는 굴뚝의 연기가 더할 수 없는 안락함과 평화를 주었다.
탐스럽게 쏟아지는 눈 덩이에 찢어질 듯 휘어진 외소나무 가지 위에 까치 한 쌍이 조는 듯 앉아 있었다.
왜 그림 속에 눈이 내릴까?
나는 어느새 그림 속으로 한없이 달려가고 있었다. (「내 가슴속의 수채화」에서)

라대곤이 갖고 싶은 그림, 그의 고향의 모습을 담은 그림은 결국 그의 마음속에만 존재하는 그림이다. 그 그림은 그 어떤 화가도 그릴 수 없고, 다만 그 자신만이 그릴 수 있는 것이다. 그러니 다른 사람들이 그린 그림들이 다 마음에 들 리가 만무하다. 그래서 그는 별로 마음에 들지 않는 그림의 액자 위에 흰 종이를 가려놓고 상상 속에서 고향의 모습을 그려 넣어 보곤 한다.

그러면 그는 그가 상상하는 고향의 풍경을 통해서 무엇을 얻고자 하는가. 그의 가슴속에 새겨진 고향의 풍경이란 안락과 평화를 불러 일으키는 풍경이다. 유년의 고향은 그의 마음속에 안락함과 평화의 대명사로, 상징으로 자리 잡고 있다. 그는 고달픈 도시적 삶, 현재적 삶, 적대적 세계로부터 물러나서 안락하고 평화로운 세계로, 휴식과 행복이 있는 내적 세계로 회귀하고 통합하고자 하는 원초적 욕구를 갖고 있다. 그러나 현실 속에서 그의 그러한 욕구는 쉽게 실현되지 않는다. 현실은 그만큼 복잡하게 얽혀 있기 때문에 그의 욕구가 그토록 간절하고 절실함에도 불구하고 현실을 떨치고 그 욕망을 쉽게 실현할 수 없다.

따라서 그는 현실적으로 실현되지 않는 욕망을 상상적으로 그의 가슴속에서 실현시키고자 하는 것이다. 그가 진정으로 원하는 그림을 현실 속의 화랑이나 전시회장에 걸린 화가의 그림을 통해서가 아니라 그의 꿈속에서 보게 된 이유는 어디에 있을까. 그는 꿈을 통해서, 상상을 통해서 그 자신의 마음에 드는 수채화를 스스로 그림으로써, 즉 상상과 환상을 통해서 유토피아와 같은 이상적 세계로의 상상적 통합을 시도하는 것이다.

인간학적인 관점에서 공간의 문제를 다룬 볼노브(Otto Friedriech Bollnow)는 『인간과 공간(Mensch und Raum)』에서 외적 공간(Aussenraum)과 내적 공간(Innenraum)은 근본적으로 분리되어지게 된다고 보았다. 외적 공간은 보다 넓은 세계로서, 이 안에서 인간은 자신의 이웃들과 친구들, 그리고 적들과 더불어 자신의 작업을 성취해야만 한다. 반면에 내적 공간은 보다 좁은 세계를 가리키며, 인간은 그 안으로 들어가서 그곳에서 쉴 수 있으며, 그리하여 삶에서의 긴장 후에 다시금 자신에게로 돌아올 수 있게 된다고 했다. 아늑한 내적 공간의 기본형태는 집이지만 마을이나 도시, 고향과 국가와 같은 더 넓은 영역이 포괄되며, 인간의 삶은 아늑함의 공간을 지니고 있을 때에만 비로소 건강하게 유지될 수 있는데, 왜냐하면 이러한 아늑함의 공간 안에서 인간은 낯선 사람들과 격리되어 자신의 가족들과 더불어 평화와 안정을 유지하면서 살 수 있을 뿐만 아니라 인간이 바깥세상의 여러 가지 일들에 지쳤을 때에도 그러한 '세상의 소용돌이'로부터 물러나 이 아늑함의 공간 안으로 돌아와서 다시금 안정을 회복할 수 있기 때문이라고 했다.

다시 말하지만 라대곤에게 유년과 고향은 아늑함의 세계, 내적 평화와 안정의 세계, 적대적인 바깥세계의 일들에 지쳐 있을 때에 돌아가 쉴 수 있는 '내적 공간'인 것이다. 직업의 세계, 현실의 세계, 적대적 세계의 긴장을 해소할 수 있는 아늑함의 시간과 공간, 그것은 그에겐 바로 유년과 고향인 것이다. 그런데 그 고향으로 돌아가 쉴 수 있는 현실적 여건이 허용되지 않기 때문에 그는 꿈을 통해서 상상적으로 유년과 고향으로 회귀하고 외적 세계의 긴장을 상상적으로 해소하고 현실적 삶의 건강과 균형을 유지하고자 한다.

어떤 의미에서 보면 문학은 인간의 욕망과 꿈의 대리실현이다. 라대곤에게 수필은 고향과 유년에 대한 반복적 글쓰기를 통해서 평화와 안정과 휴식의 세계, 현실로부터 한걸음 물러난 아늑함의 세계로의 이행을 가능하게 해준다. 따라서 그는 현실세계의 적대적 긴장이 증가하면 할수록 고향과 유년에 대한 회귀욕망도 증가할 수밖에 없다. 또한, 유년과 고향에 대한 글쓰기의 욕망은 더욱 치열해질 수밖에 없다.

「고향집 감나무」역시 아름답고 환상적인 수필인데, 그 주제면에서는 앞의 수필들과 동궤에 놓인다고 하지 않을 수 없다. 「고향집 감나무」에서 그의 향수병은 이제 '감나무'라는 대상을 통해서 표현되고 있다.

> 언제부턴가 나는 이상하게도 고향집으로 자주 달려가는 꿈을 꾸고 있다. 뒤쪽의 경사진 언덕, 마당 앞 쪽의 대나무밭, 집덩이만한 짚벼 눌. 이럴 때는 뒷동산의 맹감나무 숲과 상수리나무까지도 어우러져 일렁인다.
> 그런데 이상한 것은 꿈마다 빠짐없이 보이는 정경은 사립문 옆 우물가에 서 있는 감나무다.
> 다른 모습들은 꿈속에서 항상 변함없이 보이는데 감나무만은 아주 잎이 무성한 숲에 붉은 감을 달고 있는 나무로 보였다가 어느 때는 아주 왜소하기 짝이 없는 풋감나무로 보이기도 한다.
> 야릇한 점은 한번도 꿈속에서 감나무가 같은 모습으로 보이지 않는다는 점이다.
> 사실은 고향집을 찾아가지 못한 채 30년이란 세월이 흘렀다. (「고향집 감나무」에서)

그가 꿈속에서 '감나무'에 특별히 집착하는 이유는 30년 전 고향집을 떠나면서 감나무 한 그루를 심었던 기억 때문이다. 그의 꿈속에서 감나무는 계속 자라서 잎이 무성한 숲에 붉은 감을 주렁주렁 달고 있는 모습으로 나타나는가 하면, 왜소하기 짝이 없는 풋감나무로, 또는 누렇게 시든 모습으로 나타나기도 한다. 그에게는 꿈속에 나타난 감나무의 모습으로 하루를 점쳐 보는 이상한 습관까지 생겼다. 마침내 그는 여러 모습으로 꿈에 나타나 그의 향수병을 자극하는 감나무를 찾아서 삼십 년 전에 떠나온 고향집을 찾아가 본다. 누렇게 익은 주먹만한 감들을 매달고 서 있는 감나무, 삼십 년 동안 우람하게 잘 자란 현실 속의 감나무를 확인하고서야 그는 돌아선다. 즉, 삼십 년 저 너머에 어둡게 침묵하고 있는 무의식을 밝은 현실세계로 의식화하는 용기를 발휘한 셈이다. 그렇게 고향을 의식화한 이후, 어쩌면 그는 향수병에서 자유로워지지 않았을까?

칼 융(C.G.Jung)에 의하면 무의식이란 우리가 가지고 있으면서 아직 모르고 있는 우리의 정신의 모든 것이다. 다시 말해서 우리가 알고 있는 것 너머의 미지의 정신세계, 그것은 무의식이다. 그의 꿈속에 빈번하게 출현하는 감나무가 깨우치는 메시지는 무엇인가? 즉, 꿈속의 감나무가 지닌 지향적(志向的) 의미는 무엇일까? 무의식의 의식에 대한 관계는 대상적이다. 대상작용(代償作用)은 무의식의 중요한 기능이다. 무의식은 의식에 결여된 것을 보충하는 역할을 하며 그럼으로써 그 개체의 정신적인 통합을 꾀한다. 따라서 그의 꿈속의 감나무는 의식에 결여된 것, 즉 현실세계에 결여된 고향이란 세계를 보충하는 역할을 한다. 꿈속에 빈번하게 출현한 감나무는 그로 하여금 고향에 찾아가 보도록 촉구한 셈이다. 결국 그는 무의식이 지향하는 의미를 파악하고, 현실 속에서 고향 집의 감나무를 찾아가게 된 것이다. 무의식의 내용을 의식화함으로써 이제 그의 의식은 더욱 확대되고, 그의 자아는 더욱 조화롭고 창조적인 자아로 성숙되고 통합될 수 있을 것이다. 따라서 그의 고질적인 향수병도 치유될 수 있으며, 현실 속에서의 그의 삶은 더욱 건강하고 풍요로울 수 있을 것이다.

인간은 젊어서는 보다 새롭고 넓은 세계에 대한 관심으로 고향을 떠나온다. 그런데 중년기 이후 나이를 먹으면서 새로운 세계에 대한 적극적 관심은 줄어들고 반대로 근원적 세계, 과거적 세계로 돌아가길 원하는 생의 소극성을 보여준다. 변화보다는 안정을, 새로운 세계보다는 익숙한 세계에 머무르기를 원하는 것이 인지상정이다. 지금껏 앞만 보고 질주하던 낯설고 적대적인 세계로부터 한 걸음 물러나서 안락하고 평화로운 세계, 근원적 세계로의 회귀의식을 보여주는 것이다.

이제 어렵고 가난했던 고향의 옛 친구들마저 하나 둘 세상을 등지는 마당에 그는 새로운 세계보다는 익숙하고 편안한 세계, 그가 도시로 떠나오면서 버리고 온 그 세계로 돌아가 평화에 젖어들고 싶을 뿐이다.

3) 소설적 기법과 유머

라대곤 수필의 특성의 하나는 서사적 이야기성과 해학성이 아닐까 한다. 특히 이웃집 박 영감과의 티격태격 하는 갈등은 금방이라도 눈에 잡힐 듯 귀에 들릴 듯 서사적 생동감이 넘치고 있다. 「부끄러운 일」을 비롯하여 「뒤바뀐 구설수」, 「천사 때문에」, 「골프 때문에」란 수필은 이웃집 박 영감과의 사소한 일상적 갈등을 소재로 한 수필로서 한 편의 재미있는 콩트를 읽듯이 매우 유머에 넘치고 솔직한 고백적 요소가 마음을 사로잡는다.

「부끄러운 일」에서 박 영감 집을 향해서 뻗어간 감나무 가지, 그의 집 담장을 타고 넘어온 장미덩굴은 서로 소통하지 않고 지내는 주인들에게 교시라도 하듯이 이웃집을 향해서 거침없이 가지와 줄기를 뻗치고 있다. 일년 전에 담장을 넘어간 감나무 가지를 박 영감이 잘라버려 서운한 감정이 남아 있는 그는 이번에 그의 집 담장을 타고 넘어와 그가 아끼는 영산홍을 어지럽히고 있는 장미 덩굴을 망설이던 끝에 잘라낸다. 박 영감이 지난해 감나무 가지를 잘라버린 데 대한 유감에서 비롯된 장미덩굴에 대한 그 자신의 신경증적 반응과 내적 갈등에 대한 묘사는 소설 속 인물의 심리묘사만큼 치밀하고 탁월하다. 「부끄러운 일」의 소재는 일상적인 것이지만 이를 그려내는 필치는 결코 평범하지 않다.

아침에 눈을 뜨면서 오늘은 기어코 장미 덩굴을 잘라버려야겠다고 마음먹었다. 며칠 전에 사다 놓은 전지가위를 찾아 들고 정원으로 내려섰다. 담을 타고 넘어온 옆집 장미 덩굴이 우리 집 정원을 점령이라도 하려는 듯 내가 가장 아끼는 영산홍을 못살게 구는 꼴이 나에겐 여간 신경을 쓰이게 하는 일이 아니었다. 영산홍이 망울진 지금에야 탐스럽게 핀 장미 덩굴이 훨씬 아름답고 보기에 아름답지만 하지만 그건 남의 것을 강탈하는 무법자 같아서 나는 며칠 전부터 월담한 장미 덩굴을 잘라 버려야겠다고 마음먹고 있었다.

그러나 이웃 집 박 영감이 어떤 트집을 잡고 늘어질까 그것이 몹시 켕기었다. 그러다 어느 날 용단 끝에 전지가위를 들고 나서긴 했지만 막상 가위를 대려고 하니 내가 꼭 작년 여름 우리 집 감나무를 핑계 삼아 복수라도 하는 것 같아 머뭇거리고 있었다. (「부끄러운 일」에서)

그런데 그의 그러한 마음을 읽기라도 한 듯이 그날 밤 박 영감이 술병을 사들고 와서 지난해에 감나무 가지를 자른 것은 정원의 햇빛을 가렸기 때문이라며 먼저 사과를 한다. 작가는 자신의 용렬함에 대한 부끄러움을 고백하며 작품을 끝맺는다.

> 오늘 아침 장미 덩굴을 자르면서 내 마음 속에 일었던 갈등이 너무나도 우습고 부끄러웠다.
> 감나무 가지에나 장미 덩굴에 나나 박 영감이 헤아려 볼 수 없는 눈이 달려 있다면 우리를 얼마나 원망했을 것인가.
> 장미 덩굴, 그 자유로운 뻗어남을 가로막은 내가 참으로 시시하게 느껴진 슬픈 날이었다. (「부끄러운 일」에서)

원로 수필가 피천득은 그의 수필로 쓴 수필론인 「수필」에서 "수필은 그 쓰는 사람을 가장 솔직히 나타내는 문학형식이다. 그러므로 수필은 독자에게 친밀감을 주며, 친구에게 받은 편지와도 같은 것이다"라고 했다. 수필문학의 진수는 바로 이처럼 위선과 가식 없는 솔직한 자기고백으로부터 독자들의 공감과 감동을 얻어낼 수 있다. 이러한 솔직한 자기고백과 토로야말로 글 속의 화자와 글을 쓴 작가가 일치하는 수필문학의 진면목이라고 할 수 있다. 모든 예술은 인간의 체험을 심화시켜 주는 데 공헌하지만 그 중에서도 수필은 허구적 상상적 요소를 배제한 경험적 자아의 직접적 체험의 고백을 통해서 다른 예술이나 타 문학 장르가 형상화하기 어려운 인생의 깊이를 심화시켜 준다. 수필문학이 보여주는 인생에 대한 성숙과 관조는 인간과 세계에 대한 솔직한 고백으로부터 기인되는 것이라고 하지 않을 수 없다.

부끄러운 일이라고 자기를 가리지 않는 솔직성이야말로 진정한 용기이며, 그 용기에 독자는 박수를 치고 공감의 세계로 참여하게 되는 것이다.

「시파」, 「고소공포증」, 「어떤 실수」는 그 자신의 실수를 고백하고 토로함으로써 독자를 배꼽 빠지게 웃기는 진솔한 인간미를 풍기는 수필이다.

그의 집 이층 방에 세 들어 살던 죤 부부와의 문화적 갈등, 영어로 대화를 하지 못하면서도 가족들 앞에서는 하는 척해온 그의 코미디언 같은 언동은 폭소를 자아내기에 충분하다. 상의를 벗고 일광욕을 하는 습관이 있는 백인과 이를 이해하지 못하고 호기심과 비난으로 일관하는 이웃들 사이에서 갈등을 겪어오던 그는 죤이 휴일에 반바지 차림으로 고무호스를 들고 물을 이층으로 올리다가 거실에 쏟아 붓자 홧김에 "야 임마 물 조심하란 말이야!"라고 하였다가 "아쟈씨 임마 하지 말아요. 시파."하는 소리에 대경실색한다. 죤이 능숙하게 우리말을 구사하는 줄도 모르고 지금껏 그 앞에서 영어를 하는 척했고, 반말로 '임마'라는 비어까지 구사하고 말았으니 그 낭패스럽고 분함은 충분히 이해가 가고도 남는다.

　　"야 임마 물 조심하란 말이야!"
　　그러자 그가 내 쪽으로 고개를 휙 하고 돌려 험악한 눈초리로 한참 동안이나 나를 노려보고 있다가 갑자기 빠르게 내게 내뱉은 소리는 너무도 기가 막힌 소리였다.
　　"아쟈씨 임마 하지 말아요. 시파."
　　순간 나는 아찔하였다. 아니 그러면 저 녀석은 지금까지 내 말을 다 알아듣고 있었단 말인가?

능청스러운 놈.

나는 털썩하고 거실바닥에 주저앉고 말았다. 지금까지 놈에게 농락당한 것을 생각하면 참으로 낭패스럽고 분했다. 담배를 피워 무는 두 손이 벌벌 떨렸다.

이제 가장의 권위고 집사람에게 창피고를 떠나서 놈과 한 지붕 밑에서 살 수 없다는 내 결심과 의지를 누가 알아줄 수 있을 것인가 마음만 무거워졌다. (「시파」에서)

「시파」에서 보여준 외국인 존과의 해프닝은 배꼽을 잡게 한다. 존으로부터 '시파' 소리를 듣고 낭패스럽고 분하여 두 손을 벌벌 떠는 모습은 한 편의 코미디의 헤프닝을 보듯 한바탕 큰 웃음을 자아낸다. 위선적으로 분함을 되새기기보다는 솔직하게 감정을 토로함으로써 이 수필은 독자를 편안한 공감의 세계로 이끌고 간다. 나의 실수를 공개함으로써 나와 독자들의 심리적 긴장을 해소시켜 주었다면 이 수필은 이미 소기의 목적을 달성한 것이다.

라대곤 수필이 독자를 사로잡는 가장 큰 이유는 서사적 이야기성에서 비롯된다. 대부분의 글들이 한 편의 단편소설이나 완벽하게 짜여진 콩트를 읽는 듯한 흥미를 불러일으킨다. 그의 수필에는 이야기 즉 사건이 있고, 살아 움직이는 인물이 있고, 일정한 시간과 공간 위에서 펼쳐지는 인물의 생동감 넘치는 행동이 있다. 그가 수필에서 소설로 그의 문학적 영역을 확장해 간 것은 지극히 자연스러운 일이라고 생각한다.

「어떤 실수」도 한편의 콩트처럼 독자에게 흥미롭게 다가오는 글인데, 양복 대신에 내복 위에 곧바로 양털점퍼를 걸치고 난방시설이 완벽한 호텔의 회의석상에 참석했다가 더워서 혼이 난 실수담을 적고 있다. 이 작품 역시 흔히 있을 수도 있는 평범한 실수담을 소재로 하여 결코 평범하지 않은 수필 한 편을 만들어 냈다. 그것은 작가의 문체의 힘에서 비롯된다고 할 수 있다.

이 추위에 양복 입고 덜덜 떠는 촌스러움보다 등이 따뜻한 양털 점퍼를 입고 있는 훈훈한 기분이 얼마나 좋은가. 하지만 나는 곧 후회하고 말았다. 서울에 도착을 해서 호텔 현관을 들어섰을 때였다.

평소에 호텔을 자주 출입해 보지 못한 나는 촌스러움이 현실로 다가온 것이다. 호텔은 추위와는 아무 관계도 없는 곳이라는 것을 나만 모르고 있었던 것이다.

갑자기 일어나는 현기증을 주체할 수 없어 애써 정신을 차리면서 둘러본 내 시야에 벽에 붙은 온도계는 섭씨 25도를 가리키고 있었다. 방금 내가 밀치고 들어온 유리문 하나 사이로 35도가 차이가 난 것이다.

심한 현기증에 이어 등이 스멀스멀 해지면서 온 몸에 소나기를 맞은 듯 땀이 솟아오르기 시작했다. 그럴 때 나는 밖의 추위를 생각하면서 까짓것 두어 시간 견디면 되겠지 하고 애써 편한 마음으로 간담회의실 의자에 덜썩 주저앉았다. 하지만 그건 내 생각일 뿐이었다. 등줄기를 타고 양털점퍼 속으로 흘러내리는 땀을 주체할 수가 없었다.

더는 참을 수가 없어서 회의장을 나오고 말았다.

급한 마음에 화장실로 들어갔지만 화장실도 열대지방인 건 마찬가지였다. 호텔 안에서는 어느 곳에서고 내 양털 점퍼 덕을 볼 곳은 없었다. (「어떤 실수」에서)

그의 수필은 소설적 요소와 개성적이고 구체적인 구어체의 문체로 심각하기보다는 유머의 구사를 통해서 자신이 체험한 주변의 일상사를 형상화해 내는 데 성공하고 있다. 더욱이 그의 문체는 젊고, 막힘없이 유려하다. 섣불리 기성세대의 고리타분한 설교를 늘어놓는 법도 없다. 가령, 「부끄러운 일」과 같은 수필에서 잘 확인할 수 있듯이 자신의 부끄러운 체험을 숨김없이 고백할 뿐 그 이상의 어떤 메시지를 전달하고자 하지 않는다. 그렇지만 글을 다 읽고 난 독자는 글의 여운 속에서 수필가가 표현한 그 이상의, 사실 너머의 진실이 주는 감동에 젖어들게 된다.

라대곤의 수필은 유년과 고향에 대한 그리움과 향수에서 일상적 세계로 변화해왔고, 앞으로는 좀더 넓은 세계, 그의 개인성과 일상적 주변성을 뛰어넘는 더 큰 세계에 대한 관심까지를 포용할 수 있는 세계로 글쓰기의 지평이 넓혀질 것이라고 기대한다.(『수필과 비평』(1997년 9·10월호))

6. 정주환의 수필 연구·이론·비평·창작·전문지 출간

1) 연구 · 비평 · 창작을 넘나드는 전천후적 수필 장르에 대한 열정

정주환 교수의 수필 장르에 관한 열정과 저력은 비단 연구나 이론, 그리고 비평과 창작 그 어느 한 분야에 국한되지 않고 이 모두를 포용하는 전천후적 특징에서 드러난다. 아니 여기에서 머물지 않고 격월간으로 발간되는 수필전문지 『수필과 비평』의 주간을 맡아 수필의 창작과 비평을 중흥시키는 일에 혼신의 힘을 기울이는 데서 다시 한번 확인된다. 그런데 어찌 거기에 머무르랴! 그는 성경과 논어를 평이한 에세이 형식으로 번역함으로써 동서양 고전의 현대화라는 작업까지 수행하고 있다.

정주환 교수, 그는 수필을 위해서 태어나고, 수필을 위해서 일생을 바쳐온 사람이다. 그는 수필의 연구자이고, 이론가이며, 비평가이고, 창작가요, 수필운동가다. 우리나라의 문학연구는 어찌 된 탓인지 소설이나 시 장르에 집중되어 있는 편식성을 나타낸다. 수필에 대한 연구자나 이론가는 눈을 씻고 찾아봐도 어쩌다 눈에 뜨일 뿐이다. 국문학의 한 분야로서 이처럼 수필은 소외받고 있는 장르이다. 또한, 우리 문학에서 수필은 가장 타 장르로부터 영역 침범을 많이 받고 있는 장르이기도 하다. 뿐만 아니라 문학인이 아닌 비전문가들까지도 언제든 경계를 넘보는 장르인 것이다. 정주환 교수의 표현을 빌자면 '주변문학'이다. 하지만 이는 장르의 전문성이 없다는 뜻으로도 여겨지지만 그보다는 대중들에게 가장 친숙한 장르, 접근하기 쉬운 장르, 즉 대중성이 뛰어난 장르라는 의미로 해석하는 것이 옳을 것 같다. 어찌됐든 이처럼 소외받고 있는 수필 장르를 위하여 정주환 교수가 그간 헌신해온 시간과 노력에는 정말 뜨거운 박수를 보내지 않을 수 없다.

정주환 교수의 그간의 수필 장르에 관한 업적은 크게 수필 연구·이론정립·비평·창작·전문잡지 출간으로 정리할 수 있다. 수필 연구서에 『한국근대수필문학사』, 이론서에 『현대수필창작입문』, 『수필문학, 무엇에 대해서 고민하는가』, 『수필 이렇게 쓴다』, 『너무 쉬운 수필작법』, 수필 평론집에 『수필문학과의 대화』, 『현대수필작가론』(상·중) 등이 있다. 그리고 가장 최근에 발간한 『별처럼 꽃처럼』(2001)을 비롯하여 열 권이 넘는 수필집을 발간해 온 창작활동과 격월간으로 발행되는 『수필과 비평』의 주간을 맡아 수필의 창작을 중흥시키고 있을 뿐만 아니라 비평을 통해 우리나라 수필문학의 올바른 방향 모색을 위한 선구자로서의 역할 모두를 맡고 있다. 실로 그의 수필비평과 수필의 이론적 정립에 관한 열정은 남다르다. 격월간 『수필과 비평』은 우리나라에서 유일하게 수필비평지로서 소임을 맡고 있는 수필전문지다. 그는 필자처럼 수필비평이나 수필문학의 이론정립에 무관심한 사람에게까지 어떤 방법으로든 이 분야의 글을 쓰게 만들곤 한다. 한번은 그 이유를 물은 적이 있다. 그는 한마디로 수필은 이론과 비평이 취약하기 때문에 발전하지 못한다. 어떻게 해서라도 이론과 비평분야에 우수한 인적 자원을 많이 끌어들여야 한다는 것이었다.

사실 우리 주위에서 창작으로서의 수필집은 넘쳐난다. 또한, 수필이론서나 수필작법 등에 관한 저서들도 쉽게 찾아볼 수 있다. 그런데 『한국근대수필문학사』와 같은 수필문학사에 관한 연구서는 정주환 교수의 저서가 거의 독보적 업적에 속한다고 할 수 있다. 오창익의 「한국수필의 사적 고찰」, 채훈의 「현대수필문학사」, 윤병로의 「한국현대수필발달고」, 정부래의 「한국수필문학의 사적 고찰」, 정태영의 「한국수필문학 25년」, 안승덕의 「한국수필문학의 역사」 등과 같은 수필사에 관한 단편적인 연구, 그리고 장덕순 씨의 고전수필에 관한 연구서인 『한국수필문학사』(1985) 등이 있지만 한국 근대 수필문학사에 대한 체계적 연구는 정주환 교수의 연구가 처음이며, 그리고 아직까지 이를 능가하는 수필문학사가 발간되지 못하였다. 그는 저서의 서문에서 "개화기 이후의 신문학 또는 갑오경장 이후의 현대문학사를 서술한 책이 타 장르에는 이미 부지기수로 나와 있다. 그런데 수필문학만은 대부분은 건성으로 취급해 왔고 빈약하게 다루어 왔을 뿐만 아니라 언제, 누가, 무엇을 주장하며, 어떤 작품을 내놓았던가 하는 그 개론서는 물론 문학사 한 권 없는 실정이다"라고 밝히고 있듯이 그는 근대수필문학사라는 미개척의 분야를 선구적이고 독보적으로 개척해 놓았다.

본고는 그의 업적 가운데서 후대에 가장 높은 평가를 받으리라고 예견되는 근대수필문학사에 관한 연구서인 『한국근대수필문학사』를 중심으로 그의 수필 연구의 학문적 공로가 무엇인가를 고찰해 보겠다.

2) 근대수필문학의 사적 정립

(1) 실증적 연구방법

『한국근대수필문학사』에서 기술하고 있는 범위는 어디까지이며, 연구방법론은 무엇인가?

> 본 연구는 개화기에서 1920년대까지의 실증적인 자료를 바탕으로 근대수필문학사의 성격을 형성 획득하는 과정을 고구하고자 한다. 지금까지 이 방면의 연구들이 단편적으로만 이루어진 점을 감안, 구체적인 자료의 분석을 통하여 보다 체계적이고 통괄적으로 자리매김을 하기 위해 한국의 근대수필문학을 『서유견문』에서 1920년대까지 수필의 전개 양상을 조명하면서 시대적 계보, 맥락, 유형, 유파를 중심으로 우리의 근대수필의 문학사적 표현체로서의 현상을 평가하고자 한다. 그리고 현대수필의 본질적 기능과 심미적 가치를 고구하기 위해서 자료의 분석과 평가에 있어서 오늘의 안목으로 그것을 분석 평가하기보다는 당시의 특수성에 입각하여 검토하고자 한다.
> 그리고 본 연구의 조사된 자료는 당시의 신문 잡지 등에 게재된 문학작품에 국한시키고자 한다.

인용문에서 보듯이 저서는 『서유견문』에서 1920년대까지의 신문 잡지 등에 게재된 작품들을 대상으로 한 실증적 연구이며, 이 시기의 수필의 전개 양상과 시대적 계보, 맥락 등을 중시하는 문학사적 현상을 평가하는 통시적 연구이자 동시에 동시대의 유형과 유파를 분석한 공시적 연구방법을 병행하고 있다. 실제 작품에 대한 성실한 천착을 통해서 이룩한 실증적 연구태도는 『한국근대수필문학사』의 가장 높이 평가받을 만한 요소라고 하지 않을 수 없다.

이번 문학사에서 다루고 있는 자료들은 『서유견문』과 <독립신문>으로부터 『소년』, 『청춘』, 『태서문예신보』, 『창조』, 『개벽』, 『백조』, 『폐허』와 같은 잡지들이다. 그는 이 방대한 자료들을 두루 섭렵하여 근대수필문학사의 얼개를 짜고 있다. 이 작업은 설계도도 그 아무것도 없는 어둠 속에서의 집짓기에 비유할만한 어려운 길이었을 것으로 짐작된다.

저서에서 그는 유길준의 『서유견문』(1895)이 개화기 수필의 효시로서 문체면에서 국한문 혼용체를 실험했지만 아직 운문성을 탈피하지 못한 산문형태라고 규정한다. 또한, 문학성보다는 의론성 내지 사회현실의 문제점을 자유롭게 다룬 수상류로서 그 주제를 개화사상, 애국정신, 독립심, 교육사상, 진보적 사고의 고취와 같은 사회적 성격에 둔, 이전의 문이재도(文以載道)의 고전문학적 성격에서 탈피하여 현실과 인생을 다양하게 반영한 새로운 문학으로 평가한다. 『서유견문』과 함께 개화기 수필사에서 중요한 텍스트는 서재필에 의해서 1896년에 창간된 <독립신문>이다. <독립신문>은 개화사상, 애국심과 자주독립의 사상고취, 교육과 인권, 국내외 홍보 등을 주 내용으로 한 수필이 다수 발표되었으며, 이 두 텍스트를 중심으로 한 개화기 수필의 문학사적 의의를 저자는 다음과 같이 평가하고 있다.

『서유견문』은 우리나라 최초의 국한문 혼용과 언문일치의 효시라는 점에서 새로운 수필문학의 개화로 그 의의를 찾을 수 있다면 <독립신문>은 그것을 현장에서 확대 보급했다는 점에서 국문수필의 실험으로 그 의의가 크다 하겠다.

아무튼 『서유견문』과 <독립신문>으로 인하여 언문일치의 확산과 개화사상을 널리 보급시켰으며 새로운 문화발전과 급격한 산문정신의 확산을 가져오게 되었다. 따라서 일반독자들이 더러는 필자층으로 참여하게 되었다는 점에서 수필문학사에 기여했다고 할 수 있다.[9]

저자는 『서유견문』과 <독립신문>으로 대표되는 개화기 수필이 근대수필이 되기에는 미흡하고, 고대수필과는 어딘가 다른, 어정쩡한 언문일치체를 분발했으며, 독특한 문장으로 근대수필 형성의 밑거름이 된 수필로 규정한다.

정주환은 근대수필의 1920년대 초까지를 기점을 과도기적 기간으로 파악한다. 따라서 1908년에 간행된 『소년』지에서 1918년 『태서문예신보』에 이르는 10년 간은 과도기적 수필의 시기요, 근대수필의 맹아기로 규정짓고 있다. 그리고 우리의 근대수필의 효시를 최남선의 「반순성기(半巡城記)」(1909)로 잡고 있다. 이 시기는 『소년』, 『청춘』의 지면을 통해서 상당량의 수필이 발표된 시기로서 『소년』에 76편, 『청춘』에 180편이라는 방대한 수필과 만날 수 있다. 『소년』에 발표된 수필이 계몽주의적이고 논설적 성격의 수필이라면, 『청춘』에 발표된 수필은 물 흐르듯 매끄러우면서도 뛰어난 반어로 문학적 향취가 있고 평이하면서도 그 정감이 있는 수필로 성격을 규정한다. 반면 『태서문

---

9) 정주환, 『한국근대수필문학사』, 신아출판사, 1997, 80~81면.

예신보』에는 28편의 수필이 발표되어 앞의 잡지들에 비해 분량도 적고 그 질적 수준도 떨어지는 것으로 파악하고 있다.

이처럼 잡지별 수필의 경향은 파악되었지만 1908년에 간행된 『소년』지에서 1918년의 『태서문예신보』에 이르는 10년 간은 과도기적 수필의 시기요, 근대수필의 맹아기 전체를 조감하는 특징을 잡아내지 못하고 각개 잡지의 특성만이 나열됨으로써 정작 문학사가 지향해야 할 시대적 흐름을 읽지 못하는 취약성을 노출한다. 특히, 공시적 연구와 통시적 연구가 유기적으로 결합하지 못하고 말았다.

그리고 이러한 문제점은 본격적인 근대 수필기에 해당하는 『창조』 이후의 20년대 수필에서도 고스란히 반복된다. 그는 근대수필의 유파형성과 그 양상에는 모두 네 개의 문예지 및 잡지를 중심으로 고찰할 뿐 근대수필기의 특징과 시대적 흐름을 추출하지 못하고 있다.

『창조』에는 모두 17편의 수필이 수록되었으며, 문예사조적 측면에서는 계몽주의를 탈피하여 자연주의와 사실주의적 성격을 보였으며, 구어체에서 문어체로의 전환과 문장의 대담한 개척과 이의 발전을 평가하고 있다.

『개벽』에는 보고문학으로서의 수필, 신경향파 수필, 그리고 자연주의적인 사실주의 수필, 기행적인 수필, 계몽주의적인 수필 등 그 내용이 한결 다양해졌다고 보고 있다. 특히, 김기진, 박영희, 염상섭, 현진건 등 자연주의 및 신경향파의 수필을 통해서 당시 시대적인 아픔을 접할 수 있을 뿐만 아니라 새로운 창작방법을 제시했던 카프 소장파들의 수필적 성과도 무시 못할 성과라고 밝힌다. 즉, 박종화, 김기진,

박영희는 수필을 하나의 투쟁의 무기로 사용하여 수준 있는 수필을 낳았다고 평가하고 있다. 이 점은 일반 문학사에서 신경향파의 문학이 이데올로기에 종속되어 예술성을 잃었다는 평가와는 상반되는 것이다.

『백조』에는 모두 18편의 수필이 발표되어 낭만주의와 감상주의 사상을 표출한 것으로 평가한다. 주요작가로는 홍사용, 노자영, 박영희, 현진건, 나도향, 김기진 등으로 이들은 당대 지식인의 낭만과 열정, 좌절과 우울이 잘 형상화된 수준 높은 미려한 수필을 창작했다. 그리고 『백조』지는 감정적 색채와 창조성이 뛰어난 수필, 특히 시적 수필을 낳았다는 문학사적 평가를 할 수 있다고 했다.

『폐허』에는 모두 17편의 수필이 발표되었으며, 주요작가로는 민태원, 김억, 염상섭, 오상순, 이혁로 등이며 이들은 프랑스의 데카당문학과 러시아의 우울문학의 영향으로 퇴폐적인 수필을 창작했다.

『한국근대수필문학사』가 이룬 가장 큰 공적 가운데 하나는 '수필'이란 장르의 명칭이 1930년대에 들어서서야 명실공히 '수필'이란 명칭으로 자리 잡게 되었다는 점이다. 그 이전에 수필은 감상, 상화, 단상, 잡상, 단문, 잡상, 만필 등의 통일되지 못한 다양한 명칭으로 불리어졌다. 또한, 수필이 주변문학으로 문학권 밖으로 밀려난 원인을 문학이 가지고 있는 언어적 측면, 경험적 측면, 상상적 측면 가운데서 상상적 측면에 대한 미약성 때문이란 진단도 내놓고 있다.

(2) 시대구분의 문제점

『한국근대수필문학사』에서 다루고 있는 역사적 시기는 갑오경장 (1894) 이후부터 1920년대까지이다. 그는 바로 이 40여 년의 시기를 근대수필기로 파악하는 한편 이 근대수필의 시기야말로 우리의 현대문학의 제1단계가 되어야 한다고 우리 현대문학사에 대한 사적 인식을 드러낸다.

> 이 글에서는 1894년 갑오경장 이후부터 1920년대까지의 작품을 근대수필로 보고, 논의의 한계상 1920년대까지의 작품만을 검토의 대상으로 하겠다. 이는 갑오경장 이후를 폭넓게 근대문학으로 보면서도, 1930년부터 8·15 광복까지를 현대문학의 제1단계, 8·15 광복 이후의 문학을 현대문학의 제2단계로 보려는 필자의 생각이 작용한 탓이기도 하다. 사실 용어 사용에 좀더 집착한다면 근대 문학기를 현대문학 제1단계로 보아야 마땅할 것이다.10)

문학사 기술에서 가장 중요한 것은 시대구분에 관한 문제가 아닌가 한다. 정주환 교수는 왜 갑오경장부터 1920년대까지가 근대수필기로 사적 구분이 되어야 하는가에 대해서는 납득할 만한 이유를 개진하고 있지 않다. 말하자면 특별한 사관 내지 문학사관을 표출하지 않은 채 시대구분을 하고 있다. 이 시기 이전 또는 이후와 사적 구분이 이루어질 만한 문학적 특징의 변별성에 대해서 밝히지 않고 시대구분을 한 것은 이 저서의 가장 큰 아쉬움으로 남는다. 하지만 저서에서 밝힌 정주환 교수의 수필문학사의 시기 구분에 관한 인식은 앞으로

---

10) 정주환, 위의 책, 9~10면.

한국수필문학사를 연구하는 후학들에게 하나의 기준으로 작용할 것이
며, 나아가 앞으로 한국수필문학사의 시대구분에 따른 논쟁의 단초를
제공했다고 생각한다.

가령, 우리 문학사에서 근대문학의 시발점은 과연 갑오경장부터인
가라는 문제점을 던져주는 한편 갑오경장부터 1920년대까지가 근대수
필로 구분되어야 하는 근거가 무엇인가에 대한 논란의 여지를 남겨둔
다. 또한, 보다 세부적인 시대구분에 들어가서도 정주환 교수는 문학
사의 시대 구분에 다소 안이하게 접근했다는 생각을 갖게 한다.

> 조지훈은 그의 『한국현대시문학사』에서 한국시의 전개를 개화가사
> −창가−신체시−근대시−현대시의 순으로 언급한 바 있다. 수필문학
> 역시 같은 맥락에서 개화수필−신수필−근대수필−현대수필 순으로
> 그 변천과정을 논의할 수 있을 것이다. 일반적으로 '개화기문학'이라
> 고 하면 1890년대 중반부터 시작해서 1919년 3·1운동 이전까지의 문
> 학적 성과를 바탕으로, 하나의 기간으로 설정하는 것이 학계의 통설
> 이다. 따라서 1900년 이전의 전통적인 사고관습으로부터 탈피하고 전
> 통적 유교적인 사고체계에 새로운 기독교적인 교리와 여타의 서구사
> 상이 수용되고 자아의 인간관이 확립되는 등 정치적 사회적인 여러
> 여건을 감안할 때 1910년을 분수령으로 그 이전을 개화기 수필로 그
> 이후를 신수필로 보아도 좋을 것이기 때문이다.[11]

위 인용문을 요약하자면 1890년대부터 1919년 3·1운동 이전까지가
개화기 문학이며, 수필의 경우, 1910년을 분수령으로 하여 그 이전의
수필을 개화기수필로, 그 이후의 수필을 신수필로 보아도 좋을 것이

---

11) 위의 책, 41면.

란 견해이다. 그의 논지는 두 가지 문제점을 던져준다. 과연 우리 문학사에서 1919년을 분수령으로 하여 개화기와 근대기가 구분되는가이며, 왜 1910년 이전과 이후를 구분하여 개화기수필과 신수필로 구분해야 하는가이다.

본고는 근대문학의 기점을 언제로 볼 것인가의 문제, 1919년 3·1운동 이전까지가 개화기문학인가의 문제, 1910년을 분수령으로 하여 그 이전의 수필은 개화기수필이며, 그 이후의 수필은 신수필이고, 1919년 이후에 본격적인 근대수필이 형성되었는가의 타당성 문제를 분석해 보지 않을 수 없다.

우선 역사학에서 근대와 현대를 어떻게 구분 짓는가를 살펴보자. 역사학연구소에서 발행한 『강좌 한국근현대사』(풀빛, 1995)를 보면 개항부터 1945년 해방 전까지를 근대로 구분 짓고, 해방 이후를 현대로 구분 짓고 있다. 그리고 "개항 뒤 조선사회는 1894년 무렵 하나의 큰 전환점을 맞았다. 이제 조선사회 내부개혁도 문제이지만, 무엇보다 외세의 침략이 노골화되면서 민족의 운명이 풍전등화의 위기에 놓이게 되었던 것이다"라고 개항을 근대의 기점으로 잡는 시대구분의 논리적 근거를 밝히고 있다. 그리고 강만길은 『한국현대사』(창작과 비평사, 1984)의 <서문>에서 밝혔듯이 근대와 현대를 1945년의 해방을 분수령으로 구분하고 있다.

현대란 말은 흔히 역사적 시대로서 오늘과 동시대라는 의미로 쓰이고 있으며 따라서 현대사의 시발점은 지역에 따라 다르다. 우리 역사의 경우, 지금 우리가 살고 있는 시대 즉 해방 후의 시대, 분단시

대, 대한민국시대 등으로 불리는 1945년 8월 15일 이후가 현대사에 포함되어야 할 것이다.[12]

이러한 역사학자들의 견해는 국문학사가들에게도 거의 그대로 수용되고 있다. 대체로 한국문학사 기술에서 근대의 기점 및 근・현대의 시대구분은 역사학의 그것을 그대로 수용하고 있는데, 그만큼 근현대사의 역사적 체험은 문화 전반 및 문학에까지도 시대구분에 영향을 미칠 만큼 결정적인 것이었다고 할 수 있다.

하지만 근대의 기점을 어디로 잡는가에 대해서는 의견이 통일되어 있지 않다는 것을 지적하지 않을 수 없다. 즉, 갑오경장 이후로 보는 견해가 다수를 지배하지만 김윤식과 김현의『한국문학사』에서는 근대문학의 기점을 영・정조시대로 훨씬 거슬러 올라가는 주목할 만한 견해를 내놓았다. 그들은 ①근대의식의 성장(1780~1880) ②계몽주의와 민족주의 시대(1880~1919) ③개인과 민족의 발견(1919~1945) ④민족의 재편성과 국가의 발견(1945~1960)과 같은 시대구분을 하고 있다.[13]

이재선은 근・현대를 구분 짓지 않고 '현대'라는 큰 틀에서 아우르며, 근・현대의 기점을 갑오경장으로 보는 견해와 영정조시대로 보는 견해 모두 작품 내재적 현실성에 대한 해석과 문학사회학적 증명이 미흡한 채로 그 기점을 소급해 올라가려는 구획 척도에도 문제점이 남아 있다고 지적한다. 즉, 두 견해는 모두 문학 외적인 면을 너무 고

---

12) 강만길,『한국현대사』, 창작과 비평사, 1984, 9면.
13) 김윤식・김현,『한국문학사』, 민음사, 1973, 21면.

려하고 있다는 것이다. 그는 작품 내재적 현실성을 존중하는 표현형태와 인식방법의 측면으로 보아 전대소설과 근대소설의 각각의 특수성이 해체 또는 형성되는 대체의 시기가 주로 19세기 말 및 20세기를 전후로 하고 있다고 본다. 특히, 근대소설로의 결정적 전환은 대략 20세기의 첫 10년 전후라는 것이다. 그리고 그 근거로서 비현실적인 서술시간에의 회상법의 말소화, 흥미중심의 이야기에서 형상의 진실성을 제기한 것, 운문적(韻文的) 구연시문체(口演時文體)의 구어적 정착화 및 인물 설정에 있어서의 관념적 이상화나 과도한 왜곡적 단순화의 방법이나 서술자의 과도한 개입과 논평들의 극복 등은 근대적 신문에 연재된 신소설과 그 뒤의 문예지들의 작품을 전후하여 확연하게 이루어지고 있기 때문이라고 밝힌다.14) 즉, 그는 '현대문학' 또는 '근대문학'이란 문학의 '근대성(modernity)'를 가진 것으로서 단순한 연대적 개념을 벗어나 현대적인 삶과 관련된 문학으로서의 어떤 본질적 특성, 과거의 문학과는 이질적인 변화나 질적인 이행이 실질적으로 이루어진, 즉 작품의 내재적 상황에 있어서의 가치전환이 어떻게 이루어지고 있는가에 대한 보다 철저한 추구와 판단이 뒷받침 돼야 한다며 문학사의 시대구분이 어떻게 이루어져야 할 것인가를 제시한다.15)

정주환 교수의 『한국근대수필문학사』는 한국근대수필문학사라는 미개척의 영역을 실증적 자료들에 대한 성실한 천착으로 선구적 업적을 이루어 놓았지만 문학사 기술에서 시대구분이란 문제에 다소 안이하게 접근함으로써 치명적 문제점을 남겨놓고 말았다. 다시 말해서

---

14) 이재선, 『한국현대소설사』, 홍성사, 1979, 47~50면.

15) 이재선, 위의 책, 13면

그는 시대구분의 이론적 근거를 제시함으로써 자신의 견해의 신빙성을 높였어야 했다는 말이다. 시대구분에서 그는 문학 외적, 즉 역사적 조건, 그리고 문학 내적 조건들을 고려하고 근거를 제시했더라면 그 자신의 연구에 보다 빛나는 평가를 얻을 수 있었을 것이다. 만약 시대구분에 대한 그 자신의 견해가 없었다면 학계에서 이미 권위를 인정받은 보편성 있는 견해를 수용하여 수필문학사에 적용할 수도 있었을 것이다. 아무튼 이 모든 것이 선대의 연구가 전무한 불모지에서 이루어진 미답의 영역이었던 데서 나온 문제점으로 파악되며, 그가 근대수필문학사에 기울인 노력과 헌신에 한 점 아쉬움으로 남는 것이 사실이다. (『한국수필의 미학』16)에서)

---

16) 정주환 회갑문집발간위원회, 『한국수필의 미학』, 신아출판사, 2001.

7. 생명과 사랑에 관한 사색 – 최홍식의 수필세계

1)

수필가 최홍식은 등단한 지 2년 만에 수필집 『사랑을 그리다』 (2000)를 펴냄으로써 그가 늦깍이로 등단했음에도 그간 수필을 향해 정진하고 쌓아온 연륜이 결코 짧지 않다는 사실을 입증했다.

이번에 발표하는 다섯 편의 수필 「저녁 밥상」, 「나비야 나비야」, 「더 아름다운 이유」, 「세 가지 색깔의 꽃향기」, 「사랑을 그리다」는 그가 생명과 사랑이라는 주제에 깊게 천착하고 있음을 단적으로 보여준다. 그가 지금까지 써온 수필은 크게 '생명과 사랑'이라는 주제를 지속적으로 다뤄왔다고 해도 과언이 아니다. 그의 첫 수필집 『사랑을 그리다』의 작품해설에서 남송우는 「사랑과 생명 그리고 어머니의 존재의 미」라는 제목으로 해설문을 썼다. 그리고 "사랑, 어머니, 생명으로 내세운 화두가 결국은 생명에서 하나로 만나고 있"는 것으로 파악한 바 있다.

식품영양학을 연구하는 학자로서 최홍식은 지금까지 180여 편의 논문을 전문학술지에 발표해 왔다. 논문은 이성과 지성이 바탕이 되어 학술적 논리적 과학적 언어로 표현되는 객관적 영역이다. 그런데 한 명의 인간은 이성과 지성과 논리만으로는 표현할 수 없는 내적 세계를 지니고 있다. 더욱이 인간은 자기표현의 본능을 가진 존재가 아니던가. 논문으로는 충분하게 다 표현하지 못하는 세계를 그는 이제 수필이라는 장르를 통해서 표현해내고 있다. 흘러넘치는 감성과 주관적 감정을 수필이라는 형식을 빌려 문학적 언어로 창조해내고 있다. 그런데 그가 지금껏 추구해온 객관적 학문의 세계와 주관적 문학의 세계는 궁극적으로 '생명의 탐구'라는 하나의 명제로 통일되어 있는 듯하다.

2)

「저녁밥상」은 어린 시절 저녁 밥상을 차려내던 어머니의 모성에 대한 그리움을 표백한 수필이다. 작가는 그 옛날 고구려 무용총 고분 벽화의 한 장면에서도 이 밥상을 발견한다. 그 옛날 삼국시대로부터 오늘에 이르기까지 밥상을 차리는 일은 여성들에게 주어진 역할로 이어져 오고 있다. 밥상을 차리는 어머니는 다름 아닌 생명을 살리고 키우는 모성적 존재이다.

따라서 「저녁밥상」이 보여주는 '어머니'는 모성원형에 관련되는 보편적인 인류의 모성적 심리, 모성본능, 그 산출력과 인내성, 포용력, 양육과 보호의 본능, 예시적 기능, 기다림, 영원성과 같은 긍정적 특징을 지니고 있는 여성원리의 상징이다. 그리고 그가 그리워하고 있는 '저녁밥상'이란 바로 그러한 원형적 모성에 대한 그리움이다. 어머니로 상징되는 여성적 원리란 받아들이는 것, 키우는 것, 가꾸는 것이다. 수필가 최홍식의 어머니가 그랬듯이 오랜 역사 속에서 어머니들은 밥을 짓고 밥상을 차려 가족의 생명을 키우고 살려왔다. 저녁 밥상을 차리는 어머니의 마음은 가족의 생명을 살리고 돌보고 키우는 '살림의 정신'이요, '생명의 정신'인 것이다. 오늘날 우리는 '살림'과 '생명'의 모성이 절대적으로 결핍된 시대를 살아가고 있지만 그러한 긍정적 모성을 굳이 생물학적 여성만이 가질 필요는 없을 것이다.

C.G.융은 남성의 무의식 속에 내재하는 여성적 경향인 아니마(anima)와 여성의 무의식 속에 내재하는 남성성(animus)과 같은 외적 인격(persona)에 대응하는 내적 인격이 존재한다고 보았다. 아니마는 수동성과 감성적 측면, 아니무스는 적극성과 이성적 측면을 지니고 있는데, 이런 측면을 지닌 내적 인격이 잘 통합되어 있는가 안 되어 있는가에 따라 부정적, 긍정적 아니마 혹은 아니무스가 될 수 있다.

「저녁밥상」에서는 남성인 최홍식의 무의식에 내재하는 아니마의 그림자를 읽을 수 있다. "어릴 때였다. 저녁나절에 밖에서 뛰놀다 집에 오면 으레 나는 부엌으로 들어갔다. 음식을 조리하는 어머니 곁에 있고 싶어서였다"에서 보듯이 어린 시절 저녁 밥상을 차리는 어머니를 도와 아궁이에 불을 지피던 소년 최홍식의 내부에 존재하는 여성적 경향인 아니마(anima)이다. 남녀유별이 심했던 경상도 산골에서 어머니가 저녁을 준비하는 저녁이면 부엌에 들어가 밥상을 차리는 데 관심을 보였던 어린 소년은 훗날 커서 여성적 일로 여겨져 온 김치를 연구하는 식품영양학자가 되었다. 그것은 결코 우연이 아닌 것이다. 다시 말해서 그의 무의식 속에 강하게 존재하는 여성적 경향인 아니마를 억압한 것이 아니라 긍정적으로 발현시키고, 내적 통합을 이룸으로써 그는 김치를 연구하는 식품영양학자로서 크게 성공하고, 수필 가로서도 입신을 할 수 있었던 것이다. 그는 그의 학문과 문학을 통해서 내적 인격인 원형적 여성과 성공적으로 통합되고 있다.

그의 수필세계는 식품영양학을 전공하는 그의 전공분야와 무관하지 않다. 그가 평생을 몸 바쳐 연구해온 '식품'이라는 것이 무엇인가? 그것은 생명을 살리는 먹을거리가 아니던가? 그 먹을거리를 장만하는 일은 전통적으로 여성에게 부여되어 왔다. 여성(어머니)들은 가족에 대한 지극한 사랑으로 음식을 장만하여 가족의 생명을 살리고 키워왔다. 어머니의 사랑은 바로 생명에 대한 사랑이다.

그는 지금은 접할 수 없는 어머니의 저녁 밥상을 그리워하고 있지만 그가 정작 그리워하고 있는 것은 어머니의 사랑, 생명을 키우고 길러내던 원형적 여성에 대한 그리움이다. 어쩌면 위기에 처한 오늘의 생태환경은 반생명적인 아버지의 정신으로부터 비롯되었다. 어머니의 살림의 정신, 생명의 세계관이 그 어느 때보다도 그리워지는 때이다.

3)

「나비야 나비야」는 생명과 미의 원형으로서의 나비를 그리고 있다. 이 수필은 경험과 사색이 정교하게 구조화된 뛰어난 수필로 읽혀진다.

어느 날 나비가 날아왔다. 노란색 무늬와 검은색 얼룩무늬가 있
는 아름다운 나비였다. 그 나비는 나의 주위를 춤추듯 날아다니다
내 손에 잡혔다. 내가 그 나비를 날려 보내자 나비는 꽃밭으로 나
풀나풀 날아갔다. 그러나 내 마음 안에는 언제나 그 나비가 있다.
(「나비야 나비야」의 첫 단락)

나비를 날려 보냄으로써 오히려 마음속에 영원히 나비를 가질 수
있게 된, 나비에 대한 생태주의적 사유를 보여주는 수필이다. 이 수필
에서 ‘나비’는 자연 속에 존재하는 실제의 나비이면서도 그 경계를
벗어나며, ‘아름다운 생명현상의 원형’으로서의 의미로 확대되고 있다.
실로 위의 인용문에서 보여주듯 나비를 날려 보냄으로써 갖게 된 내
마음 안에 존재하는 나비는 불교에서 말하는 진공묘유(眞空妙有)의 경
지이다. 즉, 일체의 소유를 벗어나고 초월함으로써 오히려 도달하게
되는, 유(有)와 무(無)의 변증법을 벗어나는 현묘한 ‘공(空)’의 경지를 보
여준다.

그는 그 신비로운 경험을 철학적 사색이나 지성을 통해서가 아니
라 어린 시절 곤충채집을 할 때, 자신의 손에 잡힌 호랑나비가 두려
움에 ‘날개를 파르르 떨고’ 있는 한순간에 느끼게 된다. 즉, ‘순수하고
아름다운 생명’에 대한 ‘작은 충격’이라고 표현된 것은 바로 생명에
대한 ‘외경의식’일 것이며, 가냘픈 생명에 대해 저절로 가지게 된 ‘연
민의 윤리’일 것이다. 그가 나비를 통해서 느꼈던 생명에 대한 외경의
식과 연민의 윤리는 생태윤리학자 프랑케나(Frankena)가 분류했던 감각
중심적 생태윤리와 맞닿아 있다. 즉, 감각을 가진 모든 자연존재를 도
덕적으로 배려해야 한다는 윤리적 입장이다. 그런데 그는 오랫동안의

정신적 수련이나 학문연마를 통해서가 아니라 한순간의 감성을 통해서 생명에 대한 무한한 연민으로부터 외경의식, 그리고 진공묘유의 이치까지를 깨달아버린 것이다. 이처럼 순수하게 흘러넘치는 감성이 어린 소년 최홍식의 마음에 자리 잡고 있었기에 그는 수필가라는 새로운 호칭으로 독자에게 다가갈 수 있었다.

어린 시절 이후 그의 나비에 대한 경험과 사색은 계속 이어진다. 그는 정원을 날아다니는 나비를 "날개를 반쯤 접고 꽃에 앉아 있는 호랑나비를 넋을 잃고" 바라보며 생명현상의 아름다움에 눈뜨고 있다. 또한, '나비들이 어떻게 태어났을까'라는 생물학적 관심을 갖게 되고, "때로는 나비들이 하늘나라에서 잠시 내려와 천국의 아름다움을 전하는 전령사일 것이라고도 생각하는" 등 나비에게서 우주적 영성을 발견기도 한다. 그는 젊은 시절 생물학을 전공하는 친구로부터 알→애벌레→ 번데기→ 나비로 이어지는 나비의 한살이를 과학적으로 인식할 수 있는 계기도 갖게 된다. 또한, 캐나다 알바타대학교 <데보니안 식물원>에서 수많은 종류의 아름다운 나비를 볼 수 있었는가 하면 그곳 별실에서 알의 부화와 애벌레의 성장을 인위적으로 조정하고, '나비번데기'를 세계 각국에 수출하기 위해 상품화하고 있는 반생명적 현상을 목격하고 충격을 받는다. 그런 인위적인 행위는 나비에 대한 모독이며, 생명에 대한 모독이다. 그런데 그런 충격적 현상이 반드시 멀리 있는 것만도 아니다. 대기오염의 결과로 우리의 생태계가 파괴되고 언제 어디서든 볼 수 있었던 나비가 사라지고, 어떤 것은 멸종의 위기까지 맞고 있다. 「나비야 나비야」는 생태주의 수필의 가능성과 그 전범을 훌륭하게 보여주었다.

그는 생태파괴로 인해 현실에서 사라진 나비를 이제 '김화백의 화집'에서 상상적으로 찾고 있다. 그림을 통해서 그의 마음속에 들어와 있는 나비를 확인하고 있는 셈이다.

> 그래도 오래 전에 내 마음 안으로 들어왔던 노란 색 무늬와 검은 색 얼룩무늬의 호랑나비는 아직도 내 마음속에 남아 있다. 그리고 빛과 색이 더 화려했던 나의 그 나비는 앞으로도 영원히 내 마음 안에 있을 것이다. (「나비야 나비야」의 <마지막 단락>)

인용문은 「나비야 나비야」의 마지막 단락이다. 앞에서 인용했던 첫 단락과 크게 다르지 않은 내용이다. 그의 수필은 대체로 주제문을 모두(冒頭)에서 제시하고, 그것을 글의 결미에서 다시 확인하는 양괄식의 치밀한 구성법을 보여주고 있다. 즉, 자신의 생각을 모두에서 분명하게 제시하는가 하면 다시 한번 마지막에서 재확인함으로써 주제가 잘못 읽히는 이탈을 막고자 하는 신중하고 치밀한 성격의 일면을 보여준다. 이처럼 양괄식의 글의 구성법이 여러 편의 수필에서 반복되는 것을 확인할 수 있다. 가령, 「저녁밥상」의 경우에도 첫 단락과 마지막 단락의 내용은 거의 일치한다.

> 아름다운 것들은 결국 모두 사라지고 마는 것일까. 서쪽 하늘의 붉은 저녁노을도 곧 어둠 속으로 사라지기 때문에 더 아름다운 것인가. 그리고 꽃은 지기에 더 아름답다고 했던가. (「저녁밥상」의 <첫 단락>)

아름다운 것들은 결국 모두 사라진다고 했던가. 아니 사라진 것은 모두 아름답다고 하였다. 그래서 사라져버리고 없는 어머니의 저녁밥상이 더 아름답고 그리운 것일까. 어쩌면 그것은 그 밥상에 담긴 정겨운 어머니의 마음이 아직도 내 가슴속에 살아 있기 때문인지도 모른다. (「저녁밥상」의 <마지막 단락>)

「나비야 나비야」가 경험을 바탕으로 한 사색을 보여주는 글인데 반해 「더 아름다운 이유」는 지적인 사색을 통해 생명력의 아름다움을 성찰한 수필이다. 그는 세잔느와 고흐의 그림을 대조시키며, 정적인 세잔느의 그림보다 생명이 약동하는 고흐의 그림에서 더 아름다움을 느낀다고 말한다. 그 이유는 고흐의 그림이 "꿈틀대듯 하는 굵은 선과 현란한 색채 그리고 조금은 괴팍스런 조형미"를 지니고 있기 때문이라는 것이다. 거의 동시대의 화가인 세잔느와 고흐, 부유한 집안 출신의 세잔느는 인상파로 분류되며, 20세기 회화의 발견자로서 피카소의 큐비즘에도 영향을 미친 것으로 평가된다. 반면에 네덜란드 출신의 가난한 화가 고흐는 불타오르는 듯한 필치와 강렬한 색채로 고뇌에 찬 혼을 표출시켜 야수파, 표현파 등에 영향을 미친 비극적 생애의 화가이다. 하지만 그는 이러한 미술지식에는 관심이 없다. 그의 직관대로 그의 눈에 보이는 대로 세잔느는 정적인 감동을 불러일으키는 화가이며, 고흐는 생명력의 약동이 느껴지는 동적인 감동의 화가이다. 그리고 그의 미적 취향은 생명력의 약동이 느껴지는 고흐에게 기울어져 있다.

그는 이 글에서 무엇이 아름다움을 불러일으키는가를 쾌감, 실용성, 작고 부드러운 곡선, 자연모방, 진·선·미, 주관 등의 수많은 미학적 견해를 소개하면서 자신의 관점, 즉 '생명', '생명력'이라는 관점을 제기한다. 즉, "모든 생명체는 아름답고 생명력을 지니거나 생명적인 것은 그렇지 않은 것보다 더 아름답다"는 것이다. 이 글에서 생명은 추상적인 관념이 아니라 살아 움직이는 기운, 즉 약동하는 생명력으로 확대된다. 또한, 그것은 인위적인 것이 아니라 자연적인 것이다. 하지만 어리고 젊은 데서만 생명력을 느끼는 것이 아니라 "머리가 하얀 노인에게서도 긴 생명의 연륜을 느끼게 되어 역시 아름답게 보여진다"고 말함으로써 자칫 경박한 젊음 찬양으로 그의 생명력이 비춰질 것을 경계한다. 또한, "오늘날 과학이 발전하여 생명의 신비가 벗겨지면 벗겨질수록 그 정교하고 오묘한 활동의 아름다움은 가히 표현하기 어렵다"고 하여 그의 생명 찬미가 자칫 주관주의로 빠질 가능성을 배제하는 자연과학자로서의 엄정한 태도도 내비치고 있다. 서울대학교의 최재천 교수가 동물들의 세계를 들여다보며, 한 마디로 '생명이 있는 것은 다 아름답다'고 하였듯이 인문학자가 아닌 자연과학자인 최홍식 교수의 생명 사랑은 자연과학자로서의 과학적 객관적 인식이 기초가 되어 있기에 더욱 신뢰를 준다.

4)

「세 가지 색깔의 꽃향기」와 「사랑을 그리다」는 일종의 사랑론이다. 「세 가지 색깔의 꽃향기」는 젊은 날의 미완성의 사랑에 대한 아쉬움과 그리움을 적고 있고, 「사랑을 그리다」는 사랑을 그려내고 그리워하는 인간본성을 다소 추상적으로 논하고 있다.

「세 가지 색깔의 꽃향기」에서 '봄날처럼 짧은 젊은 날'의 '마치 꿈처럼 사라져버리고 말았던' 세 종류의 사랑에 대해서 적고 있다. 이 수필을 이해하는 데 중요한 것은 그의 등꽃에 대한 개인적 상징성이다. 그에게 등꽃은 '애틋한 사랑의 전설'로 다가온다. 한 마을에 사는 한 청년을 남모르게 같이 사랑했던 자매의 슬픈 사랑의 이야기이다. 전쟁터에 나갔던 청년의 전사통지를 받자 이 자매는 연못에 빠져 죽는데, 그 자리에 등나무 두 그루가 자라기 시작한다. 그리고 죽었다던 청년이 살아 돌아와 이 사연을 듣고 자신도 연못에 몸을 던져 죽자 팽나무가 자라게 되었고, 두 그루의 등나무는 그 팽나무를 휘감고 서로 함께 살았다는 슬픈 이야기이다.

> 등꽃의 눈부신 꽃잎 색깔은 물론 연보라색이었다. 그러나 매혹적인 연보라색 밑으로는 옅은 황록색이 돌고 더 안쪽으로는 짙은 보라색을 띠고 있었다. 세 가지 색깔의 등꽃에서 묻어나는 꽃향기는 오히려 유혹적인 것이었다. 그 은은한 향기가 온 마당을 물들이고 있었다. 등꽃 향기에 취해 나는 환상의 세계를 꿈속처럼 헤매기도 하였다. 그리고 그때 나는 내용도 분명치 않은 먼 내일의 사랑을 꿈속에서처럼 그려보곤 했었다. (「세 가지 색깔의 꽃향기」에서)

그가 등꽃을 통해서 '먼 내일의 사랑을' 그려보는 것은 바로 어른들로부터 들었던 등나무에 얽힌 애틋한 사랑의 이야기 때문이다. 그는 등꽃의 빛깔을 연보라색, 황록색, 짙은 보라색의 세 가지 색깔을 띤 꽃으로 인식한다. 그리고 대학시절 이후 군대생활의 몇 년 동안에 그에게 다가왔던 세 여인과의 사랑을 각기 황록색의 우정 같은 사랑, 연보라색의 낭만적인 사랑, 진보라의 논리적 사랑으로 규정짓는다. 이 세 사랑은 꿈처럼 다가왔다가 성취를 이루지 못한 채 멀어져갔다. 하지만 그는 사랑의 좌절감에 빠지기보다는 이 미완성의 사랑에 대한 반성적 사유를 통해서 사랑에 관한 몇 가지의 진실을 얻게 된다. 첫째, 사랑한다는 것은 그 사람을 주의 깊게 지켜본다는 것이다. 둘째, 사랑에는 책임이 수반된다는 것이다. 셋째, 사랑이 너무 현실적이고 논리적일 때 성취될 수 없는데, 너무 계산만 하는 동안 사랑은 떠나갈 수밖에 없다는 것이다.

그의 수필집의 표제작이기도 한 「사랑을 그리다」에서 '사랑'은 사랑을 주고받는 마음이자 행위로 정의되며, '그리다'는 의미는 "사랑을 형상화하고 창조하며 그려내는 작업"과 "사랑을 사모하고 그리워함"으로 크게 규정짓는다. 그는 용해원, 황진이, 유치환의 시를 인용함으로써 낭만적이고 소유적 사랑, 이별의 아픔을 딛고 일어선 사랑의 영속과 그리움, 사랑은 받는 것이기도 하지만 소중한 사람에게 주는 것으로 다양한 사랑의 모습을 파악한다. 그는 낭만적이고 소유적인 사랑보다 현실적 이별 앞에서도 이를 딛고 영속되는 사랑의 정신성과 그리움에서 사랑의 가치를 발견한다. 또한, 사랑을 받는 것도 중요하지만 소중한 사람에게 사랑을 주는 데서 더 큰 사랑의 가치를 발견하게 된다. 적절히 선택된 시의 인용은 자칫 단조로움에 빠질 수도 있는 글에 탄력을 실어주고 있다.

라스웰과 랍슨즈(Lasswell & Lobsenz)는 친구와 같은 사랑, 유희적 사랑, 논리적 사랑, 소유적 사랑, 낭만적 사랑, 그리고 이타적 사랑의 여섯 가지 유형을 제시한 바 있지만 「사랑을 그리다」에서 필자가 구분하고 있는 네 종류의 사랑, 즉 연인간의 사랑, 가족간의 사랑, 친구간의 우정, 신과의 사랑은 새로울 것이 없는 분류이다. 또한, 낭만적이고 소유적 사랑보다는 정신주의에 입각한 그리움이나, 주는 데서 얻게 되는 진정한 사랑의 가치도 크게 새로울 것이 없는 평범한 내용들이다. 다만 「사랑을 그리다」의 새로움은 재료의 새로움이 주는 참신성이라고나 할까, 적절한 시의 인용을 통해서 글의 내용이 가진 평범성을 벗어나고 있는 점이 돋보인다.

최홍식의 수필은 지적인 논리 위에서 다양한 인용과 경험, 그리고 풍부한 감성이 조화되어 매우 개성적인 수필의 세계를 열어가고 있다. 특히, 그의 수필에서 생태주의 수필의 가능성을 발견했음은 큰 수확이라고 하지 않을 수 없다. (『수필과 비평』 58호(2002년 3·4월호))

8. 생명의 바다운동과 생태주의 수필

1) 바다의 지킴이 최진호 교수

<바다가꾸기실천운동시민연합> 상임의장인 부경대학교 최진호 교수의 『생명의 바다』(교음사, 2002)가 상재되었다. 1999년 이후 2~3년여에 걸쳐 씌어진 생명의 바다운동 일지라고 할 수 있는 테마 에세이 『생명의 바다』를 사흘에 걸쳐 읽고 나니, 최 교수를 따라 숨 가쁘게 수천 리 생명의 바다운동에 동참이라도 한 기분이다. 그가 '생명의 바다운동'을 펼친 결실은 2000년에 작성된 <우리나라의 바다오염지도>와 2001년도에 우리나라의 5대 강 하류의 환경호르몬을 조사한 <우리나라 5대 강 하류의 오염실태의 진단과 평가>에서 잘 확인된다. 그런데 '생명의 바다운동'을 펼치면서 겪은 세세한 구체적 경험들과 생태주의적 사색은 이번 수필집에 집대성되어 있다.

최진호 교수는 수필가로서는 『수필문학』을 통해 늦깍이로 등단했지만 『선식(禪食)의 비밀』, 『불노장생의 지혜』 등 이미 그의 전공학문인 식품생명의 분야에서 25권의 저서를 펴낸 대단한 저술가이다. 뿐만 아니라 이미 『순이야 배추 이파리 소 주지 마라』는 수필집도 발간한 바 있다. 그는 대단히 정력적인 활동가이자 저술가이다. 대체로 외적인 활동성이 활발한 사람이 저술도 함께 왕성히 하는 경우란 극히 드문 일이지만 최 교수의 경우, 외적인 활동성과 조용히 머물러야 나

올 수 있는 저술활동 양면 모두에서 정력적으로 활동을 하고 있는 아주 드문 예에 속한다. 그는 시민운동이면 시민운동, 연구면 연구, 저술이면 저술 어느 한쪽에서도 결코 적당히 하는 법이 없다. 그가 생명의 바다운동을 하러 바다로 떠나는 날을 제외하고는 새벽 6시면 출근하여 연구실에서 연구와 집필에 몰두해온 것이 결코 어제오늘의 일이 아닌 것이다.

그의 첫 번째 수필집인 『순이야 배추 이파리 소 주지 마라』(1998)는 그가 <먹거리를 생각하는 모임>의 상임의장으로서 무공해식품운동을 전개하는 동안에 씌어진 수확물이다. '순이야 배추 이파리 소 주지 마라'는 역설은 배추 이파리가 농약에 오염되어 소가 먹으면 죽기 때문에 소 주지 말라는 말이다. 그런 배추를 우리 인간이 먹고 있다니, 다혈질인 그가 무공해 먹을거리운동에 뛰어들지 않고는 배길 수 없었을 것이다.

그리고 이번에 새로 발간한 수필집 『생명의 바다』는 그가 '먹을거리 운동'의 연장선상에서 펼치고 있는 환경운동인 생명의 바다운동을 펼치는 동안에 씌어진 글들이다. 그가 수필집의 서문에서 밝혔듯이 '우리나라의 바다오염이 이미 한계점에 도달했다'는 진단에서 그는 생명의 바다운동에 뛰어들었다. "바다의 오염은 육상의 생활오수를 비롯하여 공장과 축사의 오폐수가 하천으로 흘러들어 토양을 오염시키고 강을 따라 모두 바다로 모여들면서 '죽음의 바다'를 만들고 있다. 그래서 생명이 없는 죽음의 바다를 활력이 넘치는 '생명의 바다'로 만들고 싶다는 것이 우리의 희망이며 소원이다."라고 밝히고 있듯이 그는 자연과학자로서 좀더 전문적 지식과 투철한 생태의식, 환경의식, 생명의식을 갖고 생명의 바다운동에 투신하였다. 그리고 "바다 오염의 실상을 고발하면서 바다의 오염방지를 위한 지침서로 활용되었으면 하는 바람"에서 이번 수필집 『생명의 바다』를 출간한 것이다.

2) 어머니인 바다, 그 무한한 모성

이번 수필집은 모두 71편의 수필이 4부로 나뉘어 수록되어 있다. 제1부 「하나뿐인 바다」, 제2부 「그 옛날 남해바다」, 제3부 「폐선의 귀곡성」, 제4부 「상생의 노래」이다. 각 장의 제목에서 드러나듯이 그의 이번 수필은 전편이 '바다'를 대상으로 한 생태주의를 지향하고 있다. 김욱동이 『문학생태학을 위하여』에서 지적한 바 있듯이 생태주의를 다루는 데에는 시나 소설보다 수필과 에세이가 더 효과적인 장르일 수 있다. 왜냐하면 시나 소설은 고유의 문학적 장치와 형상화 과정을 통해서 주제의식을 드러내야 하기 때문에 이 과정에서 작가가 주장하는 주제의식은 아무래도 간접화될 수밖에 없기 때문이다. 그런데 수필은 타 장르와는 달리 보다 직접적으로 작가의 생태주의에 대한 문제의식을 다룰 수 있는 장점이 있다.

이미 미국의 에머슨과 소로우와 같은 작가를 비롯하여 『침묵의 봄』으로 국내의 독자들에게도 널리 알려진 레이첼 카슨, 최근 우리나라에 집중적으로 번역되어 인기를 끌고 있는 스콧 니어링과 헬렌 니어링 부부의 저서들이 그것을 입증하고 있다. 뿐만 아니라 국내에서도 생태주의의 중요한 이론가인 김지하의 『생명』, 『밥』, 『님』과 같은 저서, 승려인 법정의 초기 수필인 『무소유』로부터 『텅 빈 충만』, 『새들이 떠나간 숲은 적막하다』와 같은 저서들이 모두 생태주의 에세이에 속하는 역작임을 생각한다면 생태주의 문학에서 수필과 에세이의 중요성에 대해 다시 한번 주목하지 않을 수 없다.

사실 이번 수필집의 담론의 대상은 전적으로 '바다'이며, 이 바다에 대한 작가의 태도는 오염에 대한 고발이라고 할 수 있다. 그러면 그에게 바다는 어떤 대상으로 인식되고 있는가?

가) 그렇지만 바다는 동도 서도 남도 북도 없다. 바다 해(海) 자를 보면 '물(水) 속에 어머니(母)가 들어 있다'는 사실을 알 수 있다. 그래서 바다를 어머니라고 부른다. 어머니의 마음은 한없이 넓고 깊기 때문에 무엇이든 받아들인다. 지구상의 물의 99%나 차지하고 있는 바다는 인간에게 무엇이든 아낌없이 베푼다. (「하나뿐인 바다」에서)

나) 바다는 청탁을 가리지 않는다. 그래서 공장의 오폐수나 TBT와 PCB도 다이옥신이나 중금속 같은 맹독성 환경 호르몬까지도 모두 받아들인다. 육대주의 모든 하천과 강물이 모두 바다로 모여든다 해도 오대양의 바다는 차는 법도 넘치는 일도 없다. 육지에 가뭄이 들어 강물이 흘러들어가지 않아도 바닷물은 줄어드는 법이 없고 아무리 퍼내어 사용해도 주는 일이 없다. 아무리 폭우가 쏟아지고 홍수로 물난리가 난다 해도 바닷물의 농도는 언제나 일정하다. 동해나 서해나 남해의 바닷물이 똑같은 농도의 H2O라는 분자식을 가진 3%의 소금물이다. (「하나뿐인 바다」에서)

다) 바다가 고요할 때는 요람에서 곤히 잠든 아기처럼 조용하고, 잔잔하게 일렁이는 물결은 아기의 숨소리처럼 차분하다. 그래서 호수

같은 바다라 하지 않던가. 그렇지만 한번 화가 나면 파도는 하늘을 찌를 듯이 솟아오르고 폭풍을 몰아치고 백수가 포효하듯 요란하다. 해일과 파도가 넘쳐흐르면서 때리고 부수고 삼켜버린다. 인간의 운명은 이 초자연적인 힘에 맡길 수밖에 없다고 깨달았을 때 마음은 오히려 편안해진다. 이것이 어머니인 바다에서만 얻을 수 있는 깨달음의 이치다. (「하나뿐인 바다」에서)

라) 요즘은 하루라도 바다를 보지 않고서는 쉽게 잠을 잘 수가 없다. 멋진 바다의 중독증상이 아니던가. 바다를 보고 있으면 그렇게 마음이 편할 수가 없다. 그리던 고향에라도 온 듯이 마음이 포근하고 편안하다. 다윈의 '진화론'에 인간의 고향이 온도변화가 적은 바다라고 하지 않던가. 우리의 고향처럼 아름다운 바다, 어머니처럼 넓고 깊은 바다, 아낌없이 베푸는 바다, 청탁을 가리지 않고 무엇이든 받아들이고 정화해주는 바다, 고통과 아픔과 눈물까지도 용해하는 바다, 포용하며 용서할 줄 아는 바다, 가장 낮은 자리에 위치한 사랑의 거처를 아는 바다, 그래서 흔들림이 없는 사랑의 바다, 이런 바다가 있기에 살맛 나는 세상인지도 모른다. (「바다의 유혹」에서)

가)에서 바다는 "한없이 넓고 깊기 때문에 무엇이든 받아들이는 모성성, 특히 인간에게 무엇이든 아낌없이 베푸는 희생적 모성을 지닌 대상이다. 나)에서 바다는 청탁을 가리지 않는 수용성을 지니고 있으며, 차고 넘치거나 줄어드는 일이 없으며, 일정하게 3%의 농도를 지닌 변함없는 항구성을 지닌 대상이다. 하지만 다)에서 바다는 곤히 잠든 아기처럼 조용하다가도 화가 나면 예측불허의 폭력성을 지닌 대상으로 돌변하기도 한다. 이런 극적인 변모 앞에서 인간은 자신의 운명을 초자연적인 힘에 맡길 수밖에 없는 연약한 존재임을 깨닫게 되는

데, 이런 깨달음이야말로 인간을 오히려 편안하게 만든다는 것이 그의 판단이다. 라)에서는 그가 파악하는 바다가 모두 요약되어 있다. 즉 "고향처럼 아름다운 바다, 어머니처럼 넓고 깊은 바다, 아낌없이 베푸는 바다, 청탁을 가리지 않고 무엇이든 받아들이고 정화해주는 바다, 고통과 아픔과 눈물까지도 용해하는 바다, 포용하며 용서할 줄 아는 바다, 가장 낮은 자리에 위치한 사랑의 거처를 아는 바다, 그래서 흔들림이 없는 사랑의 바다"이다. 그는 바다에서 인간의 영원한 모성성과 청탁을 가리지 않는 폭넓은 수용성과 정화능력, 모든 것을 포용하고 용서하면서 가장 낮은 자리에 위치한 사랑을 발견한다. 그래서 바다중독증에 걸려 하루라도 바다를 보지 않고서는 잠들 수 없다는 고백을 하고 있다.

이쯤 되면 그에게 바다는 단순히 오염을 지켜내야 하는 환경운동의 대상만이 아니라 종교의 대상처럼 숭배의 대상이 되고 있다. 바다의 인간에 대한 헌신, 수용성, 그 무궁무진한 모성성과 사랑을 지키기 위해 그는 바다의 지킴이가 되지 않을 수 없는 것이다. 이제 그가 왜 생명의 바다 운동에 투신하게 되었는지 비밀이 밝혀지는 느낌이다.

3) 시에 대한 풍부한 인유와 생태주의적 생명의식

이번 수필집의 가장 큰 형식적 특색은 모든 작품에서 바다와 관련된 시를 인용하고 때로 창작하고 있다는 점일 것이다. 우선 그는 <바다가꾸기실천운동시민연합>의 케치 프레이즈인 '생명의 바다'라는 말

은 김지하의 저서 『타는 목마름에서 생명의 바다로』에서 빌려 쓰고 있
는데, <바다가꾸기실천운동시민연합>의 주제가(主題歌) 노랫말인 「생명
의 바다」는 그가 직접 창작한 시이다.

> 천지개벽 태초에는
> 높은 하늘과 푸른 바다가
> 축복의 노래를 함께 불렀다.
> 그때의 조물주는
> 나도 하나 니도 하나
> 고귀한 생명을 나누어 주셨다.
>
> (2·3연 생략)
>
> 이제사 우리들이
> 깨끗한 바다 가꾸기 위해
> '생명의 운동'을 함께 펼치니
> 돌아온 물고기가
> 나도 하나 니도 하나
> 상생의 노래를 다함께 부른다
>
> (「생명의 바다」 1,4연)

이 시에서 바다는 천지개벽 태초에 축복과 공생의 노래를 함께 부
르던 곳이었다. 그런데 인간의 무분별한 이기심 때문에 바다는 "오염
공해, 기름범벅 물고기가/죽음의 장송곡을 함께" 부르며 "원망의 뜬눈
으로 죽어"가는 곳으로 변모해버렸다. 따라서 작가는 천지개벽 태초
의 바다처럼 '축복의 노래'와 '공생의 노래'를, 또한, '상생의 노래'를

인간과 물고기가 함께 부를 수 있도록 '생명의 바다운동'을 펼치지 않을 수밖에 없는 필연성을 역설하고 있다.

이 시를 통해서 볼 때에 그가 추구하는 생명의식은 환경보전, 공해 방지, 쓰레기 재활용과 같은 목표를 추구하는 환경에 대한 관리적 입장을 보이는 인간중심적인 환경주의자의 입장이 아니다. 그는 인간중심주의를 벗어난 인간과 자연 모두의 생명의 균형과 상호관련성, 그리고 윤리성에 기초한 생태주의를 추구한다. 그의 생태주의적 생명의식은 '공생' 또는 '상생'이란 시어에서 잘 드러난다. 먼저 인간과 물고기는 함께 살아야 할 '공생'의 관계이다. 왜냐하면 "나도 하나 니도 하나"라는 시구에서 적절히 환기되고 있듯이 인간과 자연은 '너'와 '니'('너'의 영남사투리)의 차별이 없이 조물주로부터 똑같이 고귀한 하나뿐인 생명을 부여받은 평등한 주체적 존재이기 때문이다. 또한, 생명의 바다운동은 인간만을 위하거나 물고기만을 위한 운동이 아니라 인간과 물고기, 즉 서로가 서로를 살리는 상생의 생명운동이며, 인간과 바다는 서로 상생의 관계가 될 때 이상적이라는 뜻이다.

수필 「생명의 바다」에서 적고 있듯이 "2백만 년 전 태초에 바다 속의 어머니 품속에서 인간이 잉태되어 태어나서 갯벌과 해초 속에서 물고기와 숨바꼭질" 하며 살았고, 제1 빙하기가 닥치자 바다는 마지막 구황식품으로 조개무리를 내주어 인간을 오늘날까지 연명케 해주었다. 그런데 요즘은 "부엌에서, 식당에서, 축사에서, 공장에서 임해공단에서 시커먼 오염물질이 쉬임 없이 바다로 흘러"들어 물고기들이 자꾸만 죽어 가는 오염과 공해, 환경파괴가 나날이 심각해져간다. 인간은 바다로부터 일방적으로 혜택을 받기만 하면서도 그 바다를 함부로 파괴하는 배신을 저지르고만 것이다. 바다는 인간에게 끝없이 give and give를 했건만 인간은 무한히 take and take, 즉 받기만 하고서도 오히려 그 바다를 오염시키는 배신을 범하고 있다. 이제 '생명의 바다운동'은 인간과 바다 사이의 'give and take'의 공평한 관계 회복을 촉구하고 있다. 그것이 결국은 인간과 바다를 함께 살리는 상생의 생명운동이 되는 것이다.

이번 수필집에서 발견하게 된 놀라움의 하나는 그가 엄청난 양의 시집을 읽고 있다는 점이다. 수필집에는 김지하를 비롯하여 허영자, 정호승, 김명수, 최승호, 강남주, 이생진, 류시화 시인 등 일일이 예거하기 어려울 만큼 수많은 시인들의 시가 인용된다. 즉, 모든 수필에서 바다와 관련된 한두 편의 시를 인용하거나 직접 쓴 시를 인용함으로써 수필의 주제를 제고시키는 효과를 거두고 있다. 아무튼 남의 시에 대한 인용에서 더 나아가 직접 창작까지 하는 열정은 문학평론을 하고 있는 필자의 안목으로 보아도 정말 놀라운 독서량이며, 열정이라 하지 않을 수 없다. 그는 몸으로 직접 뛰는 실천적인 '생명의 바다운동'만을 전개하고 있는 것이 아니다. 그는 끊임없는 독서로 바다 관련 시들을 찾아 읽음으로써 자신이 전개하고 있는 '생명의 바다운동'에 대해 의식적 철학적으로 무장하는 투철함까지 보여주고 있는 것이다. 이는 그가 전개하는 '생명의 바다운동'이 실천과 의식 양면 모두에서 얼마나 철두철미한가를 입증하는 것이라고 해석된다.

4) 고발에 압도된 창작태도

이번 수필집은 목적성이 앞선 수필들로 구성되어 있다. 즉, 바다오염에 관한 고발의 일관된 주제이다.

육지에서 쏟아지는 폐수와 생활오수, 임해공간의 폐수와 유류 오염 사고와 염산의 살포, 그리고 무분별한 간척사업으로 바다의 아픔과 고통이 극에 달해 있다. 인간의 안태 고향인 바다는 자식들로부터 버림받은 슬픔에 겨워 한없이 눈물을 흘리고 있다. 바다의 눈물이다. 그 눈물로 해서 연간 1~2 센티미터나 해수면이 높아지는 것이 아닐까. (「바다의 눈물」에서)

바다가 있기에 젊은이들의 미래의 희망과 꿈이 있지 않은가. 자랑스런 후손들에게 꿈도 희망도 없는 암흑처럼 캄캄한 미래를 안겨줄 수는 없다. 이제, 정신 차릴 때가 왔다. 바다의 오염과 환경파괴는 이제 어민의 양심불량증과 국민의 오염불감증, 정부의 감독 소홀이 만들어낸 총체적 부실의 산물이라고 하지만, 어민의 책임이 70%나 된다는 사실이다. 한 방울의 물이 모여서 강이 되고 바다가 되듯이 우리 한 사람이 바다오염의 파수꾼 역할을 다한다면 못할 리도 없다. '설마 나 하나쯤이야' 하는 설마문화는 망국의 기피문화인 동시에 패배문화다. '설마가 사람 잡는다'는 속담을 모르고 하는 소리다.
이제 우리는 외눈박이 물고기 두 마리가 한 마리처럼 살아가듯이 인간과 바다가 두 마리 외눈박이 물고기처럼 서로 아끼고 사랑하며 함께 살아가야 한다. (「외눈박이 물고기의 바다사랑」에서)

하지만 생태주의 문학에서 오염과 환경파괴에 대한 직설적 고발은

제1단계이다. 궁극적으로 생태주의 문학은 환경파괴의 황폐한 현실에 대한 치열한 고발을 넘어서서 생명에 대한 존중의식, 인간과 자연의 평등한 공존의식, 유기체적 조화를 보여주는 생태학적 비전과 상상력을 통한 감동을 환기할 수 있을 때에 오히려 독자에게 더 큰 효과를 거둘 수 있을 것이다. 이를 위해서는 고발에 압도된 창작태도보다는 현실과 거리를 둔 관조적 자세와 감동을 줄 수 있는 문학적 형상화에도 좀더 작가적 관심을 가질 필요가 있다. (『수필과 비평』 63호(2003년 1·2월호))

9. 아날로그를 꿈꾸는 디지털 시대의 반항아

수필가 엄현옥은 1996년 『수필과 비평』으로 등단하여 그간 『다시 우체국에서』(1998), 『나무』(2003), 『아날로그─건널 수 없는 강』(2004)과 같은 수필집을 꾸준히 발간해온 아주 부지런한 수필가이다. 특히, 제3 수필집 『아날로그─건널 수 없는 강』을 『나무』를 출간한 지 1년 만에 발간할 만큼 최근 그의 창작열은 타의 추종을 불허한다.

제2 수필집 『나무』에 수록된 「작은 배」는 서정성이 뛰어난 아름다운 수필이다. 또한, 「나무」나 「숯」과 같은 작품은 일상성에 매몰되지 않은 사색적인 수필세계를 잘 보여주는 작품이다. 그의 작품은 수필이라는 장르가 일상성에서 벗어난 심화된 사색과 내적인 정신공간을 보여주는 데 적합한 장르라는 사실을 독자로 하여금 재확인시켜주고 있다.

「작은 배」는 모처럼 서정성이 뛰어난 작품을 읽는 즐거움을 한껏 선사해 준다. 어찌 생각하면 문학이란 일상생활을 통해서는 미처 경험하지 못하는 충일한 서정을 경험하게 해줌으로써 일상을 벗어날 수 있도록 해주어야 하는 게 아닌가 생각된다. 호젓한 변산반도 해변에 동아줄에 닻이 묶여 출렁이는 작은 고깃배에 감정을 이입을 함으로써 작가는 자신의 생각과 감정을 드러낸다.

배는 이제 떠나고 싶다. 그러나 어디론가 가고 싶은 작은 배의 소망이 전해지기엔 바다가 너무 넓다. 저 망망대해는 우리가 헤쳐도 끄떡없는 이 세상이 아닐까. 파도는 가끔 다가와 묶인 몸을 이러저리 친다. 우르르 달려왔다가 이내 밀려나는 무심한 파도, 먼 바다로 나아가지 못하는 작은 배의 아픔을 아는가.

이 배는 아마 고깃배일 것이다. 한때는 거대한 어선을 꿈꾸었을지도 모른다. 묶인 줄을 끊고 이제는 먼 바다로 가고 싶을 것이다. 거친 항해에 자신의 몸이 만신창이가 되더라도 바다 한가운데서 풍랑과 치열한 싸움을 하고 싶을지도 모른다. 언젠가 만선의 기쁨을 안고 떠나온 항구로 돌아오기를 꿈꿀 것이다. 그러다가 지친 몸을 쉬고 싶을 때면 작은 포구에 머무르고 싶겠지.

그것은 나도 마찬가지다. 그러나 어디 세상의 일이 의지대로 되는가. 내가 만일 배라면 퀸엘리자베스호나 타이타닉호를 능가하는 유람선이기를 바랐다. 많은 이들의 환호성과 근사한 뱃고동 소리를 남기고 항구를 떠나고 싶었다. 이국을 여행하다 낯선 항구에 정박하면 밤하늘의 별은 모두 내게 쏟아지겠지. (「작은 배」에서)

망망대해를 향해 떠나고 싶고, 만선의 기쁨을 안고 떠나온 항구로 돌아오기를 꿈꾸며, 작은 포구에서 지친 몸을 쉬고 싶은 것은 '작은 배'가 아니라 바로 수필가 자신일 터이다. 그리고 좀더 넓은 세계로 나아가 한껏 꿈을 펼치고 성공하여 금의환향하고 싶고, 때로 누군가에게 의지하여 지친 심신을 쉬고 싶은 것은 수필가 개인을 넘어서는 보편적 인간 누구나의 소망일 것이다. 바로 이 점에서 이 주관적인 서정수필은 보편성을 획득하며, 형상화 또한 잘 이루어지고 있다.

그런데 한 가지 아쉬운 것은 "그것은 나도 마찬가지다. 그러나 어디 세상의 일이 의지대로 되는가."라고 직설적으로 말함으로써 모처럼 잘 조성된 작품의 긴장감을 깨뜨려버린 점이다. 굳이 "나도 마찬가지"라고 명시적으로 말하지 않아도 독자는 이미 수필가가 말하고자 하는 바를 다 읽고 있다. 이 대목에서는 다 말하지 않고 시적 생략을 함으로써 여운을 남겨두는 것이 좋다. 독자로 하여금 상상과 참여의 즐거움을 느끼게 하는 여백의 공간이 필요하다는 뜻이다.

제2 수필집의 표제로 사용할 만큼 「나무」는 작가가 아끼는 수필이다. 작가는 매우 심혈을 기울여 이 작품을 썼으리라 여겨진다. 이만한 작품을 써낼 수 있는 작가는 흔하지 않다.

「나무」는 무대 위에서의 연주되는 첼로나 바이올린 같은 현악기로 쓰이는 나무로부터 사색이 시작된다. 다섯 개의 형식단락으로 이어지는 수필의 첫 단락은 독자를 끌어들이는 흡인력이 뛰어나다. 이 수필은 특히 도입부가 매우 훌륭하다. 작가의 사색은 일단 베어진 나무가 나무로서의 생을 마감한 것이 아니라, "나무에게도 내세(來世)가 있다면, 그들은 전생에 베푼 덕(德)으로 이렇듯 귀한 몸으로 다시 태어난 것일까"라는 독특한 사유의 세계로 이어진다. 땅에 뿌리를 내리고 서 있는 시절의 나무가 나무의 현생이라면 그것이 베어져서 다른 용도로 사용될 때의 나무의 삶을 내세로 보는 사고는 매우 독특하고 참신하다. 그런데 필자는 이 부분에서 새로움과 아쉬움을 동시에 느꼈다. 왜냐하면 나무의 쓰이는 용도에 따른 재탄생을 나무의 내세로 본 것은 분명 사색의 새로움이지만 이 사색이 더 연장되지 않고 금방 끝나버렸기 때문이다. 엄현옥의 수필이 사색적인 수필로 더 심화되려고 한다면 이 사색의 화두를 좀더 치열하게 물고 늘어져야 한다.

그리고 이 작품은 산만한 구성을 취하고 있다. 그런데 이런 산만한 구성은 서정적 수필에는 적합하지만 사색적인 수필에는 별로 적합하지 않다. 산만한 구성은 작품의 중반 이후 논리적 흐름을 다소 부자연스럽게 만들고 있다. 그러면 작품의 구조분석을 통해서 이 작품의 논리적 흐름이 어디서 깨어지고 있는가를 살펴보겠다.

(1) 무대 위의 첼로나 바이올린으로 재탄생된 나무를 바라본다.
(2) 베어진 나무의 쓰임새에 따라 재탄생되는 나무를 나무의 내세라고 생각한다
(3) 트레일러를 타고 인천항을 빠져나오는 나무를 바라본다. 그것들이 어떤 과정을 거쳐 건축자재로 재탄생되는가를 말한다.
(4) 갱도나 철로의 버팀목이 되는 나무
(5) 드라마의 주인공이 다시 태어나면 나무가 되고 싶다는 말로 화제의 전환
(6) 나무들이 사람들의 필요에 따라 다양하게 재탄생된다고 말한다.
(7) 나는 어떤 나무일까를 생각한다. 그러다가 칼릴 지브란의 "참나무와 사이프러스 나무"와 같은 사랑을 하고 싶다고 말한다.
(8) 싸리나무나 회양목. 도래솔이 되고 싶다고 말한다. 그러다가 "가난한 문사의 앉은뱅이책상"이 되고 싶다고 말한다.
(9) 아낙을 눈물짓게 하는 희나리는 되고 싶지 않다고 말한다.

필자의 생각으론 (4)에서 보다 많은 예시를 함으로써 내용을 풍부하게 하고, 6)을 4)의 뒤에 놓고, 그 다음에 5)로 화제를 전환하면서 자신도 죽어서 나무가 될 수 있다면 싸리목, 회양목, 도래솔이 아니라 앉은뱅이책상이 될 수 있는 어떤 나무로 다시 태어나서 가난한 문사의 손길이 닿는 곳에서 있고 싶다고 말하면서 끝맺는 구조라면 어땠을까. 따라서 칼릴 지브란의 나무와 같은 사랑을 하고 싶다는 인용이

나 희나리는 되고 싶지 않다는 대목은 글 전체의 흐름이나 통일성을 깨는 부분이 아닌가 여겨진다. 부분 부분들이 아깝다고 다 끌어안으면 전체적 통일성이 깨어지는 수가 있다. 때로는 아까워도 과감한 가지치기를 해야 한다. 그래야 전체가 산다.

「질주」는 제 2 수필집에 수록된 작품이며, 「아날로그, 그 건널 수 없는 강」이라는 작품은 제3 수필집의 표제작이다. 이 작품들은 디지털시대에 대한 문명비평적 태도가 돋보이는 지적인 수필들이다. 작가의 수필세계가 한층 넓어져 감을 확인시켜 주는 작품들로서 제 3 수필집에서 작가는 「광주에 묻어주오!」, 「그들의 타향살이」 등에서 보듯 광주민주화운동이나 외국인 근로자 문제도 다루고 있으며, 연작으로 씌어진 「사이판통신」에서는 단순한 기행문이 아니라 역사문제로 관심사를 확장하고 있다. 즉, 작가가 사회적 역사적 문제로 문학적 관심영역을 확대함으로써 앞으로 그의 수필이 어떤 방향으로 변화해갈 것인지 방향을 예고하고 있다. 다루고 있는 수필세계가 넓어지고 있다는 것은 매우 바람직한 현상이다.

제목에서 이미 암시하고 있듯이 「질주」는 빠름이라는 속도전에 자아를 상실하고 있는 현대인의 자아상을 비판적인 거리를 갖고 바라본다. 현대인의 자아상 속에 작가 자신도 포함되어 반성적 거리를 조성하고 있음은 물론이다. 작가는 빠름이 확실성을 보장해주기는커녕 오히려 불확실성과 불안감을 조성할 뿐이며, 무위, 여유, 느림, 단순, 거리와 같은 것을 빠름의 대안으로 제시한다. 이러한 문명비판은 「아날로그, 그 건널 수 없는 강」, 「이유 있는 반란」으로 이어진다. 그는 편리함을 강조하는 디지털시대를 살아가며, 디지털의 신기술을 익히기에 여념이 없고, 이것이 세대 간의 극복할 수 없는 벽을 만들며, 아날로그야말로 너무나 인간적인 세계라고 강조한다. 아날로그세대의 디지털 신문명에 대한 이유 있는 반발이다.

그는 "그 강에 발을 담글 때 비로소 평안하다. 우린 이미 아날로그의 강을 건너온 듯하지만, 그것은 영원히 건널 수 없는 강이 아닐까." 라고 말하는 아날로그가 편안한 기성세대이다. 아니 할 수만 있다면 그는 아날로그의 강을 건너고 싶지 않다. 하지만 디지털 세대에게는 디지털이 더 편리하다. 오프라인보다는 온라인이 더 편리한 것이 디지털 세대이다. 그들은 종이신문을 읽는 대신에 인터넷 뉴스를 실시간으로 접속하면서 저만큼 앞에서 달려가고 있다. 그가 "디지털 또한, 무수한 장점을 살리고 궁극적인 발전을 위해서는 번거롭지만 자연에 더 가까운 아날로그를 접목하거나 흡수해야 할 것이다."라고 했듯이 현 시점에서 디지털과 아날로그는 양자택일 할 수 있거나 아날로그로 되돌아갈 수 있는 선택사항이 아니다. "인간의 사고체계와 정신세계는 아날로그에 가깝다. 어떻게 스치는 바람결과 가슴 절절한 사랑을 디지털로 표기화 할 수 있으랴."(「이유 있는 반란」에서) 라고 하는 말이 아무리 옳고 논리적 설득력을 갖추고 있어도 실제 우리의 삶은 이미 거스를 수 없는 디지털 세계의 파도 속에 휩쓸려가고 있다. 누가 그 흐름을 거역할 수 있단 말인가. 문제는 얼마만큼 인간적인 디지털을 구축할 수 있을 것인가가 관건으로 남겨져 있을 뿐이다.

제3 수필집에서 관심을 끄는 작품은 미술과 관련된 글들이다. 「다

나이드」, 「자화상」 등에서 보여주고 있는 수준 높은 감상자로서의 그의 안목은 상당하다. 주제가 있는 수필로서 개척해 볼만한 분야라고 생각한다.

엄현옥은 문학적 잠재력이 무궁한 작가이다. 몇몇 작품들을 통해서 볼 때에도 그의 작품세계는 매우 넓고 다양하다. 정서가 흘러넘치는 작품이 있는가 하면 사색의 깊이를 느낄 수 있는 작품, 문명비평적 작품에 이르기까지 다양한 가능성과 역량을 보여주고 있다. 위에서 몇 가지 아쉬움을 지적한 것은 그의 수필이 더욱 발전하기를 바라는 심정에서 나온 쓴 소리일 뿐이다. 굳이 입에 쓴 약이 몸에 좋다는 속담을 들추지 않아도 칭찬 일변도의 비평은 작가에게도 독자에게도 바람직하지 않다.

한상렬은 제2 수필집의 해설문에서 "엄현옥의 수필에서 간과할 수 없는 것은 존재의 무거움이다. 엄현옥의 수필은 쉽게 읽혀지지 아니한다. 정서와 사상이 적절히 안배되어 자신만의 얼굴을 그려놓아 마치 숨은 그림을 찾듯 독자로 하여금 행간에 숨어 있는 배면의 언어를 찾게 한다."라고 했다. 정말 그의 수필은 제3 수필집에 와서는 사상 쪽에 기울어짐으로써 다소 무거워지고 있다. 「작은 배」와 같은 작품에서 보여준 흘러넘치는 정서가 그리워진다. 작가의 신곡문학상 수상을 축하한다. (『수필과 비평』 75호(2005년 1 · 2월호))

10. 치열한 지성의 힘, 김지헌의 수필

프랑스의 포스트모던 사회학자 장 보드리야르는 현대사회를 '소비의 사회'로 규정하였다. 그에 의하면 상품의 소비란 사용가치의 소비를 포함하면서도 그것을 훨씬 넘어선다. 즉, 행복, 안락함, 풍부함, 성공, 위세, 권위, 현대성 등의 소비도 포함된다는 것이다. 특히 후자에 소비의 본래의 의미가 있다고 주장한다. 즉, 사람은 상품의 구입과 사용을 통해서 자신을 돋보이게 하며, 동시에 사회적 지위와 위세를 나타낸다는 것이다. 그에 의하면 상품이란 고유의 사용가치로서보다는 행복이나 성공, 현대성을 나타내는 이미지로서 가치를 획득한다. 이런 상황에서의 소비란 자율적인 주체의 자유로운 활동이 아니다. 그것은 욕구의 체계를 발생시키고 관리하는 생산 질서와 또한, 상품의 상대적인 사회적 위세 및 가치를 결정하는 의미작용의 질서에 지배받고 있다. 이러한 상황이다 보니 소비자는 더 이상 자율적인 주체가 되지 못한다. 그는 사물에 지배받으며, 그 결과 자율성과 창의성을 박탈당한 사물과 같은 존재로 물화된다. 보드리야르는 이러한 과정을 물상화(물화)의 과정으로 명명한다. 그는 사물세계에 의한 주체의 완전한 패배와 소외의 전면적인 지배를 초래한 이 물화된 세계가 극복될 수 있을지에 대해서 지극히 비관적인 전망을 한다.

김지헌은 수필과 소설의 영역에서 탈장르적으로 활발히 활동을 하고 있는 작가이다. 『수필과 비평』, 『월간문학』을 통해 수필가로 등단했으며, 『호남신문』과 『전북일보』의 신춘문예를 통해서 소설가로도 등단했다. 그의 문학에 대한 열정은 창작 대상으로서의 문학뿐만 아니라 학문적 대상으로서의 문학에까지 미쳐 최근 박사학위과정을 이수하였고, 요즘 박사학위논문을 작성 중에 있다. 그는 학문에 따로 적기가 있는 것이 아니라 외국의 경우처럼 평생교육으로 추구할 대상이라는 사실을 본보기로서 보여주고 있다.

그의 첫 수필집이 자전적 삶을 주로 다루었다는 여러 평자들의 논평이 있지만 첫 수필집『울 수 있는 행복』(1997) 발간 이후 그의 수필 세계는 크게 변화하고 있다. 필자가 보기에 그 변화는 단순히 나이를 더 먹었거나 작가로서의 경력이 쌓인 덕이 아니라 그가 남달리 학문과 지성을 열심히 갈고 닦은 데서 연유하는 것으로 파악된다.

대체로 많은 수필가들이 처음에 글을 쓸 때에 한 동안은 개인적이고 사적인 경험세계에 안주하려는 경향이 있다. 그래서 나는 그들에게 하루빨리 그 개인적 경험의 창고가 바닥이 나야 작품세계가 넓어진다고, 빨리 그곳에서 빠져 나와야 한다고 말하곤 한다. 김지헌도 첫 수필집『울 수 있는 행복』 한 권으로 사적인 경험세계에서 벗어나고 있다. 그리고 그것이 그의 수필세계를 확장시키는 데 긍정적으로 작용하고 있다.

최근 그의 수필은 학문의 축적에서 우러나는 지성이 창작에 깊은 영향을 끼치고 있음을 누구라도 알 수 있을 만큼 지적인 개성을 드러내고 있다. 즉, 예전의 사적인 경험의 고백 위주에서 벗어나서 보다 지적인 세련성과 깊이를 더해가고 있다. 또한, 그의 수필 문장은 유려하고, 쉽게 읽히며, 때로 지적인 활력이 넘쳐흐른다.

글의 서두에서 보드리야르를 길게 원용한 까닭은 그의 수필 「표면적 줄이기」나 「배설에 관한 단상들」을 읽었을 때에 보드리야르의 현대사회에 대한 비판적 성찰을 담은 『소비의 사회』라는 역저가 떠올랐기 때문이다.

「표면적 줄이기」는 단순히 몸짱을 추구하는 오늘날의 풍속에 관한 비판적 에세이가 아니다. 작가는 늘어난 자신의 '허리 사이즈'에 대한 고백으로부터 화제를 풀어나간다. 그는 현대 소비사회에 대한 비판적 성찰을 추상적인 사회현상에서 찾기보다는 자기 자신의 늘어난 허리 사이즈와 식탐에 대해 비판의 칼날을 들이댄다. 그는 자신의 늘어난 허리 사이즈를 이야기하다가 장보기로 화제를 옮겨가는데, 필요 이상의 많은 양의 장보기가 그의 무의식적 식탐에서 기인되었음을 통찰한다. 즉, 늘어난 허리 사이즈가 단지 나이 탓이 아니라 자신도 모르는 사이에 작용하고 있는 무절제한 식욕 때문이었음을 필요 이상의 장보기를 한 데서 깨닫는다. 즉, 그의 소비행위는 필요 이상의 장보기가 보여주듯 소비 자체를 즐기려는 행위이다. 다시 말해서 그와 같은 소비를 가능케 하는 경제적 여유 또는 풍요 자체를 즐기려는 행위이다. 그는 소비의 욕구를 마음껏 충족시킬 수 있는 풍요의 시대가 행운일 수도 있지만 자신 안에 잠재된 소비의 욕망이 이미 무절제한 수준에 와 있음을 문득 깨닫는 자아성찰로 사색을 심화시켜 간다.

> 사고 싶은 걸 마음대로 살 수 있다는 것은 행운일 수도 있다. 그러나 그 즐거운 유혹에 빠지게 되면 자칫 자제력을 잃기 쉬운 것도 사실이다. 사고 싶은 걸 마음대로 사는 것은 얼핏 보면 문제가 되지 않

을 수도 있지만 가랑비에 몸이 흥건하게 젖듯 어찌할 수 없는 지경에 이르면, 자신을 의지대로 이겨낼 수가 없게 된다. (「표면적 줄이기」에서)

즉, 필요한 만큼의 물건을 사용가치에 의해서 구매하지 않고, 필요 이상으로 많은 물건을 사들이는 것은 풍요의 혜택이 아니라고 그는 자신을 향해서 준엄하게 비판한다. 그의 지성은 과잉의 구매행위를 하고 있는 자신이 자율성을 박탈당한, 사물세계에 의해서 지배되고 조종되는 타율적이고 수동적인 소비자로 타락되었음을 발견한다. 늘어난 허리 사이즈는 몸의 비만만을 말해주는 것이 아니다. 그것은 주체성을 상실하고 소비사회의 타율적인 타자로 타락한, 가짜욕망을 추구하는 현대인의 소외된 모습이요, 사물세계에 의해서 지배받는 비주체적인 자아상이다. 그래서 그는 "아아, 늘어난 허리 사이즈만큼이나 불어나 있는 욕망을 나는 어찌 감당해야 할까. 잠시만 한눈팔고 나면 어느 시점에서 추락할 것인가 두렵다"라고 고백한다. 그리고 "식욕마저 조절하지 못하는 인간이 어떻게 다른 것들을 조절할 수 있겠는가. 그렇게 해서라도 체감 욕망도를 낮추게 된다면 회오리바람 부는 세상에 서 있어도 최소한 현기증은 면할 수 있지 않겠는가"라고 자신의 소비행위와 식욕을 스스로 통제하고 지배할 수 있는 존재, 즉 자율성을 회복한 주체적 자아가 될 수 있기를 소망한다. 그는 이 수필에서 허리 사이즈와 장보기라는 지극히 일상적인 소재를 통해서 현대소비사회의 소비행태에 대한 문명비판적 비평의식을 유감없이 보여주었다.

하지만 허리 사이즈로 대변되는 날씬한 몸에 대한 추구, 요즘 유행어로 몸짱에 대한 추구야말로 현대 소비사회의 또 하나의 신화이다. 소비사회의 소비대상 가운데서 가장 매력적이고 아름답고 귀중한 것이 바로 육체, 특히 여성의 육체이다. 육체가 광고, 대중문화 등 모든 곳에 범람하고 있다. 육체야말로 현대소비사회에서 또 하나의 자본이며, 동시에 소비대상인 물신이다. 또한, 육체는 영혼을 대신한 몸 이데올로기를 만들어냈다. 보드리야르에 의하면 육체는 향유의 도구 및 위세를 나타내는 지수로서의 역할을 담당하게 되면서 투자=물신숭배적 노동(배려와 집착)의 대상이 된다. 그리고 이러한 노동은 인간해방이라고 하는 신화로 감추는 경향이 있지만, 노동력으로서의 육체의 착취보다 훨씬 더 소외된 노동이라는 것은 의심할 바 없다. 작가는 허리 사이즈에 집착하는 또 다른 욕망, 즉 여성의 육체에 작용하고 있는 몸의 이데올로기, 즉 자본주의적 소비사회의 신화와 외모지상주의에까지 그의 지성과 비판의식이 미칠 수 있었더라면 더 좋았을 것이라고 욕심을 내 본다.

나는 김지헌의 수필이 좀더 치열하게 문명비평적 지성을 그의 수필에 예리하게 들여댐으로써 다른 수필가들의 수필과 차별화할 필요가 있다고 생각한다.

「배설에 관한 단상들－뒷간에서 변기, 그 사회적 변화에 대하여」가 수필지에 발표되었을 당시 나는 드물게 지성이 번득이는 수필을 발견한 기쁨에 작가가 어떤 사람인지 궁금해 했던 적이 있다. 글은 뒷간, 즉 전통 화장실에 대한 추억으로부터 시작하여, 충격적인 광고의 이미지와 그 카피에 대한 단상으로 사색은 이어진다.

얼마 전에 일간지에서 본 충격적인 광고의 한 장면을 떠올려본다. 이탈리아 인테리어 소재 회사의 광고인데, 사이버 느낌을 주는 벽면에 남성용 소변기가 붙어 있었다. 그 앞에 검은색 시폰 재질의 얇은 드레스를 입고, 가늘게 날이 선 하이힐을 신은 여성이 옷을 걷어 올리고 남자처럼 소변을 보려하고 있었다. 카피는 "강철:모자이크 장식의 새로운 젠더"였다. 트랜스젠더를 소재로 하여, 타일이 아닌 강철이 인테리어 재료의 새로운 젠더로 부상했음을 했음을 알리고 있는 것이다. 이 광고는 보는 이로 하여금 기묘한 감정을 불러일으켰다. 남자의 소변기에 겉으로 보기엔 여자인 존재가 밀착되어 있는 광경은 어긋난 콘텍스트를 형성하였다. 에로틱한 이미지이기는 한데 그 이미지를 불편하게 전달하는 것이다. 낯익은 상황이 낯설게 치환됨으로써 심리적 부적응 상태를 연출해냈다. (「배설에 관한 단상들─뒷간에서 변기, 그 사회적 변화에 대하여」에서)

일간지에 실린 한 광고에 대해 작가는 다소 불편한 심정을 드러내고 있다. 그런데 이 광고의 이미지와 카피를 통해서 소비사회의 단면을 읽어내는 지성이 좀더 치열하게 드러났더라면 좋았을 것이다. 즉, 작가가 이미 가볍게 언급한 현대사회의 트랜스젠더나 크로스오버, 즉 잡종 또는 혼성문화에 대해서 좀더 깊이 있는 사색을 보여주었더라면 작품의 지적 분위기는 한층 더 빛났을 것이다. 그리고 작품은 광고의 낯선 이미지에 대해서 "낯익은 상황이 낯설게 치환됨으로써 심리적 부적응상태를 연출해냈다"고만 말하는 데 그치고 있는데, 그것이 만들어내는 '낯설게 하기의 충격적 효과와 미학'에 대해서 좀더 천착하면서 그 광고를 '현대를 읽는 문화적 텍스트'로 활용했었더라면 하는 아쉬움을 남긴다.

그리고 광고에서 받았던 문화적 충격을 해인사의 해암 스님의 법문—인간의 근원적 애착과 집착을 끊어야 한다는 가르침—으로 이어 나가는 것은 모처럼 작품이 제기한 참신하고 신선한 상상력을 희석시키고 만다. 따라서 이 작품에서 말하고자 하는 욕망이 불교에서 말하는 인간의 근원적 욕망이 아니라 현대소비사회의 욕망으로 통일되었더라면 한층 일관성 있고 지적인 수필이 되었을 것이다.

내가 생각하기엔 「배설에 관한 단상들」에는 여러 편의 수필을 쓸 만한 소재들이 많이 담겨 있다. 가령, 이상, 박완서, 성석제, 김소진, 은희경으로 이어지는 "뒷간의 상상력, 배설의 시학"을 짧게 나열만 할 것이 아니라 가일층 치열하게 천착함으로써 지적인 수필로서 치고 나가는 저력을 발휘했더라면 하는 아쉬움을 남긴다. 왜냐하면, 그러한 수필적 소재를 발견할 수 있는 작가는 그리 흔하지 않다. 그가 결코 문학을 학문적 대상으로 깊이 있게 공부하지 않았더라면 결코 발견해 내지 못했을 훌륭한 소재인 것이다. 따라서 그것들이 그처럼 짧게 단상으로 가볍게 처리된 것이 아쉽기 그지없다. 그 하나하나를 각기 다른 여러 편의 연작 수필로 완성해낸다면 모두 훌륭한 수필의 소재가 될 만한 것들이기 때문이다.

「파리 쫓기」는 매우 균형 잡힌 작품이다. 이런 정도의 완성도를 지닌 수필을 만나기는 쉽지 않다. 이 작품은 "생명이 있는 것들이니 같이 어울려 살자"고 남을 향해서는 가볍게 인간과 자연의 공생의식을 강조했던 그가 자신의 경우에 와서는 어떻게 쉽게 위선적인 허위의식으로 무너지는가를 드러낸 작품이다. 그와 같은 경험은 누구에게나 있을 법하다. 적당한 자기노출이 독자를 공감의 세계로 이끌어 들인다. 그런데 이 작품은 지나치게 자신을 반성하는 도덕적 결말이 작품의 지적인 활력을 감소시키고 있다. 가령, 작품의 결말 단계에서 "처음 파리를 보았을 때 보였던 내 너그러움은 숫제 위선이었다는 말인가. 저 작은 생명에게도 너그럽지 못하는 내가 어떻게 인간에게 관대해질 수 있겠는가. 나는 용기를 내어 다시 유리문을 열어 제켰다. 부끄러움으로 열뜬 나를 비웃기라도 하듯 후덥지근한 바람이 전신을 휩쓸고 지나갔다."에서 "저 작은 생명에게도 너그럽지 못하는 내가 어떻게 인간에게 관대해질 수 있겠는가."와 같은 구절은 생략하는 것이 오히려 작품의 긴장감을 조성시키는 데 바람직했을 것이다. 즉, 도덕적 반성보다는 철저히 자신을 냉정한 시선으로 거리를 두고 바라보는 지성이 끝까지 유지되었더라면 더 좋았을 것이라는 뜻이다.

앞으로 김지헌이 자신의 수필세계를 어떻게 변화시켜 나가야 할 것인지 고민을 한다면 그 방향은 바로 위에서 대답을 찾을 수 있을 것이다. 이미 언급한 대로 그가 학문 추구를 통해서 얻은 지적인 성취를 수필적 상상력으로 연결시켜 지적인 수필로 확실히 물꼬를 트면 그만의 차별화되고 개성적인 수필세계를 구축할 수 있을 것이다. 지적인 수필이 매우 드문 우리 수필문학사에서 김지헌은 지적인 개성을 보여주는 독보적인 수필가로 자리매김 될 수 있을 것이라고 확신한다.

문학에도 차별화된 전략이 필요한 시대가 되었다. 작가는 날이 갈수록 늘어나고, 자신만의 독창성과 개성을 추구해야만 작가로서 살아남을 수 있다. 그의 수상을 축하하며, 앞으로의 큰 발전에도 기대를 건다. (『수필과 비평』75호(2005년 1·2월호))

예문목록

작가명	작품명	페이지 수
강만길	현대사	288~289
계용묵	구두	31~32, 173~174
〃	개가(改嫁)	158
김광섭	수필문학소고	74
김기림	예술에 있어서의 리얼리티	73~74
김남천	냉면	166~167
김소운	가난한 날의 행복	28~29
김성곤	문학사로 본 주요 문예사조	151~152
김열규	죽음은 삶과 함께 자란다	167~168
김지헌	표면적 줄이기	324~325
〃	배설에 관한 단상들	327
김진섭	수필의 문학적 영역	16, 74
〃	명명철학	78
김태길	글을 쓴다는 것	81~82
김형석	수학이 모르는 지혜	85~86
나혜석	이상적 부인	65
〃	잡감-K언니에게	65
다니엘 벨	정보화사회와 문화의 미래	238~239
라대곤	고향집 감나무	269

디지털 시대의 수필 쓰기와 읽기

2006년 9월 10일 1판 1쇄 인쇄
2006년 9월 15일 1판 1쇄 발행

지은이 ● 송 명 희
펴낸이 ● 한 봉 숙
펴낸곳 ● 푸른사상사

등록 제2-2876호
서울시 중구 을지로3가 296-10 장양B/D 701호
대표전화 02) 2268-8706(7) 팩시밀리 02) 2268-8708
메일 prun21c@yahoo.co.kr / prun21c@hanmail.net
홈페이지 //www.prun21c.com

ⓒ 2006, 송명희
 ISBN 89-5640-450-x-93810

값 17,000원